Scarlet

스칼렛

Scarlet
스칼렛

사막

사막 ❷

1판 4쇄 찍음 2012년 4월 16일
1판 4쇄 펴냄 2012년 4월 20일

지은이 | 단 영
펴낸이 | 정 필
펴낸곳 | 도서출판 **뿔미디어**

기획 · 편집 | 손수화, 주종숙
편집디자인 | 이진선
관리, 영업 | 김기환, 임순옥

출판등록 | 2002년 9월 11일 (제1081-1-132호)
주소 | 부천시 원미구 상3동 533-3 아트프라자 503호 (우)420-861
전화 | 032)651-6513 / 팩스 032)651-6094
E-mail | BBULMEDIA@daum.net
카페 | http://cafe.daum.net/scarletR

값 9,000원

ISBN 978-89-6359-123-0 03810
ISBN 978-89-6359-121-6 03810 (세트)

사막

단영 장편 소설

②

Scarlet
스칼렛

Contents

7. 도둑의 마음

은준은 마치 황제처럼 앉아 있었다.

저 까마득한 아래, 미천하고 우매한 백성들을 내려다보듯 팔짱까지 척 끼고 당당하게 앉아 아까부터 안절부절못하는 그녀를 빤히 바라보았다.

"은수는?"

바리톤처럼 낮고 묵직하게 울리는 목소리가 머리 꼭대기를 강하게 후려친다. 세상에, 얼마나 화가 났으면 목소리가 저렇게 낮아졌지? 당장 무릎이라도 꿇고 싶은 충동을 견디며 애심은 어물어물 대답했다.

"그, 그게 전화해 보니까 아직 병원이래요, 오빠."

"병원엔 왜?"

"벼, 병문안이요. 아는 사람이 입원해서요."

"아는 사람 누구?"

그러게요. 누구일까요?

애심도 그것이 알고 싶었다. 아슬아슬한 시간 차로 은수가 병원에 있다는 사실을 알아내긴 했지만 그게 다였다. 왜 갔는지, 누구랑 갔는지, 거기서 대체 뭘 하고 있는지에 대해서는 그녀도 전혀 아는 바가 없었다. 본인의 문제가 아니라는 것만 간신히 주워듣고 나머지는 그녀가 정신없이 이리저리 꿰어 맞춘 거다.

"그냥 가, 가이드요."

"가이드?"

그녀의 대답이 마음에 안 든다는 듯 은준의 한쪽 눈썹이 삐죽 하늘로 솟는다. 그에 또 화들짝 놀란 애심이 거의 비명처럼 소리쳤다.

"지, 지금 오고 있대요! 거리가 물에 잠겨서 시간이 걸리는 거지 거의 다 왔대요! 진짜예요, 오빠!"

"……비가 이렇게 왔는데 내보냈단 말이냐?"

"그게, 그게 제가 잠든 사이 나갔나 봐요. 몸이 안 좋아서 제가 늦잠을 잤거든요. 죄송해요, 오빠."

필사적으로 대답하며 애심은 남몰래 울상을 지었다.

'고은돌, 이 웬수 같은 계집애야, 빨리 좀 돌아와라. 나 숨 넘어간다. 오메, 죽겠는 거.'

공포로 손발이 오그라들어서 미칠 것만 같았다.

애심은 고은준이 무서웠다. 평소야 은돌이 못지않게 어찌어찌 까불기도 하고 애교도 떨면서 잘 지낸다지만, 일단 화가 난 오빠 앞에서는 심하다 싶을 정도로 아예 콱 죽어지냈다. 그녀가 그렇게 된건, 중학교 1학년 때 몸소 겪고 목격한 어떤 충격적인 사건 때문이었다.

당시 막 중학교에 입학한 그녀와 은수는 어쩌다 3학년 일진들에게 찍혔었다. 은수가 욕을 잘한다고 소문이 나서 그랬던 건지, 아니면 애심이 마트 집 딸이어서 그랬던 것인지는 잘 기억나지 않는다. 아무튼지 간에, 어느 날 방과 후 동네 놀이터로 불려 나가 그녀들은 칠공주를 자처하는 선배들에게 둘러싸여 막 혼쭐이 날 참이었다.

그런데 뭔가 일이 되려던 것이었는지 마침 지나가던 은준 오빠가 그 꼴을 딱 목격한 거다. 그날, 애심은 남자가 여자를 그렇게 때릴 수도 있다는 사실을 처음 알았다. 당시, 그녀의 집안 가풍은 술을 마시고 들어온 아빠가 엄마한테 쥐어뜯기며 혼나거나 쫓겨나는 게 일상다반사였었다. 아빠는 언제나 일방적으로 당하면서 살았다. 다른 집 아빠들도 다 그런 줄 알았다. 그래서 그녀는 단 한 번도 남자가 여자를 때릴 수 있다는 사실에 대해서는 생각을 해 본 적이 없었다.

당연히 그녀는 충격 받았다.

그날, 머리가 확 돌아가도록 얻어맞고 날아가거나 코피가 터지도록 두들겨 맞는 선배들의 모습을 보고 애심은 그 자리에서 기절했다. 그리고 내리 사흘을 앓아누웠었다. 앓고 일어났을 땐 세상이 달라져 있었다. 어떻게 된 영문인지 그녀들이 칠공주를 평정했다는 소문이 돌아서 아무도 건드리는 사람이 없게 된 것이다.

덕분에 삼 년 내내 그녀들은 활개를 치면서 편하게 살았다. 사고를 친 은준 오빠야 비 오는 날 할머니한테 빗자루로 얻어맞고 쫓겨

난 다음, 후원자의 도움을 받아 바로 그 전설적인 유학길에 올랐고.

'내 팔자야. 아니, 가만히 생각해 보니까 내 인생이 꼬인 건 죄다 고씨 남매들 때문이잖아?'

이제야 진실을 깨닫고 애심은 깊은 좌절에 빠졌다.

바로 그 순간 현관 벨이 울렸다. 언제 좌절했었냐는 듯 애심이 벌떡 일어나 뛰쳐나갔다.

"은수야!"

기다리고 기다리던 은수가 후다닥 뛰어 들어왔다.

또라이 고은돌이가 이토록 반갑기는 정말로 처음이어서 애심은 하마터면 울컥 눈물을 쏟을 뻔했다.

"오빠는?"

홀딱 젖은 꼬라지로 은수가 물었다.

얼굴이 하얗게 질린 채 달려온 그녀는 비 맞은 생쥐처럼 홀딱 젖어 있었다. 길이 물에 잠겼으니 당연한 것 아니냐고? 아니다. 거의 강제적인 루카스의 도움으로 그녀는 헬기를 타고 호텔 착륙장까지 뽀송뽀송하게 잘 도착했었다. 그냥 급한 마음에 말리는 손도 뿌리치고 엘리베이터까지 서둘러 뛰다가 중간에 홱 자빠져서 물웅덩이에 빠진 것뿐.

"고은수!"

그녀를 발견한 은준이 얼굴을 잔뜩 일그러뜨리며 벌떡 자리에서 일어섰다. 그러더니 당장 소리를 치는 대신 큰 걸음으로 욕실로 걸어가 커다란 수건을 들고 나왔다.

푹!

머리 위로 수건이 덮였다. 잠시 영문을 몰라 수건 속에서 눈만 삐죽 내놓고 올려다보자 오빠가 진지한 얼굴로 손을 뻗어 흠뻑 젖은 얼굴과 머리를 닦아 주면서 말했다.

"다 큰 계집애가 어딜 이러고 싸돌아다니는 거야?"

머리 위에서 퉁퉁거리는 목소리가 울린다.

평소의 고은준표 목소리다. 화가 풀렸구나. 갑자기 광명천지를 맞이한 것과 거의 맞먹는 진한 안도감이 몰려왔다. 오는 동안 은수는 얼마나 떨었는지 모른다. 개처럼 떨면서 혹시 그새 살인이 난 건 아닌가, 고은준이 모든 걸 눈치챈 건 아닌가 오만 걱정을 했었다. 보자마자 그녀를 향해 고함을 치면 어쩌나 덜덜 떨었다. 그런데 그래도 동생이라고 챙기는 걸 보니 갑자기 마음이 탁 놓이는 거다.

가슴이 탁 터지면서 뜨거운 무언가가 찾아들었다.

"흑. 으흑, 우에에엥."

난데없이 울음이 터졌다.

왜 눈물이 나는지에 대해선 설명할 수 없다. 만리타국에서 오빠를 만나 안도감이 든 까닭인지, 아니면 순전히 긴장이 풀린 탓인지 구분도 가질 않는다. 은수는 오빠 품에 매달려 엉엉 소리 내어 울기 시작했다. 이유는 잘 모르겠지만, 할머니가 다시 한 번 더 죽어도 이렇게 서럽진 않을 것 같았다.

"왜, 왜 울어?"

당황한 오빠가 소리쳤다.

"무슨 일이 있는 거야?"

"엉엉, 아니. 그냥 눈물이 나. 왜 이러지? 고장 났나 봐."

"뭐야, 바보같이."

투덜거리면서도 그는 철철 우는 은수를 뿌리치지 않았다.

내내 안고 어색하게 툭툭 등을 두드려 주었다. 한참이나 울던 은수가 기어이 지쳐 떨어져 잠들 때까지.

은준은 잠든 은수를 가만히 내려다보았다.

얼마나 울었는지 조막만한 얼굴이 온통 벌겋게 퉁퉁 부어 있었다. 밥도 안 먹고 다닌 계집애마냥 볼이 쏙 들어가고, 몸은 갓 태어난 강아지처럼 가벼웠다. 얼굴빛이 허옇다 못해 유령처럼 파리하다. 말도 없이 혼자 집을 나갈 때도 금방 쓰러질 듯 위태위태했었는데, 지금은 그때보다 더 안 좋아 보였다.

갑자기 열이 확 뻗쳤다.

'아, 쌍. 지랄. 개 같은……!'

온갖 욕이 다 터져 나올 것 같아 그는 지그시 이를 깨물었다.

"김 대리, 너 이 새끼. 감히 애를 이 꼴로 만들어 놔?"

단 며칠 만에 은수가 이 꼴이 된 게 죄다 그놈 탓인 것 같아 그는 참을 수 없이 화가 났다. 발등을 찍어도 유분수지, 믿고 맡긴 사람을 이따위로 배신해? 아무 생각 없이 놈과 연애라도 하라며 주절거린 스스로의 주둥이를 갈아엎고 싶을 지경이었다. 대체 그 자식을 어떻게 처리해 줘야 이 분이 풀릴까.

은수가 누운 침대 근처를 오락가락하며 은준은 진지하게 고민했다. 마음 같아서는 당장 죽여 놓아도 속이 풀릴 것 같지 않았다. 그냥 콱 밟아 땅에 박아 버리고 싶다. 자근자근 밟은 다음 모래 속에 모가지만 내놓고 파묻어 버릴까 보다.

"후우, 후우."

그는 잠시 멈춰 서서 거칠어진 호흡을 골랐다. 그러다 의자에 풀썩 주저앉아 한 손으로 지끈거리는 머리를 꾹꾹 눌러 주면서 한쪽에 놓인 옹색한 가방을 바라보았다. 저 작고 허름한 가방을 들고 동생은 집을 나왔다. 어렸을 때부터 남모르게 가방을 챙겨 놓는 버릇이 있어 그러려니 했는데 정말로 그걸 들고 집을 나설 줄은 꿈에도 몰랐다.

이번 일로 그도, 형도 꽤 큰 충격을 받았다.

특히 형의 충격은 더 심해서 요즘엔 아예 잠도 제대로 못 자고 있는 것 같았다. 이제 겨우 이십 대인 계집애가 나이 마흔을 넘긴 아줌마처럼 살고 있는 걸 보고 형은 억장이 무너졌다고 했다. 보다 못해 할매가 죽자마자 집에 데려다 놓았는데, 이 계집애가 글쎄 남의 집에 식모살이 하러 온 사람처럼 걸레질을 하면서 눈치를 보더란다.

그 말을 듣고 은준은 스스로의 무심함에 대해 치를 떨었다.

그렇게 할매가 뭐라고 고집을 부리든 입원시키고 그따위 밥집을 진즉에 걷어치웠었다면 애가 이렇게 되진 않았을 거다, 이제부터라도 우리가 신경을 쓰면 된다. 잘도 떠들었지만 이제 와 보니 달라진 건 아무것도 없었다. 그러니 애가 집을 나온 게 아닌가. 가방 하나 달랑 들고.

"갈 데가 그렇게도 없었냐?"

은준은 잠든 은수를 향해 혼잣말처럼 물었다.

하루 종일 거리를 헤매다 어느 여관에서 하룻밤을 잤다고 했다. 그리고는 용기를 내어 비행기를 탔다. 그게 그냥 용기인 줄 알고 기특해 했는데 와서 보니 갈 데가 없어서였다는 걸 알겠다. 아무리 둘러봐도 갈 데가 없어서 친구가 선심 쓰듯 보내온 비행기표를 사용하기에 이른 것이다.

그렇게 왔으니 얼굴 어디에서도 여행을 즐긴 흔적 따위가 보이지 않는 거다. 짐도 하나 늘어난 것이 없고 새로운 환경에 적응한 모습도 없었다. 애써 찾으러 온 그를 붙잡고 안도감에 엉엉 울어 버리기나 하고.

"후우, 널 대체 어쩌면 좋은 거냐."

그는 진심으로 은수가 걱정스러웠다.

어지간해서는 제 속 이야기를 털어놓지 않아서 더 걱정이다. 혹시 괜찮은 놈을 만나 연애라도 하면 좀 달라지지 않을까 생각했는데, 그게 어긋나 상황은 더 엉망이 되어 버리고 말았다.

"그 새끼를 죽여 버리든지 해야지."

은준은 다시 김 대리를 향해 이를 갈았다. 그리곤 정말로 놈을 어떻게 처리할지 고민하기 시작했다.

[옮겨?]

[예. 오빠라는 사람이 싹 데리고 옮겼다고 하는군요. 로얄 스위트입니다. 어제 오후부터 식사도 방으로 들이고, 마사지사와 미용사, 명품샵 매니저가 차례로 불려갔었답니다.]

[어디 아프다는 소리는 없고?]

루카스가 뒤도 안 돌아보고 물었다.

그는 망원경으로 호텔 해변 쪽을 유심히 관찰하는 중이었다. 오빠가 자리를 비운 틈을 타 잠깐 나온다고 했었는데 아직 은수의 모습이 보이지 않고 있었다.

[울다가 잠들었다는 말은 했지만 아프다는 소리는 없었습니다.]

[울었다고? 왜?]

그제야 그가 망원경에서 시선을 떼고 찰리를 돌아보았다.

[야단이라도 맞았다는 소린가?]

[아니랍니다. 별다른 이유 없이 울었다는군요.]

[이유가 없다……. 그게 말이 되나? 무슨 이유가 있겠지. 사정을 더 자세히 알아볼 순 없나? 애심이 별다른 말은 하지 않았고?]

[글쎄요, 오빠 덕분에 아가씨가 엄청난 호사를 누리고 있는 중이라고 하던데요. 부러울 정도라고요. 돈 많은 애인 따윈 별로 필요하지 않을 거라는 말도 했습니다.]

[하!]

루카스는 콧방귀를 뀌었다.

[오빠는 오빠고 애인은 애인이지.]

[애인이라는 생각 자체를 안 하는 것 같다고 하던데요?]

[……어째서?]

이번엔 그의 표정도 심각해졌다.

워낙 급하게 헤어지는 바람에 제대로 된 이야기를 나누지 못한 탓일까? 그녀와의 관계는 아직 모호한 구석이 있었다. 애초에 말했던 대로, 원 나잇 스탠드도 아니고 그렇다고 정식으로 사귀는 것도 아닌 상태. 그 중간의 무엇쯤이 되고 만 것 같았다.

[그러면 그녀는 무슨 관계라고 생각한다는 거지?]

루카스는 진지하게 생각해 보았다.

처음 하룻밤을 함께 보냈을 때 그녀는 그에게 돈을 남기고 떠났다. 이 경우엔 그냥 매춘이다. 원하지는 않았으나 그녀의 사소한 행동 하나 때문에 그렇게 되고 말았다. 단돈 100달러에 몸을 판 루카스라니, 하느님 맙소사다. 그 일에 대해서는 지금도 달리 어떻게 더 설명할 수 없을 만큼 화가 나지만 다행히 그는 잘 참아 냈다.

그 뒤, 그들은 다시 하룻밤을 더 함께 보냈다. 그리고 그건 그가 주장하던 원 나잇 스탠드 같은 것도 아니었고, 그녀도 이번엔 돈을 남기지 않았다. 아마도 미쳤던 것이 아닌가 싶을 정도로 그들은 오직 서로에게만 완전히 빠진 채 시간을 보냈다. 탐하고, 탐하고, 또 탐하면서.

그 이틀 밤 사이에 오고 간 건, 그녀의 처녀, 100달러짜리 지폐 한 장, 그리고 보이지 않는 그 무엇 정도다.

[간단해 보이는 상황이지만 사실은 전혀 간단한 이야기가 아니지 않나?]

[간단한 게 아니었습니까?]

[아니야.]

그가 꿋꿋하게 주장했다.

[이건 전혀 간단한 상황이 아니라고. 우린 분명히 뭔가를 더 주고받았고 그날 아침부터는 서로를 더 특별하게 느끼기 시작했으니

까. 그건 절대로 농담이 아니지.]

[그래서 자말에게 자그마치 '애인'이라고 소개하신 겁니까?]

[왜, 이상하게 들리나?]

[이상하다기보다는 영 낯설어서 말입니다.]

사실은 어울리지 않는다고 말하고 싶은 거겠지.

루카스는 가만히 고개를 끄덕였다.

잠시지만, 그도 그런 생각을 해 보지 않은 것은 아니다. 이제껏 여자는 많았지만 누구와도 깊어진 적이 없는 그가 그 새로운 관계에 잘 적응할 수 있을까 하는 생각. 더구나 그녀는 여행 중이고 곧 집으로 돌아갈 예정이었다. 그도 영국으로 돌아가야 한다. 각자의 자리로 돌아가야 하는 사람들이 애인이라는 관계를 얼마나 오랫동안 유지할 수 있을까.

어쩌면 고작 한 달일 수도 있고, 일 년이 될 수도 있을 것이다.

운이 좋다면 그보다 더 길어질 수도 있겠지만 그렇게 되기까지의 과정은 결코 쉽지 않을지도 모른다. 세상엔 생각보다 훨씬 더 많은 유혹이 존재하고 있으니까.

[그렇죠. 세상은 넓고 남자는 많은 것 아니겠습니까?]

삐딱한 말에 루카스는 찰리를 돌아보았다.

[무슨 말을 하고 싶은 거지? 그녀가 다른 남자의 유혹을 받아들일 수도 있다고? 그런 소리인가?]

[이를테면 가능성 같은 것이죠. 거 왜 있잖습니까. 떨어져 있다 보면 외로워질 것이고, 외로움이 길어지다 보면 가까이에 있는 다른 누군가에게 위로를……]

[닥쳐!]

그가 소리쳤다.

말도 안 되는 소리였다. 은수는 그렇게 가벼운 여자가 아니었다. 자길 버리고 간 엄마를 20년도 넘게 기다리고 있었을 만큼 그녀는 꿋꿋하고 한결같은 마음을 가진…… 젠장! 그렇게 기다렸는데 또 기다리게 만들겠다고 하는 건 어디의 나쁜 놈인가.

[함께…… 가자고 하는 게 옳은 거겠지?]

혼잣말처럼 그가 물었다. 그러자 찰리가 대답했다.

[사랑한다면.]

[사랑한다면.]

[드디어 아가씨가 나오셨군요.]

그도 보았다.

하늘거리는 예쁜 모자를 쓴 은수가 그녀의 친구와 함께 호텔 밖으로 걸어 나오고 있었다.

[그런데…….]

그녀들을 향해 천천히 걸음을 옮기면서 문득 루카스가 물었다.

[언제부터 은수에게 '아가씨' 라고 부르기 시작한 거지?]

[그야 보스께서 저분에게 '애인' 이라고 부른 순간부터 아니겠습니까?]

[호오, 관계를 인정해 주겠다는 의미?]

[직업의 특성상 보스의 여자에게 잘 보여야 오래도록 잘리지 않을 테니까요.]

[어련하실까.]

루카스는 어깨를 으쓱하고 말았다.

은수가 해변이 아닌 시내 쪽으로 방향을 돌리고 있었다. 저도 모르게 걸음이 점점 더 빨라졌다. 그리고 이건 절대로 졸졸 따라다니는 게 아니다.

비가 그친 두바이의 하늘은 모처럼 깨끗했다.

언제나 뿌연 모래 먼지가 맴돌던 것이 무색할 정도로 파랗게 개어 있었다. 어제까지 물에 잠겨 있던 거리도 금방 원상태를 회복한 것처럼 보였다. 그래서 그녀들은 마음먹고 산책을 나선 것이다. 평소보다 선선해진 날씨 때문인지 오늘은 거리에 사람도 꽤 많은 편이었다.

"그냥 몰로 가자니까."

택시를 부르기 위해 주위를 두리번거리며 애심이 말했다.

"쇼핑은 몰이 더 편해요. 좋은 것도 많고."

"언니가 재래시장에서 아랍 스타일 신발을 사다 달라고 했다니까. 딱 보자마자 '아, 저건 두바이에서 산 신발이구나' 라는 생각이 드는 걸로 사 오래."

"웃겨. 신발은 몰에도 있는데 왜 꼭 재래시장이어야만 한다니? 이 더위에 누굴 고생시키려고? 올케 주제에 시누이를 부려먹을 생각이래?"

"그게 아니고……."

상황을 더 설명하려다 은수는 흠칫 입을 다물고 가만히 애심의 눈치를 살폈다. 큰올케언니 이야기가 나오기가 무섭게 애심은 노골적으로 투덜거리기 시작했다. 몰랐을 때라면 모를까, 사정을 알고 났더니 듣기만 해도 어째 짠한 것이 일방적으로 올케언니 편을 들어줄 수가 없었다.

"너 솔직히 말해 봐."

애심이 휙 돌아서면서 물었다.

"그 여자가 눈칫밥을 먹어서 집 나온 거지? 오빠가 없을 때 막 구박하고 그러지 않디?"

"야아! 언니가 얼마나 착한데."

"착하긴 개뿔. 딱 씨 없는 참외처럼 생겼더구먼."

씨가 없는 참외도 있던가?

그런 참외는 또 무슨 맛일까 생각하다가 은수는 그냥 고개를 저어 버렸다. 어제 저녁에 그녀는 큰오빠 내외랑 통화를 했었다. 원래도 그리 말이 없는 오빠는 그냥 걱정했다는 말만 했는데 언니는 마음고생이 심했는지 전화기를 붙잡고 아예 통곡을 했다.

'아가씨, 제가 다 잘못했어요. 앞으로는 더 잘할게요. 제발 돌아오세요. 아가씨 안 돌아오면 저 쫓겨나요. 은후 씨는 밥도 안 먹고 잠도 안 자고……. 흐윽, 저를 쳐다보지도 않아요. 어떻게 하면 좋아요.'

하도 애절해서 얼마나 죄책감이 느껴졌었는지 모른다.

하다 하다 결국 그녀가 오빠에게 언니 좀 달래 주라는 말을 했을 정도였다. 그러다 선물 이야기로 간신히 달래 놓고서야 어렵게 신발 이야기가 나온 거다.

"오죽하면 너한테 걸레질을 다 시켰겠니?"

"그거야 내가 좋아서 한 거고."

"미쳤냐? 걸레질 좋아하는 여자가 어디 있어? 더구나 도우미 아줌마를 셋씩이나 두고 사는 집에서 네가 왜 그런 일을 해?"

"다들 바쁜데 나만 한가하고 심심해서 한 거야. 안 그래도 그 일 때문에 언니가 얼마나 혼났는데."

구구절절 변명을 했지만 그래도 애심은 주장을 굽히지 않았다.

"그 여자는 운이 좋은 줄 알아야 해. 은후 오빠나 되니까 적당히 말로 했지, 은준 오빠가 그 꼴을 봤으면 모르긴 해도 그 자리에서 바로 살인이 났을 거다."

"그 말은 좀 심하다."

"네가 자꾸 그 여자 편을 드니까 그렇지!"

아니, 누가 편을 들었다고.

할 말은 많았지만 애심의 심기가 워낙 불편해 보여 은수는 그냥 입을 다물기로 했다. 저러는 속은 또 얼마나 아프고 쓰릴까 생각하면서.

[은수!]

훅!

갑자기 등 뒤에서 바람이 불어왔다.

거의 동시에 익숙한 향기가 코끝을 간질이더니 곧 긴 팔이 다가와 등 뒤에서부터 그녀를 와락 끌어안았다. 순식간에, 그녀는 누군가의 넓고 단단한 품 안에 갇혔다. 그 사람이다. 목소리만 듣고도 그녀는 단박에 그를 알아보았다. 이상하게 그렇게 되었다. 뜬금없이 심장이 떨린다.

[여, 여긴 웬일이에요?]

애심의 눈치를 살피며 은수는 어렵게 물었다.

그가 이렇게 공개적인 장소에서 공개적으로 다가올 줄은 몰랐기 때문에 그녀는 조금 놀란 상태였다. 덜컥 겁도 났다. 누가 보면 어쩌려고? 회사 일로 외출하긴 했지만 오빠도 와 있는데.

[내가 보고 싶지 않았어?]

밀어내려고 바르작거리자 왼쪽 귓가에 입술을 대고 그가 속삭였다. 또 오른쪽 다리가 부들거리려고 한다. 망할 놈의 다리, 진짜 신경이 이상해진 거 아니야?

[뭐, 별로.]

[나는 보고 싶었어.]

[왜, 왜요?]

[좋아하니까.]

화악 얼굴이 달아오른다.

다른 사람도 있는데 그런 말을 아무렇지도 않게 하다니 부끄럽지도 않은가 봐.

[떠, 떨어져요. 애심이가 보잖아요.]

"하이고, 됐거든요. 다 눈치챘으니까 하던 일 마저 하세요, 앙큼한 고은돌 씨."

고양이처럼 새침을 떠는 그녀에게 애심이 혀를 삐죽 내밀어 보이면서 말했다.

"사람이 양심이 있어야지. 그 고생을 시켜 놓고 지들은 연애를 하느라 바빴다 이거지?"

"연애는 무슨?"

"연애가 아니면 그 얼굴은 뭔데?"

"내 얼굴이 뭐?"

"아주 좋아 죽겠다고 써 있잖아."

반사적으로 손이 얼굴로 향한다.

정말로 써 있는 것은 아니겠지. 아이, 절대로 좋은 건 아닌데 얼굴이 왜 이렇게 뜨겁지.

"아무튼 너는 이제 나한테 잘해야 돼. 기분 나빠지면 은준 오빠한테 확 일러 줄 거거든."

"나쁜 년."

"흥!"

[무슨 이야기를 하고 있는 거지?]

의아한 시선으로 그녀들의 대화를 듣고 있던 루카스가 허리에 팔을 감으면서 물었다. 뭐라 대답하기도 전에 이번에도 애심이 먼저 끼어들어 말했다.

[너무 무리하지 말라고요. 어제 옷 갈아입히면서 보니까 어떻게 된 게 전신이 멀쩡한 데가 없더구먼.]

"헉! 너, 너어!"

[명심하지.]

루카스가 태연하게 대답했다.

[다음부터는 가능하면 흔적을 남기지 않도록 노력해 보겠어.]

[어머, 안 하겠다는 말은 안 하네요?]

[하루 종일 붙어 있어도 한참 모자란 것만 같은데 그 무슨 끔찍

한 소릴.]

　[뭐, 그 마음 이해는 하겠지만 오빠 눈을 잘 피할 수 있을지 모르겠네요.]

　[기회는 만들기 나름이지. 지금처럼 이렇게. 누군가가 도와준다면 더 좋고.]

　[맨입으로요?]

　[원하는 건 뭐든지 대령해 주지. 딜?]

　[콜!]

　아니, 이 사람들이!

　그녀를 놓고 무언가 거래를 한 두 사람이 사이좋게 손뼉을 마주 친다. 그리고 갑자기 분위기는 화기애애해졌다.

　[자, 재래시장에 가야 하니까 리무진을 대령하세요.]

　애심이 명령했다. 그러자 그는 정말로 그렇게 했다. 아니, 이건 또 무슨 역사적인 대반전이람.

　그와 만나는 것을 필사적으로 뜯어말리던 애심은 아무래도 포기를 한 것 같았다. 어제의 일로 그녀는 은수에게 벌어진 여차저차한 상황을 죄다 눈치채 버렸다. 그리하여 잠에서 깬 그녀를 앉혀 놓고 밤늦도록 한바탕 취조를 하기도 했다.

　'그 사람이 좋은 거니?'

　애심은 그렇게 물었고 은수는 잘 모르겠다고 대답했다.

　솔직히 싫지는 않다고 생각하지만 그게 곧 좋은 것인지는 잘 모르겠다. 할머니에게 그런 것처럼 아직은 자다가 문득 그가 보고 싶어지는 일도 없고, 없어서 허전함을 느끼는 것도 아니었으니까. 다만 분명한 건, 허락도 없이 이렇게 불쑥불쑥 와 닿는 그의 체온이 그리 싫지 않다는 것이다.

'애마부인이 되려고 이러나.'

제가 생각해 놓고도 남자를 밝히게 된 거면 어쩌나 싶어 덜컥 겁이 났다.

움찔.

은수는 작게 어깨를 떨었다. 그가 손을 뻗어 그녀의 귓불을 만지작거리고 있었다. 그 넓은 리무진이 갑자기 좁게 느껴질 만큼 딱붙어 앉아서 그는 단 한 순간도 쉬지 않고 조물조물 그녀를 만져대고 있다. 아이, 얼굴은 또 왜 더듬고 그러지. 부끄럽게.

얼굴이 또 저절로 뜨끈해졌다.

어제 그렇게 헤어진 후 그는 꽤 여러 차례 전화를 했었다. 오후내내 딱 붙어 있는 오빠 때문에 받을 수는 없었지만 그는 애심을 통해 끊임없이 괜찮은지 물었고, 도움이 필요하면 연락을 하라며 몇 개의 번호도 남겼다. 그리고 오늘은 이렇게 찾아오기까지 하고. 이러는 것은 아직 그들의 하룻밤 놀이가 끝나지 않았다는 의미일까? 아니면……

[닳겠네.]

한숨 같은 애심의 중얼거림이 그를 툭 치고 지나갔다.

루카스가 손끝으로 은수의 여린 목덜미를 쓸어내리고 있을 때였다. 노리고 그런 건지 아니면 우연인지 막 그곳으로 입술을 가져가려던 순간에 그녀가 불쑥 한마디를 내뱉은 것이다. 그 바람에 은수가 화들짝 놀라 그에게서 조금 떨어졌다. 손끝이, 입술이 순식간에 허전해졌다.

도와준다더니?

그가 눈을 조금 찌푸리고 애심을 노려보았다. 그러자 그녀는 또 생긋 웃으면서 말했다.

[다 왔어요. 내리자고요.]

벌써?

몇 분 지나지도 않은 것 같은데 차는 그새 수상택시를 타는 곳에 도착해 있었다.

[그냥 차로 가지?]

은수에게서 손을 떼기가 싫어 그가 조금 버텨 보았다. 그러나 애심은 가차 없이 말했다.

[이렇게 가는 게 더 빨라요.]

[급한 일이라도 있나?]

[아니요. 하지만 한없이 느긋한 것도 아니라서요.]

한 치의 양보도 없이 그들은 팽팽하게 맞서서 신경전을 벌였다. 그때, 은수가 문을 벌컥 열면서 말했다.

[배 타러 가요. 저거 생각보다 재밌어요.]

[끄응.]

[음하하하.]

애심이 얄밉게도 웃고 있었다.

[그러게, 저 여자는 절대 이길 수가 없다니까요.]

찰리가 마치 위로하듯 말해 줬지만 전혀 도움이 되지 않았다.

하는 수 없이 그는 은수를 따라 차 밖으로 내려섰다. 그리고 바로 질려 버렸다. 바글바글 사람들이 들끓고 있었다. 구질구질한 바닷물이 흐르는 크릭(Creek, 수로)과 그보다 더 후줄근해 보이는 아브라(Abra, 수상택시)들이 따닥따닥 붙어 있고 그 위에선 건너편으로 건너가려는 사람들이 빽빽하게 앉아 이쪽을 바라보고 있다.

[정말로 저걸 타야 한다고?]

창백하게 질린 얼굴로 그가 물었다.

배는 믿을 수 없을 만큼 조잡하고 시끄러워 보였다. 나무로 뚝딱뚝딱 만들었는지 안전장치 하나 찾아볼 수 없는 데다, 그냥 발을 조금 더 뻗으면 바로 무릎까지 물에 잠길 듯 폭이 좁아 보이기도 했다. 말이 좋아 택시지 버스, 아니 그냥 뗏목 같다. 정신이 다 아찔해진다.

[저쪽엔 좋은 것도 있는데요, 뭘.]

그나마 조금 상태가 나아 보이는 배들을 가리키더니 찰리는 곧 그쪽으로 뛰어갔다. 그리고 주춤주춤 은수가 다가왔다. 당연스레 그는 그녀를 잡아당겨 옆구리에 딱 붙여 놓았다. 그제야 숨통이 조금 트였다.

[괜찮아요?]

[아니.]

[음, 그럼 그냥 우리끼리 갔다 올게요.]

[말도 안 되는 소리. 후우, 이 정도로 모처럼의 데이트를 포기할 순 없어.]

[데, 데이트?]

갑자기 귀가 확 뚫린다.

데이트라고는 미처 생각하지 못하고 있었던 탓에 은수는 깜짝 놀라 그를 바라보았다. 그의 입에서 데이트라는 말이 나왔다. 말에는 흔적이 없고, 그는 여전히 마음에 안 든다는 표정으로 아브라들을 노려보고 있었지만 그녀가 잘못 들은 게 아닌 것만은 확실했다.

"데이트."

그가 들을세라 그녀는 혼자 조그맣게 중얼거려 보았다.

데이트란다, 데이트. 이상하게 입가에 슬그머니 미소가 지어졌다. 가슴속에 풍선이 들어 있어 그게 크게 부풀어 오르고 있는 것처럼 몸이 자꾸 동동 떠오르려고 한다.

'아, 갑자기 왜 이렇게 떨리지?

아까랑 별로 달라진 것도 없는데 갑자기 가슴이 미친 듯이 뛰기 시작했다.

허리에 두르고 있는 그의 팔이 너무 선명하게 의식되고, 눈을 돌리면 닿는 그의 목덜미만 봐도 꼴깍 마른침이 넘어갔다. 꼴이 너무 촌스럽다며 오빠가 강제로 사 입힌, 흰 블라우스와 남색 치마가 갑자기 너무 마음에 들고 있었다. 처음 써 본 하늘하늘한 모자가 잘 어울리는지도 궁금해졌다.

그의 눈에 그녀가 예쁘게 보이고 있는지 갑자기 궁금해져서 참을 수가 없었다.

[발가락에 매니큐어를 발랐는데…….]

찰리가 통째로 빌려온 아브라에 앉아 흔들흔들 크릭을 건너가고 있을 때였다. 갑자기 은수가 샌들을 신은 발로 그의 구두를 톡 건드렸다. 출렁거리는 짠물이 금방이라도 발을 덮칠까 봐 긴장하고 있는 그에게 은수가 꼬물거리는 하얀 발가락을 보여 주면서 말했다.

[발가락에 빨간색 매니큐어를 발랐어요. 예쁘죠?]

[음.]

눈에 불이 확 붙었다.

[이런 샌들을 신을 땐 원래 이렇게 하는 거래요. 당신이 보기엔 어때요? 잘 어울리나요?]

[……음.]

루카스는 힘겹게 대답했다.

방금 전까지 그토록 신경 쓰이던 물 따윈 상관없이 그는 거의 잡아먹을 듯한 시선으로 그녀의 발을 바라보았다. 그녀의 말처럼 작고 뽀얀 발가락 끝에 꽃잎 같은 빨간색 매니큐어가 꼼꼼하게 발라져 있었다.

그것을 발견한 순간, 난데없이 숨이 콱 막혀 오면서 아랫도리가 무섭도록 묵직해지기 시작했다. 입 밖으로 신음이 새어 나올 것 같아 그는 필사적으로 이를 악물었다. 저걸 왜 이제야 발견한 것일까. 치명적이면서도 끔찍한 유혹이다. 그녀는 자신이 방금 엄청난 유혹을 했다는 사실을 알고나 있을까?

루카스는 그녀의 발이 얼마나 작은지 잘 알고 있었다.

그것은 그의 손바닥보다도 작고 부드러운 데다, 섬세하고 완벽한 곡선을 가지고 있었다. 불이 좁은 구두 따윈 단 한 번도 신은 적이 없는 것처럼 반듯하고 가지런하다. 꼬물거리는 발가락이 얼마나 귀여운지에 대해서는 굳이 말을 할 필요도 없었다. 밤새도록 입에 넣고 빨아도 질리지가 않을 정도다.

[음. 정말 예뻐.]

루카스는 배에 탄 걸 진심으로 후회했다.

오도 가도 못하고, 사방으로 확 트여 그녀를 당장 어찌할 수도 없는 이따위 공간에 앉아 있다는 사실이 그는 참을 수 없을 만큼 화가 났다. 순식간에 피어올라 확 백열되는 열기를 그는 초인적인 인내력으로 견뎌 냈다. 할 수만 있다면 도저히 떨어지지 않는 시선을 어떻게든 떼어 내고 차라리 질끈 눈을 감아 버리고 싶었지만 그것조차도 결코 쉽지 않았다.

[은수.]

새카맣게 진해진 푸른 눈동자로 마침내 그가 은수와 시선을 맞췄다. 그리고 숨 가쁘게 오고 가는 무언의 대화. 그에 맞추어 슬슬 거칠어지는 호흡. 꿀꺽. 마른 침이 목구멍을 넘어갔다.

그의 손은 이미 그녀의 허벅지 위에 얹혀 있었다. 루카스는 한 손으로 바람에 팔랑이는 그녀의 모자를 잡고 가만히 얼굴을 기울였다. 와락! 서로 다른 전극을 띤 자석이 달라붙듯 그들의 입술이 맹렬하게 딱 달라붙었다.

그 모습에 무심히 배를 몰던 아랍인 선장이 눈을 휘둥그렇게 뜨며 휘청거렸고, 경호원들은 재빨리 시선을 돌리고 주위를 살피는 척했다. 그리고 찰리는 킬킬거리고 웃었으며 애심이는…… 시큰둥하게 콧방귀를 뀌더니 별안간 노래를 흥얼거리기 시작했다.

"산타루치이~아~ 산타루치아~"

파도는 치고 연인들은 사랑을 속삭인다.

털털거리며 두바이의 크릭을 건너가던 아브라가 순식간에 베니스의 운하를 한가롭게 노니는 곤돌라 급으로 거듭나는 순간이었다.

애심은 먼 하늘을 바라보았다.

철없는 시절, 그녀가 상대성이론에 대해 물었을 때 아빠는 이렇게 대답했었다.

'너에겐 그냥 한 시간이었지만 나에겐 1년 같은 한 시간이었다.'

그날, 그녀가 엄마 곁에서 과자를 먹으며 한가롭게 드라마를 보고 있을 때 아빠는 무릎 꿇고 두 손을 든 채 벌을 받고 있었다. 한 시간 동안.

[조금만 더.]

[아이참, 정말 들어가야 하는데.]

[은수는 나랑 같이 있는 게 싫어?]

[아니요! 그건 아닌데 오빠가…….]

아아, 망할 연놈들 같으니라고.

그녀의 한숨이 길어졌다.

'벌써 한 시간째다, 인간들아. 지겹지도 않으냐?'

벌써 한 시간이 넘도록 그들은 꼭 부둥켜안은 채 떨어지지 않고 있었다. 들어간다는 건지 만다는 건지, 따라간다는 건지 아니라는 건지 결론이 나오지 않은 게 벌써 한 시간. 현기증이 난다. 이 순간, 그들의 한 시간과 그녀의 한 시간이 결코 같지 않음을 그녀는 온몸으로 실감하고 있었다.

[이봐요.]

곁에 멀뚱히 서 있는 찰리를 향해 애심이 손짓했다.

[어떻게 좀 해 봐요.]

[미안하지만 이번엔 좀 봐줘, 애심. 저기에 대고 내가 뭘 할 수 있겠어?]

[그럼 저 꼴을 계속 보고 있어야 한다는 거예요?]

[방법이 없다니까. 아까 수크(Souk)에서도 봤잖아.]

[더 보고 있다간 돌아 버릴 것 같단 말이에요.]

그녀가 빽 소리쳤다.

출발할 때부터 알아봤어야 했다. 조물조물거리며 은수에게서 손을 떼지 못하는 모습을 보았을 때, 아브라 위에서조차 당장 벗고 엎어질 듯 굴었을 때 이미 딱 견적이 나왔는데 피할 곳이 없다는 이유만으로 근근이 버틴 것이 문제였다.

선물을 사러 간다던 계집애가 주위엔 시선도 안 주고 그의 곁에 딱 붙어 장난질이나 받아 주는 걸 봤을 때 그냥 돌아섰어야 했다. 모르긴 해도, 그때 이미 고은돌이는 목적 따윈 까맣게 잊어버린 게 틀림없었다. 아니, 신발 산다며? 올케들에게, 오빠들에게 관광기념품을 사다 준다며? 그런 계집애가 그의 품에 매달려 한다는 말이 뭐라?

'처음부터 생각한 건데요, 당신한테는 아랍 전통 의상도 잘 어울릴 것 같아요.'

그러면서 그들은 난데없이 토브(Thobe)를 샀다. 당연히 오빠들에게 안길 선물도 토브가 되었다. 아니, 하얗고 긴 원피스를 정말로 오빠들에게 입힐 수 있다는 건가, 고은돌이는? 은준 오빠는 둘째 치고 그 중후하고 근엄한 은후 오빠에게 흰 원피스를? 차라리 눈깔을 파내고 싶어질지도 모른다.

　신발 가게에서는 더 웃겼다.

　신발을 골라 놓고 한번 신어 본답시고 나서더니 신발은 안 신고 은수는 또 루카스에게 빨간 매니큐어를 바른 제 발 자랑만 했다. 그러더니 결국 잔뜩 흥분한 그에게 잡혀 인적 뜸한 골목까지 끌려 들어갔다가 나왔다.

　그 안에서 두 사람이 뭘 했는지는 알 수 없다. 다만, 시간이 좀 오래 걸렸다는 사실만 알 뿐이다. 신발은? 기다리고 있기가 너무 심심해서 그녀가 샀다. 제일 촌스러운 걸로.

　"그 꼴을 은준 오빠가 봤어야 했다니까! 그러면 분명히 기가 막혀 죽었을 텐데."

　애심은 한탄했다.

　[언제 또 볼 수 있지?]

　루카스가 두 손으로 은수의 얼굴을 소중하게 보듬은 채 물었다. 말끝마다 감출 수 없는 애정의 단물이 뚝뚝 떨어지고 있었다.

　[밤에 데리러 와도 될까?]

　[안 돼요, 오빠 때문에. 우릴 죽이려고 들 거예요.]

　[그가 잠든 뒤에 나오면 되잖아.]

　[오빠는 늦게 자는걸요? 그리고 애심이가 이를지도 몰라요.]

　[아, 정말 미치겠다. 은수가 없으면 이제 잠도 제대로 못 잘 것 같은데.]

　[나도 그래요. 휴우, 속상해.]

비련의 연인들처럼 슬픈 표정을 지으며 그들이 다시 서로를 꼭 끌어안았다.

그놈의 오빠가 뭔지. 왜 나타나서 마음대로 얼굴도 못 보게 만드나. 아니, 한국에서는 오빠들이 원래 그렇게 여동생들을 집요하게 감시하는 건가? 차라리 이대로 확 납치를 해 버려?

루카스는 진지하게 고민했다.

하루 종일 붙어 있어도 모자랄 판에 누군가의 시선을 피해 몰래 만나야 한다는 것은 확실히 그리 유쾌한 상황이 아니었다. 더구나 시간까지 부족한 상황이라면 더더욱. 오늘 내일 중으로 자말이 병원에서 퇴원하면 그는 진지하게 돌아가는 것을 고민해야 한다. 말도 없이 자리를 너무 오래 비워서 당장 해결해야 할 일거리만도 벌써 산더미처럼 쌓여 있다고 연락이 왔다.

뿐만이 아니다.

그는 아직 은수와 제대로 된 대화도 나누지 못하고 있었다. 시간이 갈수록 마음은 점점 더 깊어만 가고 있는데 그런 마음을 전하지도 못하고, 하기로 마음먹은 말도 아직 꺼내 놓지 못한 상태였다. 이런 상황에서 그녀가 오빠한테 끌려 돌아가게 된다면? 혹은 그녀가 작별을 고한다면? 루카스는 은수가 이제라도 여행을 끝내고 돌아간다는 말을 할까 봐 가슴이 온통 조마조마했다.

[아무래도 오늘밤엔 반드시 함께 있어야겠어.]

그가 단호하게 말했다.

[나랑 가자, 은수.]

[오빠가 곧 올 텐데요?]

[내가 어떻게든 방법을 만들어 볼게.]

[애심이가 고자질을 하면…….]

[안 해! 절대 안 해!]

보다 못한 애심이 버럭 소리쳤다.

[입 꾹 다물고 있을게. 그러니 가 버리든지 말든지 그 자리에서 결정을 좀 내리란 말이야!]

[그렇다는군. 갈 거지?]

[하, 하지만…….]

[은수는 나와 함께 있고 싶지 않은 거야?]

그가 두 손을 꼭 잡으며 말했다.

호소력 짙은 그의 눈동자가 반짝반짝 빛을 뿌리며 그녀를 유혹하고 있었다. 손바닥을 은근히 쓰다듬는 손길에 슬슬 열기도 피어오른다. 아, 이러면 안 되는데.

[가, 갈게요.]

아아, 고은돌이는 대책 없는 또라이다.

오빠가 알면 어떻게 되는지 뻔히 알면서 이게 웬 만용이지?

말을 하자마자 은수는 바로 후회부터 했다. 하지만 환하게 웃으면서 그녀를 잡아당기는 그의 모습에 그런 생각은 어느새 홀딱 날아가 버리고 말았다.

"애심아."

은수는 '정말 가도 돼?'라는 뜻이 역력한 눈으로 애심을 바라보았다. 그 모습에 애심은 지친 표정으로 두 손을 들어 보였다.

"그래, 가라. 가 버려."

"정말 괜찮겠어?"

"저 남자가 알아서 방법을 마련해 주겠지."

"미안."

"알면 좀 잘해. 가끔은 비싼 것도 사 주고."

그 말에 은수는 픽 웃었다. 그리곤 나비처럼 훨훨 날아 그의 품에 쏙 안겨 사라졌다. 여전히 으리으리한 호텔 앞에 쇼핑백을 잔뜩 든 애심만 외로이 남겨 놓고.

"저런 얼굴을 하고서는 뭐가 모르겠다는 거야?"

애심은 어이없는 얼굴로 중얼거렸다.

그가 좋은 거냐고 묻는 그녀에게 은수는 잘 모르겠다고 대답했다.

솔직히 '제가 좋다면야 어쩌겠느냐'고 생각했다. 질 나쁜 바람둥이와의 하룻밤일지언정 당장 그 사람이 좋아서 따라가는 거라면 오히려 좋은 일일 수도 있는 거라고 믿었다. 고은수도 여자니까 사랑 한번 해 보는 것도 그리 나쁘지 않을 거라고.

그런데 막상 반짝반짝 빛나는 얼굴을 확인하자 문제가 그리 간단하지만은 않다는 생각이 드는 거다. 애심은 저렇게 생생하게 살아 있는 얼굴을 한 은수는 처음 보았다. 늘 어딘가 공허해 보이던 애가 온몸으로 '나 살아 있소' 외치는 모습은 그녀에게 생각보다 더 큰 기쁨과 불안을 동시에 안겨 주고 있었다.

"저 남자는 대체 무슨 생각을 하고 있는 걸까?"

애심은 루카스를 떠올렸다.

그는 마치 은수에게 푹 빠져 있는 것처럼 보였었다. 적어도 하루 종일 겪은 그의 행동은 '그렇다'고 말하고 있었다. 하지만 그 마음이 '휴가가 끝날 때까지만'이라면? 스스로도 자각하지 못하는 사이 사랑에 빠져 버린 은수에게 가차 없이 이별을 고한다면 그땐 어찌 되는 걸까?

"그래도 죽지는 않겠지. 봐, 나도 멀쩡하잖아?"

지쳤다는 듯 그녀가 중얼거렸다.

"그나저나 큰일이네. 이제 은준 오빠한테는 뭐라고 해야 하지?"

그의 손에서 과연 살아남을 수나 있을까.

이 순간 애심은 그것이 더 걱정스러웠다.

"으음, 하! 아아!"

가느다란 허리가 유려한 곡선을 그리며 활처럼 휘고 있었다.

몽롱하게 흐려진 검은 눈동자와 작게 벌어진 붉은 입술이 너무 여려 새삼 애틋하다. 뒤로 젖혀져 그대로 드러난 목선 아래, 매끈하게 이어지는 가슴골을 따라 촉촉이 땀이 흘렀다.

[음.]

루카스는 한 손을 뻗어 눈앞에서 출렁이는 가슴을 와락 움켜쥐었다.

"아학!"

그의 허리에 걸터앉아 연방 허리를 움직이던 은수가 순간 펄쩍 뛰어오르며 몸을 떨었다. 한껏 달아오른 뜨거운 숨이 토해지면서 눈앞의 허공이 잠시 흐려졌다 곧 더 선명해졌다. 스멀거리는 쾌락이 허리 아래에서부터 치고 올라온다. 하지만 역시 아직 모자랐다.

루카스는 한 손으로 그녀의 골반을 잡고 허리를 강하게 튕겨 올렸다. 뜨겁게 조여 오는 그녀의 샘 속으로 더 깊이 파고들며 한바탕 크게 휘저었다. 그를 감싸고 있는 촉촉한 여성이 더 강하게 반응하는 것이 느껴진다.

"앗! 아앗!"

빨라지는 동작에 은수는 이제 거의 자지러지고 있었다.

그가 벌떡 몸을 일으켰다. 휘청거리는 그녀를 반듯하게 눕혀 놓은 다음 손을 서로 맞잡아 깍지를 꼈다. 빈틈없이 결합된 아랫도리가 보다 더 격렬한 마찰을 원하고 있었다.

[은수!]

부르짖으며 그가 리드미컬하게 허리를 움직이기 시작했다.

"아! 아아!"

뜨겁게 덮쳐 오는 커다란 몸과 심장 아래까지 깊숙이 치받아 오는 남성을 느끼며 은수는 신음했다. 아랫도리가, 자궁이, 심장이 참을 수 없을 만큼 뜨거워지고 있었다. 불쑥불쑥 크기를 부풀려 가는 쾌감에 눈앞이 아찔해지고 자꾸만 숨이 가빠 온다.

퍽퍽퍽.

별이 쏟아질 듯 반짝이는 밤하늘 아래, 부끄러운 줄도 모르고 다리를 크게 벌린 채 온몸으로 그를 받아들이고 있는 그녀의 모습이 새파랗게 달아오른 그의 동공 위로 또렷이 맺히고 있었다. 황금빛 모래 위에서 바람이 너울너울 춤을 춘다.

[음.]

쾌감에 겨워 낮게 신음하는 그의 모습이 커다랗게 확대되어 보였다. 아아, 왜 이렇게 자꾸 가슴이 뜨거워지는 것일까. 세포 하나 하나까지 떨리는 느낌에 전율하며 은수는 눈을 감고 점점 거칠어지는 호흡을 골랐다. 바로 그때 별안간 그의 움직임이 확 빨라졌다. 어쩔 수 없이 눈이 번쩍 뜨였다.

"앗! 아흑!"

[은수!]

누가 먼저랄 것도 없이 둘은 손을 풀고 팔을 뻗어 서로를 단단하게 끌어안았다. 한 덩어리가 되어 맨 바닥을 구르며 더 격렬한 몸짓으로 완벽한 하나가 되기 위한 몸부림을 쳤다.

"아앗!"

[헉!]

그리고 마침내 우주에서부터 추락하는 별똥별처럼 화려하게 폭발했다.

"하아, 하아……."

포말처럼 하얗게 뿜어져 나온 입김이 공중에서 산산이 부서지고 있었다.

시린 밤공기 속으로 그녀의 몸이 빠르게 녹아들었다.

쾌락의 여운에 휩싸여 바들바들 떨리는 여린 몸을 루카스가 꽉 끌어안는 것이 느껴졌다. 그제야 서서히 숨결이 가라앉았다.

[좋아해, 은수.]

그가 귓가에 가만히 속삭인다.

은수는 말없이 미소 지었다. 몸은 지쳤지만 가슴이 꽉 찬 듯 뿌듯하고 포만감이 일었다.

[좋아해. 은수는?]

아직 그녀 안에 잠긴 채 그가 물었다.

두 손으로 소중하게 얼굴을 감싸 안고 가볍게 입 맞추는 그에게
선 아직 가시지 않은 흥분의 열기가 후광처럼 어른거리고 있었다.
사막의 하늘에서 빛나고 있는 저 수많은 별보다 더 반짝반짝 빛이
난다.

[은수는?]

대답 대신 은수는 팔을 뻗어 그를 꼭 끌어안았다.

그의 품에 얼굴을 묻고 가만히 심장 뛰는 소리에 귀를 기울였다.
그러자 그가 마주 안고 등을 쓰다듬으면서 다시 물었다.

[추운 거야?]

[……조금.]

[안으로 들어갈까?]

[아니요. 여기가 좋아요.]

그 말에 피식 웃으며 루카스는 천천히 그녀의 몸 위에서 내려왔
다. 그리곤 근처에서 뒹굴고 있는 두툼한 모포를 끌어당겨 은수의
발끝까지 꼼꼼하게 덮어 주었다. 낮에 재래시장에서 산 붉은 카펫
위에 뽀얀 알몸으로 누워 있는 은수의 모습을 더 보고 싶었지만,
이대로 두었다간 금방 감기가 들 게 분명했다. 사막의 밤은 도시의
그것보다 훨씬 추우니까.

[잠깐만.]

루카스가 가운을 걸치고 자리에서 일어섰다.

타닥타닥 소리를 내며 타고 있는 모닥불에 장작 몇 개를 던져 넣

고 그는 조금 빠른 걸음으로 캠핑카 안으로 사라졌다. 그 모습을 끝까지 바라보다 은수는 가늘게 한숨을 쉬었다.

그녀는 모래 위에 누워 있었다.

더 자세히 말한다면, 사막 한복판이다. 대책 없이 그를 따라나설 때만 해도 그녀는 그냥 그가 머무는 호텔쯤으로 가게 될 줄 알았다. 그런데 그녀 앞에 나타난 것은 호텔이 아니라 거대한 캠핑카였다. 처음 그것을 보았을 때, 은수는 조금 특이하게 생긴 관광버스인 줄 알았다. 아무래도 크기가 엇비슷했으니까.

물론 안으로 들어서자마자 그 생각은 바뀌고 말았다.

세상에, 차 안에 커다란 침대가 있는 게 아닌가. 거실, 침실은 물론이고 부엌에 화장실까지 있는 것을 보고 그녀는 '이게 웬 별천지인가' 했었다. 아무튼 지간에 그걸 타고 그들은 이 사막으로 왔다. 모래가 붉은 두바이의 사막이 아니라 누런 모래가 깔린 아부다비의 사막이었다.

차를 세우고 그는 사막 한쪽에 모닥불을 피웠다.

그 앞에 재래시장에서 사 온 붉은 카펫을 깐 다음 그들은 그 위에서 저녁 식사를 했다. 식사 후엔 사랑을 나누고, 나누고, 또…….

"미쳤나 봐."

모포를 끌어안고 은수는 얼굴을 붉혔다.

아무래도 그녀는 정상이 아닌 것 같았다. 심장이 제멋대로 뛰고, 얼굴도 제 마음대로 붉어졌다 노래졌다 하는 데다, 평소라면 꿈도 안 꿔 볼 행동을 연달아 해치우기도 했다. 심지어는 오빠의 코앞에서 남자랑 이런 짓까지 하고.

"큰일 났네. 정말 왜 이러지?"

입술을 깨물면서 그녀는 캠핑카를 돌아보았다.

그녀가 이렇게 이상해진 건 다 그 사람 때문이었다. 심장이 이상해진 것도, 이렇게 무모한 짓을 서슴지 않고 할 수 있는 것도 다 그 때문이다. 마법에라도 걸린 듯 은수는 그가 웃으면서 손을 내밀면 거부할 수가 없었다.

똑바로 다가오는 그 흔들림 없는 시선에 갇혀 간신히 '네' 하고 대답하는 게 전부였다. 그리고 폭포처럼 쏟아지는 관심과 애정에 푹 파묻혀 현실조차 잊게 되는 것이다. 온몸으로 그를 느끼다 보면 때때로 눈물도 나려 한다. 어쩌면 분에 넘치게 행복하기 때문인지도 모르겠다. 누군가의 애정에 이렇게 흠뻑 취해 보는 것은 진정 처음이기에.

"좋아한다. 좋아한다?"

그의 말을 조그맣게 따라해 보며 은수는 또 배시시 웃었다.

"어떡해. 진짜 좋아하나 봐. 아이, 난 별로 좋아하고 그러는 거 아닌데. 킥!"

고은돌, 요 앙큼한 것.

질기게 쫓아다니는 남자를 마지못해 받아 준 여자처럼 은수는 한껏 으스대 보았다. 진정 고은돌이의 코가 0.1센티만 높았어도…… 그만하자. 지나가던 사막여우가 비웃을라.

자꾸 웃음이 나오는 걸 꾹 참고 은수는 다시 캠핑카 쪽을 바라보았다. 루카스가 양손에 커다란 바구니를 든 채 돌아오고 있었다. 자리로 돌아온 그가 손에 든 것들을 그녀의 곁에 차례차례 내려놓았다.

[자! 물, 주스, 과일, 이건······.]

[케이크.]

[맞았어. 그리고 치킨과 파스타. 와인도.]

[나 배고픈 거 어떻게 알았어요?]

[음, 다 아는 수가 있지. 말해 줄까?]

은수의 어깨에 가운을 걸쳐 주며 그가 장난처럼 물었다.

당연히 은수는 고개를 끄덕였다. 그러자 마치 무슨 은밀한 이야기를 하듯 이번에도 왼쪽 귓가에 입술을 대고 그가 속삭였다.

[아까 내가 은수의 그곳으로 들어갈 때······.]

그, 그곳이라고라.

[그러니까 은수가 내 위에서 흔들릴 때 말이야. 내가 가슴을 이렇게 움켜쥐는데······.]

헉!

[갑자기 은수가 나를 와락 끌어안으면서 귀를 깨물었잖아. 그때 생각했지. 아, 먹을 것을 안 주면 또 물어뜯겠구나.]

[뭐, 뭐예요?]

[하하하하!]

새빨개진 은수의 얼굴을 보며 루카스는 소리 내어 웃었다.

한마디 할 때마다 작은 입이 점점 커지는 모습이 왜 이렇게 귀여운지 모르겠다. 데굴데굴 눈동자를 굴리는 모습은 또 왜 그렇게 예쁜지, 저도 모르게 자꾸 손이 나가려 한다. 루카스는 입술을 삐죽 내밀며 항의하는 그녀를 왈칵 끌어안았다. 꽃잎 같은 입술을 담뿍

집어삼키고 게걸스럽게 혀를 빨아들였다.

그의 손이 백자처럼 매끈한 그녀의 다리를 헤매고 있었다.

종아리를 느릿느릿 쓸어 올리다 다시 주욱 미끄러지듯 내려와 발바닥을 살살 간질인다. 그리고 어느 순간…… 찰랑! 발목에서 맑은 소리가 울렸다.

[어? 뭐예요?]

은수는 불쑥 고개를 들었다.

가느다랗고 서늘한 것이 오른쪽 발목을 휘감고 있는 느낌에 소름이 쫙 올라왔다. 루카스는 대답 대신 그냥 웃고 있을 뿐이었다. 의아해 하며 모포를 걷어 올리자 뽀얀 발과 그 발목을 감싸고 있는 누런 금붙이가 눈에 들어왔다.

[어? 이건 발찌?]

가느다란 체인에 섬세한 세공이 들어간, 포도송이처럼 작은 방울들이 수십 개나 붙어 있는 발찌였다. 모닥불 빛을 받아 그것은 어둠 속에서도 화려하게 반짝반짝 빛나고 있었다. 이렇게 예쁜 발찌가 어디에서 나온 것일까?

[예쁘다. 나 주는 거예요?]

[응. 마음에 들어?]

끄덕끄덕.

은수는 맹렬하게 고개를 끄덕였다.

갑자기 가슴이 또 사정없이 두근거린다. 그가 더 좋아져서인지 아니면 이런 선물을 받아 보는 것이 처음이기 때문인지 구분이 가지 않았다. 어쩌면 그로부터 무언가를 받았다는 것 자체가 좋은 것인지도 모르겠다. 이건 이를테면 정표 같은 것일 테니까. 고은준이 여자를 떼어 낼 때마다 해 주던 비싼 선물들 하고는 그 의미가 확실히 다른 거라고 그녀는 믿고 싶었다.

[나도 마음에 들어.]

루카스가 씩 웃으면서 말했다.

[이걸 채워 두면 은수가 움직일 때마다 소리가 나겠지? 그러면 나는 어둠 속에서도 당신을 금방 찾을 수 있을 거야. 이렇게.]

[그럼 나는 당신을 어떻게 찾죠?]

[음, 그건 걱정 마. 당신은 그냥 그 자리에 가만히 있으면 돼. 그러면 내가 곧 갈 테니까.]

[정말요?]

[정말.]

은수의 얼굴 위로 절절한 무언가가 스쳐 지나갔다.

루카스는 그녀를 안고 다시 깊게 입 맞추었다. 그러다 긴긴 입맞춤의 끝에서 이마를 마주하고 조심스럽게 물었다.

[은수, 나와 함께 가지 않을 테야?]

[……또 어디를요?]

[하하, 그런 게 아니라……. 휴가가 끝나면 돌아가야 하잖아? 그때 나랑 함께 가자.]

[아!]

갑자기 머릿속이 멍해졌다.

부지불식간에 머리를 얻어맞은 사람처럼 멍해져서 은수는 한동안 무슨 말을 들은 건지 감을 잡을 수가 없었다. 그러다 한참 만에야 현실감이 돌아왔고 깨달았을 땐 이미 심장이 바닥까지 쿵 떨어진 뒤였다.

충격의 후폭풍이 그녀를 확 덮쳐 왔다. 그러니까 돌아가야 한다고 말한 건가? 물론 돌아가야지. 그녀도 돌아가야 한다. 이 동네에서 눌러살자고 온 길이 아니라 이건 그냥 여행이니까. 여행이 끝나면 당연히 온 곳으로 돌아가야 했다.

당장 오빠가 손잡고 '가자' 하면 그녀는 그냥 따라나서야 한다. 그게 오늘인지 내일인지 알 수도 없었다. 오빠는 언제나 미리 말해 주는 법이 없었으니까. 어쨌거나 그도, 그녀도 곧 이 사막을 떠나야 하는 사람들이었다.

그런데 같이 가자고? 어디로? 왜? 같이 가서 또 이 아슬아슬한 하룻밤 놀이를 이어 가자고?

수많은 질문들이 한꺼번에 와다다다 몰려들었다. 그중에서도 그녀를 가장 무섭게 하는 질문은 단연코 '왜' 였다. 왜, 그는 그녀에게 이런 제안을 하고 있는 것일까?

[놀란 건가?]

그가 조금 걱정스러운 얼굴로 물었다.

[괜찮아? 많이 놀란 것처럼 보여.]

[아, 아니에요. 그러니까 내 말은…… 네.]

[너무 그럴 것 없어. 놀라는 것도 이해해. 갑작스러운 이야기라는 걸 나도 알아.]

루카스는 너그럽게 말했다. 그러나 참을성 있게 말을 하고 있다고 해서 속까지 좋은 것은 결코 아니었다. 은수는 그의 생각보다 훨씬 더 많이 놀라고 있었다. 당장 따라나서겠다고 하지는 않겠지만 적어도 기쁘게 여겨 주기는 할 것이라고 그는 내심 생각했었다. 그런데 그녀는 도리어 충격을 받은 듯 얼굴이 창백해져서는 어쩔 줄을 모르고 있었다. 그 뜻밖의 반응에 실망과 불안감이 검은 물처럼 스며들었다.

[나는 이대로 은수와 헤어지고 싶지 않아. 은수는?]

그가 다시 말을 이었다.

[이대로 끝낼 수 있겠어?]

[나, 나는 잘 모르겠어요. 아직 생각해 본 적이 없어서. 그러니까 그런 식으로는……. 하룻밤이라고 했잖아요. 하룻밤 그리고 굿바이. 하지만 벌써 하룻밤도 더 지났고…….]

[그런 게 아니야!]

[뭐가요?]

[원 나잇 스탠드 따위가 아니라고. 그런 건 잊어버려. 은수, 나는 지금 완전히 다른 이야기를 하고 있는 거야.]

다른 이야기? 다른 이야기 뭐?

은수가 어리바리한 시선으로 그를 올려다보았다.

맨 처음에 하룻밤이 어쩌고 하는 소리를 들은 탓인지 은수는 좀처럼 그 생각에서 벗어날 수가 없었다. 다른 무엇이 가능하다는 생각은 아예 할 수도 없다.

그가 그만두자고 하면 당연히 그래야 하는 것인 줄 알고 있었다.

어차피 그녀는 제자리로 돌아가야 했고, 그는 그녀가 아닌 '섹스'에 대해서만 관심이 있어 보였다. 다 아는 사실이었다. 물론, 그렇다고 해도 은수는 그가 좋았다. 그의 관심을 받는 것도, 그 품에 안겨 함께 잠드는 것도 너무 좋아서 '하룻밤' 이후의 일이 무섭기까지 했었다.

하지만 그 순간에도 그녀는 그를 붙잡는다거나, 그와 함께 간다는 생각은 꿈에도 하지 못했다. 간다면 그냥 보내 줘야지. 처음부터 그런 건 아니라고 했으니까. 그리고 그녀는—비록 가출을 하긴 했지만—한국 땅이 아닌 다른 곳으로 간다는 생각은 단 한 번도 해 본 적이 없었으니까.

[무슨 말인지 모르겠어요.]

그녀는 도리질을 쳤다. 그런 그녀가 답답했는지 루카스가 두 손으로 그녀의 어깨를 왈칵 잡아챘다.

[사랑해!]

[예?]

[은수를 사랑해. 진심이 되었다고.]

[……왜, 왜요?]

지금 그걸 질문이라고 하는 건가.

루카스는 조금 당황했다. 정말로 그게 궁금해서 묻고 있는 건지 의아할 정도였다. 그때, 멈칫한 그에게 은수가 확인 사살을 시도했다.

[왜 진심이 되었는데요?]

[사랑하게 되었으니까.]

[그러니까 왜 사랑하게 되었냐고요.]

[……첫눈에 반했어. 그 밤, 그 모래 위, 그 달빛 아래에서 눈이

마주친 순간 나는 당신에게 반했다는 사실을 깨달았지. 처음부터 사랑이었던 거야. 알고 있었는데 그 마음을 일부러 외면했어. 외면한 이유는…… 나는 아마도 두려웠나 봐.]

루카스는 힘겹게 고백했다.

그는 그녀와 똑같은 눈동자를 가졌던 한 여자를 알고 있다. 한 남자를 사랑했지만 배반당했고, 그래서 도망쳤지만 사랑을 멈출 수 없었던 바보 같은 여자였다. 그에게 화가 났지만 그보다는 사랑이 더 커서 사실은 잡아 주길 기다렸던 그런 여자였다.

질기게 이어지던 싸움조차 사랑이라고 믿으며 버티다가 어느 날 스스로를 죽인 그녀를 루카스는 내내 곁에서 지켜보면서 자랐다. 그래서였을까? 그는 언제나 누군가를 사랑하는 일이 힘에 겨웠다. 깊어지는 관계, 그에 따라 요구되는 책임, 그리고 또 다른 것에 대한 기대조차도 부담스러울 때가 많았다.

[어렸을 때부터 내 인생은 아버지나, 어머니 둘 중 한 사람의 것을 닮을지도 모른다고 생각해 왔어. 아버지처럼 여러 여자를 전전하다가 어머니 같은 사람을 만들거나, 혹은 어머니처럼 배반당하고 죽거나.]

[지금까지는 누구랑 더 비슷한 것 같은데요?]

[……아버지.]

루카스는 순순히 인정했다.

언젠가 자말이 말했었다. 미워하면 더 닮는다고. 그래서인지 그는 유독 아버지를 닮았다. 생긴 건 영판 남인데, 성격은 같은 판에서 찍어 낸 듯 똑같다고 자말이 혀를 찬 적도 있었다.

[솔직히 지금도 자신이 있는 건 아니야. 나는 아마 앞으로도 깊어지는 관계를 부담스러워할지도 모르고, 내게로 향하는 당연한 기대를 저버릴지도 몰라. 이런 마음으로 당신에게 함께 가자고 하면 안 된다는 것 정도는 알고 있어. 아는데…….]

[아는데요?]

[당신을 놓고 싶지 않아.]

[못됐네요.]

[응, 알아. 그래서 이렇게 미리 뇌물을 달아 놓은 거야.]

루카스는 애절하게 말했다.

[이대로 놓으면 후회할 것 같아. 아마도 꽤 오랫동안 벗어나지 못하겠지. 은수는 이대로 나를 떠날 수 있어?]

[…….]

[나를 좋아하는 게 아니야?]

[조, 좋아해요.]

은수는 가까스로 인정했다.

정말 싫었다면 오빠 눈까지 피해 이런 짓을 하고 있지는 않을 거였다. 애초에 싫었다면 따라나서지도 않았을 것이다. 하룻밤이니 뭐니 할 때도, 아니 맨 처음 그를 알아보았을 때 그냥 그 자리에서 끝장을 보고 말았을 거다. 그런 꼴을 당해 놓고도 그가 싫지 않았던 이유를 달리 설명할 방법이 없었다.

[좋아하는 것 같아요.]

은수는 그의 눈을 똑바로 바라보며 말했다.

[당신이 좋아요.]

[그럼 같이 가는 거지?]

와락 끌어안으며 그가 성급하게 물었다. 하지만 좋은 것과 함께 가는 것은 전혀 다른 이야기였다. 그냥 함께 가서 뭘 어쩐단 말인가. 낯선 곳에서 하는 일도 없이 오직 그만 바라보며, 그가 마침내 그녀에게 질려 이별을 선언하는 날을 조마조마한 마음으로 기다리면서 살라고? 더구나 결혼을 하는 것도 아니고 그냥 그런 관계로? 보나 마나 오빠들도 허락하지 않을 이야기였다. 아니, 아예 말도 꺼낼 수 없다. 은수는 그를 살며시 밀어냈다.

[미, 미안해요.]

[은수?]

[함께 갈 수 없어요. 오빠들이 허락하지 않을 거예요. 아니, 나는 돌아가야 해요.]

[……당장 함께 가지 않아도 좋아. 돌아갔다가 정리 좀 하고 다시 내게로 오면 돼. 그 정도는 기다릴 수 있어.]

그 정도는 이해한다는 듯 루카스는 너그럽게 말했다.

이제껏 어떤 여자에게도 한 적 없는 말이라는 사실을 그녀가 좀 알아주었으면 좋겠다.

[사랑해, 은수.]

고백하며 흔들리는 그녀를 그가 다시 왈칵 끌어안았다.

[당장 어쩌라는 게 아니야. 천천히 생각해도 돼. 상황은 얼마든지 달라질 수 있는 거니까. 그러니까 생각해 보고 다시 얘기하자.]

[하, 하지만……]

[부탁이야. 진지하게 생각해 줘.]

도둑의 마음 51

[네.]

결국 은수는 고개를 끄덕이고 말았다.

결론을 바꿀 수 없다는 걸 알면서도 그의 진심이 너무 절절하게 와 닿아 차마 고개를 저을 수가 없었다. 그리고 이대로 헤어지게 된다면 그의 말처럼 그녀 또한 후회하며 오래도록 그에게서 벗어나지 못할 것 같았다.

즐겁다 못해 동동 떠오르던 기분이 순식간에 바닥으로 추락했다. 환상의 낙원에서 강제로 내던져져 쓰디쓴 현실을 목격한 사람처럼 갑자기 입안이 씁쓸하다.

그의 가슴에 얼굴을 묻고 은수는 가늘게 한숨을 내쉬었다.

문득 할머니의 말이 뇌리를 스쳐 간다.

'사람은 주제를 알아야 하는 거여. 대통령 해 먹을 놈이 있고, 고작 군수 자리도 힘들어 하는 놈이 있는 것만치, 사람마다 감당할 그릇이 다 다르당께. 그러니 너도 그냥 딱 생긴 대로만 살아야 하는 겨. 공연히 황새 따라갔다가 가랭이가 찢어질라.'

애심이를 따라 영어 공부를 하는 그녀에게 할머니는 그렇게 말했었다. 그리고 그녀는 그날 바로 공부를 그만두었다.

이 남자를 만난 것도 어쩌면 그런 일 중 하나에 해당할지 모른다는 생각이 들었다. 주제넘는 일, 감당이 안 되는 사람. 역시 이번에도 그만두어야 하는 걸까?

동해물과 백두산이 마르고 닳도록 하느님이 보우하사 우리나라 만세. 만세, 만세, 만세에……!

"독립운동이라도 하고 있는 거냐?"

"헛!"

갑자기 불쑥 나타난 은준의 모습에 애심이 만세를 부르다 말고 화들짝 놀라 어깨를 움츠렸다.

"오, 오빠!"

밤새 안 들어오기에 이대로 그냥 무사히 넘어가나 했는데, 그게 아니었던가? 때는 동쪽 하늘이 부옇게 밝아 오는 새벽, 밤새 소식이 없던 은준이 마침내 새벽이슬을 맞으며 돌아왔다.

"아, 아니. 왜 이제 들어오세요? 걱정했잖아요. 늦으면 늦는다고 얘길 해야지."

그래, 차라리 들어오지 말지 왜 들어오고 지랄이냐.

저질러 놓은 일이 무서워 뜬 눈으로 밤을 지새며 간을 달달 떨다가 이제야 간신히 안심을 하려는 찰나에 기어들어 오다니. 이거야말로 사람 피 말려 죽이기 딱 좋아하는 고은준다운 짓이 아닌가.

애심은 조금 긴장해서 그의 눈치를 살폈다.

은수는 아직 안 돌아왔다. 어디에서 뭘 하고 있는지 연락도 없다. 은수를 데려가면서 루카스 일당은 분명히 은준 오빠의 시선을 피할 수 있는 '방법'을 찾아 준다고 했었다. 그래서 오빠가 밤새 소식도 없이 안 들어오는 걸 보고 그녀는 내심 기뻐하며 '정말 제대로 돕고 있구나'라고 생각했던 것이다.

'도우려면 끝까지 도와야지. 은수는 아직도 소식이 없는데 벌써 들여보내면 어떻게 하냐고.'

애심은 간을 달달 떨면서 한탄했다.

"은수는?"

술 냄새를 풀풀 풍기면서 은준이 물었다.

순간, 그녀는 흠칫 긴장하며 잽싸게 고개를 들었다. 아아, 최대한 자연스럽게 떠들어야 하는데 자꾸만 턱이 달달 떨린다.

"다, 당연히 자죠. 시간이 몇 시인데요. 걔는 노인네처럼 초저녁만 되면 자잖아요. 오빠도 얼른 들어가서 주무세요."

"그래."

대답은 잘 해 놓고 그가 불쑥 그녀들이 자는 방의 문고리를 잡았다.

"오빠! 거, 거긴 저희 방이에요."

"음, 알아. 우리 은수 잘 자고 있는지 봐야지."

"자, 잘 자고 있다니까요. 그러다 은수 깨면 어쩌려고요?"

식은땀까지 흘리며 애심은 필사적으로 머리를 굴렸다.

"오빠 지금 술 냄새가 얼마나 지독한지 알아요? 곁에만 가도 머리가 아플 정도예요. 더구나 은수가 깨면 가만히 있겠어요? 하루 종일 잔소리를 해 댈 텐데, 그거 어떻게 견디려고 그러세요?"

"그 정도인가?"

그가 킁킁거리며 냄새 맡는 시늉을 한다.

사실, 냄새만 조금 나는 것 말고는 전혀 술을 마셨다는 표도 안 나고 있었지만, 진실 따윈 언제나 저 너머에 있어도 상관이 없는 거였다. 이때다 싶어 애심은 방문 앞을 딱 가로막고 냉큼 덧붙였다.

"대체 어디에서 얼마만큼이나 드신 거예요? 여기는 아무 데서나 술을 함부로 마시면 체포된다고요."

"알아. 그래도 간만에 어이없는 놈을 만나서……."

"어이없는 놈이라뇨?"

"음, 어떤 놈이 식당 주차장에 세워 놓은 내 회사 차를 박았는데 말이다."

풀썩.

소리가 나도록 은준이 소파 위에 주저앉았다. 그러더니 그런 엄청난 놈은 난생 처음 봤다는 듯 고개까지 저으면서 말했다.

"미안하니까 술이나 한잔 하자면서 그놈이 내 팔을 잡아끄는데, 보니까 차 조수석에 맥켈란 60년산이 앉아 있더라."

"맥켈란? 위스키요?"

"음. 한 병에 1억쯤 되는 놈이지."

"헉!"

"뿐만이 아니야. 그놈 집엔 더 굉장한 놈들이 있었다고. 댈모어 62 싱글 하이랜드, 보떼 뒤 씨에클, 레이마틴 블랙펄, 글랜휘딕……. 진짜 엄청난 놈이었어. 그런 무식한 컬렉션은 나도 처음 봤지."

은수의 그 남자, 지난밤에 돈지랄 좀 했구나.

술을 좋아한다고 딱 한마디만 해 줬을 뿐인데, 루카스는 어마어마한 돈지랄로 고은준의 시간을 낚았다. 입이 딱 벌어질 만큼 큰 배짱이다. 아니면 미쳤거나.

"그, 그걸 다 마셨다고요? 둘이서?"

가격을 물어봤자 억 소리만 날 것 같아 애심은 그냥 그렇게만 물었다. 그러자 은준은 보기 드물게 후덕하게 웃더니 가차 없이 고개를 끄덕였다.

"둘이서 마시기 시작했는데 그 친구가 중간에 죽어 버려서 마지막 병은 혼자 해치웠지. 쿡, 글랜휘딕. 찰리라고 했던가? 아무튼 굉장한 놈이었어."

떡대여, 그래서 연락이 없었구나.

돌려보내는 시간에 맞춰 연락을 주겠다던 사람이 끝내 잠잠했던 이유가 바로 거기에 있었다. 억대의 술에 푹 절어서 죽은 거다, 찰리는.

"그렇게 마시고 여기까지 어떻게 온 건데요? 누가 태워다 줬어요?"

"그냥 혼자 택시 타고 왔는데."

"위험하게! 김 대리라도 부르지 그러셨어요?"

"김 대리? 그 새끼는…… 당분간 볼 일이 없을걸?"

움찔.

다시 근육이 긴장한다. 불길한 예감이 콧잔등을 스치고 가는 것을 느끼며 애심은 주춤주춤 물었다.

"왜, 왜요? 무슨 일 있대요?"

"아니, 아무 일도."

그 말을 하면서 은준은 역시나 수상하게 눈썹을 꿈틀거렸다.

"휴가가 끝났다."

그게 아닌 것 같은데!

인간, 결국은 저질렀구나.

애심은 단박에 감을 잡아 버리고 말았다. 정말로 아무 일도 없다면 방금 얼굴 위로 스쳐 간 그 통쾌한 표정은 뭐란 말인가. 보나 마나 남모르게 무슨 짓을 벌인 게 틀림없었다. 불쌍한 김 대리는 아직 살아 있을까?

"아, 아무튼 이야기는 날 밝으면 하고 얼른 주무세요."

"음, 자야지. 우리 고은돌이한테 들키면 곤란하니까."

그 엄청난 술들을 한자리에서 해치운 사람답지 않게 생생한 얼굴로 은준이 자리에서 벌떡 일어나 제 침실로 걸어간다. 그러더니 막 방에 한 발을 들여놓다 말고 문득 애심을 돌아보면서 말했다.

"아, 참. 아침에 은수 일어나거든 밥 먹여서 잠깐 몰 좀 돌고 와. 사고 싶다는 것 있거든 다 사게 해 주고. 저녁에 돌아갈 거다."

"예, 예? 저, 저녁에요?"

"응. 일도 팽개치고 왔는데 그만 돌아가야지. 잔다."

무심히 문은 닫히고, 애심은 한동안 멍하니 그 자리에 서 있었다.

그래, 돌아가긴 가야지. 가는 건 가는 건데 사소한 문제가 있다. 은수는 그가 좋은 게 틀림없어 보이는데, 그래서 앞뒤 안 가리고 따라나섰는데 이게 웬 날벼락?

"은돌아, 너 이제 어쩐다냐?"

애심은 벌써부터 지끈거리며 머리가 아파 오는 것만 같았다.

8. 사막과 노예

나훈아 오빠는 언젠가 이를 악물고 이렇게 노래했다.

"내가 왜 이러는지 몰라. 도대체 왜 이런지 몰라. 꼬집어 말할 순 없지만 서러운 마음 나도 몰라."

멍하니 앉아 창밖을 보며 은수는 그렇게 노래하고 있었다.

생전, 할머니는 나훈아의 열혈 팬이었다. 어쩌다 쇼라도 한다고 하면 어딘가에서 산 빨간색 립스틱을 바르고 찾아 나서기도 했었다. 그래서 은수도 같이 다녔다. 똑같은 립스틱 바르고.

"이래선 안 되는 걸 알아. 알면서 왜 이런지 몰라. 후우."

흥얼거림처럼 멍하니 이어 가던 노래 끝에 긴 한숨이 매달렸다.

그녀는 고개를 돌려 옆자리에 앉은 루카스를 바라보았다. 차에 오르는 순간부터 그는 그녀에게서 단 한 순간도 시선을 떼지 않고 있었다. 마치 '생각은 이제 그만해도 되지 않아?'라는 질문을 온몸으로 쏘아 보내고 있는 사람처럼 줄곧 그녀의 입만 바라보고 있다.

[그렇게 쉬운 문제는 아니에요.]

결국 보다 못한 그녀가 어렵사리 입을 열었다.

[아무리 생각해 봐도 내 마음대로 결정할 수 있는 문제가 아닌 것 같아요.]

[은수.]

[오빠들하고 이야기를 해 봐야겠어요. 아무 말도 없이 따라갈 순 없어요. 가족들에게 걱정 끼치고 싶지 않으니까. 그리고 할 일도 있고요.]

[알아. 이해해. 기다리겠어. 은수가 확실히 와 준다고만 한다면.]

이해심 많은 표정으로 그가 재빨리 덧붙였다.

[내게로 꼭 오겠다고 약속해 줘. 그러면 안심하고 보낼 수 있을 것 같아.]

조바심이 나는지 그는 자꾸 확답을 듣고 싶어 했다.

새벽 내내 그녀를 안고 이리저리 설득하고, 유혹하고, 그러다가 이젠 숫제 애원까지 하고 있었다. 그 도도하고 드높은 자존심이 다 어디로 갔나 싶을 정도였다.

[은수, 제발…….]

그가 귓가에서 속삭였다.

자동반응처럼 또 오른쪽 다리가 떨린다. 다리가 떨리자 그가 발목에 걸어 놓은 화려한 발찌가 '나 지금 전기신호 받았어요'라고 말하듯 희미하게 소리를 냈다. 처음엔 몰랐는데 이놈의 소리가 갈수록 또 왠지 야릇한 느낌을 주는 것이, 때때로 발가락이 오그라드는 참 난감한 감각을 불러오는 거다.

소리를 들었는지 그가 은근한 손길로 다리를 쓰다듬었다. 아, 안 되는데. 손이 점점 위로 올라올수록 밤새 시달려 온통 헤집어진 아랫도리가 위험을 감지한 듯 싸하게 통증을 호소해 온다. 아이, 또 왜 이러세요, 아저씨. 은수는 우연인 듯 슬며시 그의 손을 밀어내 보았다.

밤새, 그녀는 죽다가 살아났다.

가뜩이나 밝히는 사람이 목적을 위해 마음먹고 욕정을 풀어 놓자 상황은 완전히 달라졌다. 이제까지 당한 것과는 차원이 다르다고 느낄 정도로 그는 어마어마했다. 마치 굶주린 한 마리의 짐승 같았다. 가뜩이나 큰 거시기를 더 크게 부풀린 채 새벽 내내 얼마나 괴롭혀 대는지, 받아들이기가 너무 힘에 겨워 초장부터 그녀는 엉엉 울면서 애원을 해야 했다. 살려 달라고 소리를 쳤던 것도 같다. 그래서 그가 간신히 멈추었을 땐 그녀는 이미 만신창이가 되어 아예 걸을 수도 없게 된 뒤였다. 물론, 그만큼 쪼금 좋았던 것은 둘째 문제이고…… 크허허험.

[가, 갈게요!]

결국 은수는 두 손을 들고 말았다.

그러지 않으면 당장 또 시작할 것만 같아 두려웠다. 달리고 있는 차 안이라는 사실 정도는 아무런 문제가 되지 않는다는 걸 그녀는 이미 온몸으로 경험한 것이다. 눈가의 다크 서클만 해도 벌써 턱 끝까지 흘러내리게 생겼는데 무슨 말이 더 필요할까. 은수는 다급하게 소리쳤다.

[가, 갈게요. 간다고요.]

[정말?]

[그렇다니까요? 주변 정리가 되는 대로 가, 갈게요.]

와락.

얼굴이 확 밝아진 루카스가 사뭇 격한 동작으로 그녀를 왈칵 끌어안았다.

[사랑해, 은수.]

[……그래도 당장 가지는 못할 거예요.]

[기다릴게. 기다리다 지치면 데리러 갈게.]

거침없는 말에 난데없이 가슴이 찌르르 울렸다.

요즘 호사를 너무 많이 누리고 있어서 몰랐는데, 기다려 준다는 말이 사실은 엄청 좋은 말이었나 보다. 기다려 주는 사람이 생긴다는 것만으로도 괜히 가슴이 뿌듯해지고 이렇게 배가 불러 오는 것을 보면 말이다.

[꼭 갈게요.]

은수는 스스로에게 다짐하듯 말했다.

오빠들은 무섭고, 고은돌이의 마음은 갈대 같아서 스스로도 확신을 가질 수는 없지만 이 순간만큼은 그를 따라나서고 싶으니까. 게다가 어차피 가방 싸 들고 가출까지 해 봤는데, 그 짓을 두 번은 못할까 싶기도 했다.

[도착했습니다.]

열심히 밀고 당기다 또 비련의 연인처럼 꼭 끌어안고 있는 그들을 향해 기사가 말했다.

[가야 해요.]

차가 완전히 섰는데도 놓아줄 생각을 않는 그에게 은수는 조심스럽게 말했다.

[오빠가 기다리고 있을 거예요.]

[……저녁에 같이 식사하자.]

[아이, 자꾸 이러다 오빠한테 들키면 어쩌려고요?]

[상관없잖아. 애인인데.]

[애, 애인?]

순간, 은수의 눈이 휘둥그레졌다가 스르르 내려앉았다.

애인이란다, 애인.

온몸이 짜릿해지면서 또 입가에 벙싯 미소가 떠오르려고 한다. 아이, 너무 좋아하면 안 되는데. 하긴, 사랑하니까 애인이지. 우리가 남이가.

[이제 은수 오빠도 사실을 알아야지. 어차피 이렇게 된 것, 같이 만나자. 같이 식사하면서 내가 잘 말해 볼게.]

[조금 빠른 것 같은데……. 알았어요. 내가 미리 말해 둘게요. 놀라긴 하겠지만 오빠도 반대하지는 않을 거예요.]

은수는 고개를 끄덕였다.

김 대리하고 연애라도 해 보라던 사람인데 새삼스럽게 반대는 무슨. 결혼도 안 하고 그를 따라나선다는 이야기만 살짝 빼 주면 무사히 넘어갈 수도 있지 않을까? 이제 고은돌이는 간덩이도 커졌다. 그 짧은 사이 오빠한테 들키면 어쩌나 전전긍긍하던 모습은 싹 집어던졌다. 사랑엔 죄가 없다는데 설마 오빠가 고은돌이에게만 죄를 묻기야 할까.

방금 전까지 죽을 듯이 고뇌하던 것도 잊고 은수는 수줍게 얼굴을 붉히며 숨 막히게 콩닥거리는 가슴만 꼭 부여잡고 있었다. 또 몸이 둥둥 떠오르는 것이, 이러다 차 지붕을 뚫고 날아갈까 봐 무서울 정도였다. 아이, 두근두근거리는 거 너무 티 나면 안 되는데.

[전화할게.]

그 말과 함께 얼이 쏙 빠질 만큼 진한 키스를 남기고 루카스는 돌아갔다. 그를 보내고 한동안 은수는 호텔 앞에 멍하니 서 있었다. 갑자기 허전함이 몰려왔다. 버려진 것도 아닌데 이상하게 가슴이 휑하게 빈 듯한 느낌이 들면서 문득 어깨도 시리는 것 같다.

'왜 이렇게 멀게 느껴지지?'

계속 차의 뒤꽁무니를 보고 있었던 탓일까?

은수는 문득 이상한 느낌이 들었다. 그는 바로 곁의 호텔로 그냥 돌아가는 것뿐인데 손에 닿지 않는 곳으로 까마득하게 멀어지는 것처럼 아득한 느낌이 찾아왔다. 마치 다시는 못 볼지도 모른다는 불길한 생각까지 들면서 손끝에서부터 희미하게 오한이 일고 있었다.

"감기가 오려고 그러나?"

고개를 갸웃거리다 그녀는 발을 끌며 미적미적 돌아섰다.

돌아서고 나서야 간신히 은준 오빠가 생각났다. 애심이가 잘 하고 있을까? 설마 들킨 건 아니겠지? 사랑은 사랑이고 외박은 외박이다. 들키면 반은 죽을지도 모른다. 루카스의 일은 둘째 치고 당장 어떻게 해야 오빠의 눈을 용의주도하게 잘 피해 방으로 들어갈 수 있으려나? 먹구름 같은 걱정이 몰려와 그녀의 얼굴 위로 내려앉고 있었다.

그때였다.

[은수!]

"악! 까, 깜짝이야."

흰 그림자가 갑자기 휙 나타나 막 돌아서는 그녀의 앞을 가로막았다. 아심이었다.

[놀랐잖아, 아심!]

[어, 놀랐어? 미안해, 은수. 너무 반가워서 나도 모르게 그만……]

어제도 보고 그제도 봤는데 새삼 반갑기는 뭐가 반갑냐, 새꺄. 계속 졸졸 따라다니고 있는 거 모를 줄 알았더냐?

은수의 입술이 툭 튀어나왔다.

낙타 세 마리 사건 때문에 하도 시달려서 그런지 이젠 아심의 얼굴만 봐도 낙타 세 마리가 떠올랐다. '어쩌다 마주친 하찮은 거시기 하나' 때문에 사람을 그렇게 달달 볶아 대다니 해도 해도 너무한 거 아닌가 말이다. 얄미운 놈. 그냥 내버려 두면 그놈의 순결 어쩌고 하면서 백년을 우려먹을 놈 같으니.

[우리 오빠가 온 거 알아?]

또 무슨 얼토당토않은 일을 당할세라, 은수가 마치 위협하듯 말했다.

[여기 지금 우리 오빠가 와 있어. 우리 오빠 되게 무서운 사람이야. 알아?]

[으응. 그건 몰랐는데. 은수 오빠가 있었구나.]

[있어. 그것도 둘이나. 아무튼 우리 오빠한테도 그 이야길 할 생

각은 꿈에도 하지 않는 게 좋을걸? 분명히 네게 주먹을 날려 줄 테니까.]

[알았어. 안 할게.]

어쩐 일인지 그가 순순히 고개를 끄덕였다.

어, 정말인가? 드디어 마음을 고쳐먹은 건가 싶어 은수는 가만히 그의 표정을 살폈다.

[정말?]

[그렇다니까. 사실, 난 은수가 나에게 관심이 있는 줄 알고 오해를 한 거야. 하지만 진짜 약혼자가 왔으니까 나도 이제는 그만 오해를 풀어야지. 이제야 하는 말이지만, 난 약혼자 이야기도 거짓말인 줄 알았거든.]

[그거야……]

거짓말 맞다.

은수는 그 말을 꿀꺽 삼켰다. 거짓말까지 해 가면서 그를 떼어 내고 싶었던 상황을 이 자리에서 구구절절 설명하고 싶지는 않았다. 그러다 또 낙타 세 마리 어쩌고 하면서 달라붙으면 어쩌란 말인가.

[그런데 이른 아침부터 여긴 웬일이야?]

은수가 의아한 얼굴로 물었다.

그러면서 가만히 보니 아심은 전과 달리 제법 반듯한 호텔 직원복을 입고 있는 거다. 전에 입었던 그 후줄근한 청소부의 복장이 아니었다.

[아심, 여기 취직했어?]

[으응. 마, 맞아. 취직했어.]

[어떻게?]

[아, 아는 분이 소개를 해 주셔서 오늘부터 일하기로 한 거야. 내가 영어를 할 줄 아니까 잘 봐준 것 같아. 저기 문 앞에서 일해. 교대로.]

묻지도 않은 것까지 대답해 주며 그가 부산스럽게 손짓을 한다.

사실, 아심의 영어도 그리 뛰어난 편은 아니었다. 굳이 평가하자면 알아듣는 데 큰 무리가 없을 정도일 뿐이다. 문법을 거의 무시하고 떠드는 은수랑 놓고 보면 그 밥에 그 나물 수준이라고 평가당하기 딱 좋은 상태랄까.

여하튼 은수는 가만히 고개를 끄덕였다.

갑자기 반듯해진 복장하며, 투숙객이 아니면 함부로 들어올 수도 없는 곳에서 이른 아침부터 마주친 걸 보면 역시 그의 말이 맞는 것 같았다. 갑자기 마음을 바꾸어 먹은 것도 이런 상황과 무관하지 않은 것 같고. 은수는 마침내 의심을 완전히 풀어 버렸다.

[잘됐다. 축하해, 아심. 옷도 너무 잘 어울린다. 위험한 아르바이트를 전전하는 것보다 훨씬 좋아 보여.]

[으, 으응. 고마워, 은수.]

[열심히 해. 난 정말 진심으로 아심이 잘되었으면 좋겠어. 얼른 돈 벌어서 집으로 돌아가야 하잖아?]

암, 가야지. 약혼녀가 기다리다 늙을라.

낙타를 여섯 마리나 사 내야 하고 그것으로도 모자라 같이 살 집과 결혼 비용까지 대려면 벌어도 정말 빡시게 벌어야 할 것이다.

은수는 진심으로 아심을 축하해 주고 싶었다. 공연한 소리를 해서 잠깐 얄미워지긴 했지만, 어린 나이에 혼자 타국까지 와서 고생하고 있는 것이 안쓰럽지 않은 것은 아니었다. 믿어지지는 않지만 그녀보다도 자그마치 세 살이나 어린 아심이 아니던가.

[힘내야 돼, 아심.]

은수는 아예 그의 어깨까지 두드려 주며 응원을 해 주었다. 그리곤 조금은 홀가분한 기분으로 돌아섰다. 순간이었다.

"흡!"

등 뒤에서부터 시커먼 손이 갑자기 눈앞으로 불쑥 나타났다.

손은 축축하게 젖은 희끄무레한 무언가를 잔뜩 움켜쥐고 있었다. 거의 동시에 목이 뒤로 확 당겨지면서 젖은 수건이 입을 꽉 틀어막았다. 이번에도 은수는 상황 파악이 한발 늦었다. 입이 틀어막히고 나서야 잡혔다는 사실을 깨닫고 그녀는 팔을 허우적거리며 필사적으로 반항을 하려 했다. 그런데 몸부림을 치기도 전에 갑자기 한쪽 팔뚝에서 따끔한 통증이 느껴졌다.

[미안해.]

"읍! 으읍!"

[이러고 싶지 않았어. 하지만 나도 살아야 한다고. 지긋지긋해. 더 이상은 이렇게 살 수 없어. 걱정하지 마. 그들이 죽이지는 않을 거야. 아마도.]

식은땀이 가득 맺힌 얼굴로 비열하게 웃으면서 아심이 텅 빈 주사 바늘을 잡아 뽑고 있었다.

무슨 소리를 하는 거지? 왜 이러는 거야, 아심.

온몸에서 힘이 빠지더니 문득 귓속에서 '윙' 하는 소리가 울리기 시작했다. 눈앞이 빠르게 흐려지는 것을 느끼며 은수는 몸을 크게 휘청거렸다. 그런 그녀를 아심이 덥석 끌어안더니 짐짝처럼 질질 끌어다 재빨리 어딘가로 밀어 넣었다.

은수의 고개가 바닥으로 떨어졌다.

어둡고 냄새가 진동하는 좁은 공간에 누워 죽어 가는 짐승처럼 헐떡이는 자신의 숨소리를 듣는 기분은 그 자체만으로도 충분히 공포스러웠다.

부웅. 엔진이 빠른 속도로 가열되는 소리. 희미한 진동이 관자놀이를 타고 온몸으로 전해지고 있었다. 그녀의 발목에 걸린 작은 방울들이 앞다투어 희미하게 소리를 흘리기 시작했다. 그 소리를 들으며 은수는 빠르게 정신을 잃어 갔다.

'루카스!'

그리고 마침내 사막의 밤처럼 까만 어둠이 찾아왔다.

—어떻게 해요. 엉엉, 은수가…… 은수가 없어졌어요! 우리 은수 어디 간 거예요? 당신은 알죠? 네? 제발 안다고 좀 해 주세요.

처절하게 울부짖는 소리가 전화기 속에서 흘러나오고 있었다.

루카스는 순간 잘못 들은 줄 알았다. 그래서 처음엔 멍했다. 은수가 없어지다니, 말이 안 되는 소리다. 호텔 앞에 내려놓은 지 채 한 시간도 되지 않았다. 그녀를 보냈다고 아심에게 연락을 한 지 아직 한 시간이 지나지 않았는데 없어지다니. 왜?

그것은 전혀 생각해 본 적이 없는 방향의 이야기였다.

덕분에 그는 애심이 무슨 이야기를 하고 있는 것인지 한동안 알 아듣지 못하고 있었다. 그러다가 드디어 깨달았을 땐 오싹 소름이 돋았다.

—가방이 호텔 정문 앞에 떨어져 있었어요. 으어어, 오빠가 신발도 한 짝 찾아왔어요. 당신이 보냈다고 했잖아요. 잘 보냈다고……. 우리 은수 어디 있어요. 당장 찾아내요!

울부짖는 소리가 귀를 찢을 듯 점점 더 크게 메아리치고 있었다.

은수가 사라졌다.

쿵쿵쿵. 심장이 이상하게 뛰기 시작했다.

루카스는 창백하게 굳은 얼굴로 천천히 전화기를 내려놓았다. 마취라도 당한 듯 몸이 아주 뻣뻣했다. 단 한 번도 기름칠을 한 적이 없는 기계처럼 뼈 마디마디가 삐걱삐걱 소리를 내고 있는 것만 같았다.

은수가 사라졌다. 그의 시선이 닿는 거리에서 사라졌다.

받아들이기가 무섭게 폭풍 같은 충격이 휘몰아쳐 왔다. 휘청. 발 밑이 푹 꺼지는 듯한 느낌에 전율하며 루카스는 몸을 크게 휘청거렸다.

어디에서 놓친 것일까. 어디에서, 어떻게?

그는 맹렬하게 생각했다.

호텔 앞에서 사라졌다면 그가 내려 준 바로 직후에 일이 생겼다는 뜻일 게다. 그곳에서 누군가를 만나 일을 당한 것이다. 다른 곳이 아닌 바로 그의 등 뒤에서!

눈앞이 아찔해졌다.

때늦은 후회도 몰려왔다. 왜 그냥 돌아섰을까, 왜? 이제 와 생각하니 전혀 그답지 않은 행동을 했다. 잠깐이나마 그 시간에 그곳에서 은수를 그렇게 혼자 보내기로 결정을 하다니. 적어도 방 앞까지는 함께 올라갔어야 했다. 들어가는 모습을 끝까지 지켜보았다면 그녀는 무사했을 것이다. 그놈의 오빠 타령 때문에 호텔 앞에서 그냥 헤어지지만 않았어도! 오만가지 생각과 후회와 당혹스러움이 한데 뒤엉켜 그를 사정없이 쥐어뜯고 있었다.

[찰리!]

소리쳐 부르고서야 루카스는 자신이 떨고 있다는 사실을 깨달았다. 아닌 게 아니라 손이 경련을 일으키는 것마냥 쉴 새 없이 부들부들 떨리고 있었다. 전신을 얼어붙게 만드는 싸늘한 공포가 머리 꼭대기에서부터 엄습했다.

이런 공포는 단 한 번도 겪어 본 적이 없었다.

총알 세례를 받으며 사막을 헤맬 때조차도 이런 공포는 느껴 본 적이 없는 그였다. 극심한 상실감과 이해할 수 없을 정도의 커다란 공포 앞에서 루카스는 이제 현기증마저 느끼고 있었다.

[보스, 괜찮으십니까?]

찰리가 바짝 다가와 물었다. 덜덜 떨면서 루카스가 말했다.

[괜찮지가 않아. 이상해. 내가 이상하다, 찰리.]

[의사를 부를까요?]

[의사? 하! 그가 이걸 고칠 수 있다고?]

부들부들 떨리는 손을 보여 주며 루카스는 얼굴을 일그러뜨렸다. 입술이 제멋대로 떨리고 눈가가 아프도록 달아오르고 있었다. 이 멍청한 놈아, 움직여. 움직여라! 문득 분노가 솟구친다. 이따위 것, 이따위 것을 견디지 못할까 보냐. 이를 악물면서 그는 죽을힘을 다해 주먹을 꽉 움켜쥐었다. 그제야 떨림이 잦아들며 온몸의 감각이 서서히 돌아오기 시작했다.

[찾아내!]

상처 입은 짐승이 울부짖듯 그가 낮게 소리쳤다.

[당장 찾아와. 아니, 어디 있는지만 알아내. 그러면 내가 직접 갈 테니까. 두바이는 물론이고 사막의 모래 한 알까지 다 뒤져서라도 알아 와.]

[예, 보스.]

[자예드에게 연락해라. 사람을 풀라고 해. 얼마가 되어도 좋으니까 전부 다 풀어서라도 찾아내라고 해! 당장!]

으드득 이를 깨물면서 소리치기가 무섭게 찰리가 황급히 달려나갔다. 그 모습을 지켜보다 루카스는 천천히 그 자리에 주저앉았다. 그의 얼굴은 어느새 싸늘하게 가라앉아 있었다.

'왜 은수였을까? 누가 노린 거지?'

그는 냉정하게 생각했다.

물론 우연일 수도 있었다. 우연히 그 시간에 호텔 주위에서 얼쩡거리던 질 나쁜 누군가에게 걸려 변을 당한 것일 수도 있다. 하지만 그냥 우연이라고만 생각하기엔 때와 장소가 지나치게 좋지 않았다. 그가 사막에서 죽을 고비를 넘긴 지 얼마 되지 않은 때에, 바로 그와 데이트를 한 후 호텔 앞에서 헤어진 은수가 납치되었다? 정말 우연이라면 지나치게 끔찍한 우연이 아닌가.

'만일, 나를 노리는 놈들이 벌인 짓이라면……'

루카스는 이를 악물었다.

결단코 용서하지 않을 것이다. 은수에게 문제가 생긴다면, 그것이 설령 아버지나 배다른 형제라고 해도 그는 반드시 대가를 치르게 하고야 말리라.

아직도 떨리는 손을 꽉 움켜쥐며 그는 잠시 호흡을 골랐다. 그러다 곧 침착한 태도로 내려놓았던 전화기를 다시 붙잡았다.

[애심, 내 말 잘 들어.]

언제 떨었었냐는 듯 그는 무심하기까지 한 목소리로 말했다.

[사람을 풀었어. 나도 곧 움직일 생각이야. 그러니까 걱정하지 말고 그곳에서 기다리고 있어.]

—흐윽, 어떻게 해요. 무서워 죽겠어요. 아무도 없단 말이에요. 오빠도 직원들 동원해서 찾아 나섰어요. 경찰에 연락했는데 말이 안 통해요. 으어엉, 여기 경찰 왜 이래요? 없어졌다고 하는데도 안 믿어요. 움직이지도 않아요.

[약속해. 은수…… 찾아올게. 꼭!]

엉엉 우는 소리를 애써 외면하고 루카스는 전화를 끊어 버렸다.

그는 침착한 태도로 일어나 대강 걸치고 있던 가운을 벗어 던졌다. 아직 젖은 머리칼에서 물이 뚝뚝 떨어지고 있었지만 그딴 것은 신경 쓰고 싶지도 않았다.

그는 빠른 동작으로 걸어가 셔츠를 집어 들었다.

서둘지 않기 위해 최대한 침착하게 그것을 꿰어 입는데 문득 한쪽 어깨가 아파 왔다. 돌아보니 막 딱지가 앉은, 동그랗게 난 작은 상처에서 피가 새어 나오고 있었다. 언젠가 은수가 이로 물어서 낸 상처였다. 그의 몸에 남겨진 그녀의 유일한 흔적이었다.

그것을 발견한 순간 루카스는 마침내 깨달았다.

스스로 생각하고 있었던 것보다, 누군가의 설익은 평가보다도 사실은 더 많이 그녀를 사랑하고 있다는 것을. 그녀가 눈앞에 없다는 이유만으로 이렇게 공포에 사로잡혀 스스로를 잃을 정도로 불쑥 자라 버린 사랑이었다.

순간 가슴속에서 뜨거운 것이 울컥 터져 나왔다. 이제야 깨닫다니, 눈앞에서 잃어버리고서야 깨닫다니. 이런 멍청한 놈!

[은수!]

그녀는 그에게로 온다고 했었다.

조금 늦긴 하겠지만 분명히 온다고 했다. 그러니 이대로 허망하게 떠나지는 않았을 것이다. 아직은 시간이 있을 것이다.

[괜찮아. 괜찮을 거야. 아무 일도 없어.]

눈앞에 은수가 있는 듯 그는 나직하게 속삭였다.

[괜찮아, 은수. 내가 갈게. 그 자리에 있어. 내가 찾아갈게. 곧!]

그의 눈동자는 이미 새파랗게 짙어져 광기와도 같은 끔찍한 빛을 뿜어 대고 있었다.

[이봐요, 듣고 있어요? 내 친구가 납치되었다고요! 그냥 없어진 게 아니라 누군가가 끌고 갔다고요!]

애심이 발을 구르면서 소리쳤다.

호텔 측에서 신고를 해 주어 간신히 찾아온 경찰이 방을 빙빙 돌면서 느긋하게 이것저것 살피고 있었다. 다분히 형식적인 냄새가 풀풀 풍기는 태도로 돌아보며 알아들을 수 없는 아랍어로 가끔 뭐라고 한마디씩 중얼거리면서. 그런 그를 졸졸 따라다니며 애심은 연방 소리쳤다.

[여기서 이러고 있을 시간이 없어요. 당장 경찰을 풀어서 찾아내란 말이에요!]

[노 잉글리시, 노 잉글리시. 기다려!]

발발 날뛰기 직전인 그녀에게 그가 짧게 명령했다.

무슨 의도인지 몰라서도 애심은 어쩔 수 없이 입을 다물어야 했다. 온갖 걱정과 두려움으로 가슴이 무너져 내리고 눈물은 자꾸만 하염없이 쏟아지고 있었다. 이럴 줄 알았다면 무슨 일이 있어도 보내지 않았을 거였다. 아니, 도착했다고 연락이 왔을 때 마중을 나갔어야 했다. 그것도 아니라면 유리창을 통해서라도 차에서 내리는 모습을 지켜보는 것이 옳았다. 그랬다면, 그랬다면…….

"으흑! 은수야아, 어디 있어, 이 기집애야."

엉엉 울면서 애심은 의자 위에 쪼그리고 앉았다.

싫든 좋든 지금은 저 망할 경찰이 무슨 말이든 더 해 줄 때까지 기다려야만 했다. 여기서 기운을 잃어선 안 된다. 그녀라도 정신을 바짝 차리고 있어야 은수를 좀 더 빨리 찾아낼 수 있을 테니까. 미칠 듯한 두려움 속에서 애심은 자꾸만 더 불안해지려는 마음을 간신히 추슬러 보았다.

은준의 마음은 지금쯤 그녀보다 더 불안할 게 틀림없었다. 그는 은수가 언제, 왜 나갔는지조차도 모르고 있었다. 사실대로 말했다간 그가 무슨 짓을 할지 몰라 그녀가 루카스에 대한 일만큼은 쏙 빼놓고 말해 주었던 것이다. 덕분에 그는 은수가 아침에 그녀와 함께 산책을 나가려다가 납치된 줄만 알고 있었다. 먼저 나가서 기다리고 있다가 변을 당한 거라고.

그에 비하면 자신은 상황이 좀 더 나았다.

그녀는 그래도 루카스가 움직이고 있다는 사실을 알고 있으니까. 애심은 이를 악물고 다시 자리에서 일어섰다. 그리곤 대나무처럼 꼿꼿하게 서서 경찰을 노려보기 시작했다.

그로부터 정확히 삼십 분 후, 웬 남자가 뒤뚱거리며 찾아왔다. 그리고는 여전히 느긋하게 움직이고 있는, 문제의 경찰의 말을 통역하기 시작했다.

[여기에서 남자랑 같이 머물었냐고 묻는군요.]

아랍식 억양이 강한 발음으로 통역사가 말했다.

[오빠예요. 없어진 친구의 오빠가 함께 있어요. 오빠는 지금 사람을 풀어 그녀를 찾고 있는 중이고요. 자, 이제 말해 봐요. 여기 경찰은 대체 언제쯤 움직일 거죠?]

[그와 잤나요?]

[뭐, 뭐라고요? 보면 몰라요? 나는 내 친구랑 같은 방을 사용했어요. 그리고 여기서 왜 그런 이야기가 나오는 거예요? 내 친구가 납치를 당했는데 왜 그런 이상한 질문을 하는 거냐고요!]

[부부가 아닌 것 같아서 묻는 겁니다. 혹시 매춘이 있었다면 솔직히 말하는 게 좋아요.]

[닥치지 못해요!]

참다못한 애심이 버럭 소리쳤다.

[이 이상 더 모욕하면 가만히 있지 않겠어요. 그딴 데에 신경을 쓸 정신이 있다면 대체 누가 내 친구를 데려간 것인지나 알아내란 말이에요!]

[크흠. 계속하죠. 당신의 친구는 언제 외출을 했습니까?]

[어제 오후에요. 그리고 아침에 호텔 앞에 도착했다는 전화를 받았어요. 그런데 아무리 기다려도 올라오지 않아서 내려가 보니 그 애의 가방만 굴러다니고 있었어요.]

[누구랑 나간 거죠?]

[그건…… 애, 애인이에요.]

[애인이라. 그 애인은 지금 어디 있습니까?]

'그러면 그렇지'라는 의미가 다분한 눈빛.

왈칵 분노가 솟구쳤다. 오냐, 한번 해보자 이거지?

대답 대신 애심은 창밖을 가리켰다.

바다를 향해 항해하는, 거대한 아라비아 돛단배 모양의 버즈 알 아랍이 뾰족하게 잘도 서 있었다. 손가락으로 그걸 가리키면서 애심은 서슬 퍼렇게 소리쳤다.

[그에겐 이미 연락했어요. 그도 내 친구를 찾아 나섰죠. 연락처가 필요하다면 알려 주겠어요. 그의 이름도 가르쳐 주죠. 하지만 명심해요. 그에게도 지금 나에게 하는 것처럼 쓸데없는 말만 늘어놓을 생각은 절대 하지 않는 게 좋아요. 죽고 싶지 않다면, 내 말 명심하는 게 좋을 거예요.]

그녀의 눈에서 차가운 눈물 한 방울이 뚝 떨어졌다.

그것을 손등으로 훔쳐 내고 애심은 이를 악물었다. 지금은 울고 있을 때가 아니었다. 싸울 때였다. 그리고 한애심은 절대로 지지 않는다.

할머니는 말년에 풍으로 반신불수가 되었었다.

덕분에 오른쪽의 대부분이 마비되어서 혼자서 할 수 있는 일이 거의 없다시피 했는데, 그래도 남은 반쪽으로 그녀는 어떻게든 열심히 가게 일을 거들려고 들었다. 뭐 실제로 도움이 되는 경우는 거의 없었지만.

아무튼, 그러다 건강이 더 안 좋아지고 하루 중의 대부분을 누워서 지내야 하는 시기가 찾아왔다. 그런 때 중에서도 가장 안 좋았던 어느 날, 할머니는 정신만 말똥말똥하고 몸은 손가락 하나도 움직일 수 없다며 그녀로 하여금 하루 종일 팔다리를 주무르게 했다. 발가락이 제대로 붙어 있는지 잘 느껴지지 않는다고 하면서.

"으음. 후욱, 후욱……."

은수는 점점 더 거칠어지는 숨결을 고르며 바르작거리고 있었다.

이상하게 숨이 가쁘고 속이 울렁거렸다. 짙은 안개가 낀 날, 반투명한 창을 통해 밖을 보고 있는 것처럼 보이는 모든 것이 뿌옇고 불투명했다. 그리고 그날의 할머니가 그랬듯 감각이 잘 느껴지지 않는다. 손가락이 잘 붙어 있는지, 발가락이 열 개가 맞는지조차도 이젠 모르겠다.

몸이 둥둥 떠다니는 것인지, 아니면 푹 퍼져서 바닥에 눌어붙어 있는 것인지도 느껴지지 않았다. 발가락 끝까지 힘이라곤 단 한 톨도 들어가지 않는 것을 보면 마치 물에서 건져 낸 지 사흘은 지난 해파리처럼 바닥에 지저분하게 늘어져 있을지도 모르겠다.

심장이 이상하리만치 느리게 뛰고 있었다. 그리고 점점 더 숨을 쉬는 것이 힘들어졌다. 아심이 대체 무슨 짓을 한 것일까? 그 주사는 뭐였지? 그는 왜 그녀에게 이런 짓을 하는 걸까? 대체 무엇 때문에! 수많은 의문들이 파도처럼 한꺼번에 밀려왔다가 의식 너머로 사라졌다.

문득 공포가 몰려왔다.

이러다 어느 순간 심장도, 숨도 멈추게 된다면? 이대로 죽게 된다면?

'안 돼, 싫어. 무서워. 누구 없어요? 이봐요! 아심, 이 나쁜 놈아! 루카스! 루카스! 나 무서워요. 어디 있어. 루카스!'

힘겹게 숨을 몰아쉬며 은수는 필사적으로 루카스를 찾았다.

그는 그녀가 어디에 있어도 찾을 수 있다고 했었다. 어둠 속에서도 찾을 수 있다고, 그러니 그 자리에서 가만히 기다리라고…….
그러니까 분명히 찾고 있을 것이다. 어쩌면 지금쯤은 그녀를 데리러 오고 있을지도 모른다.

'루카스…….'

은수는 감각 없는 혀로 그의 이름을 불러 보았다.

생각해 보면 참 이상한 일이었다. 왜 자꾸 오빠들이 아닌 그 사람만 생각나는 것일까. 왜 이렇게 보고 싶지? 미안해서 어떡해. 아직 사랑한다는 말도 제대로 못 해 줬는데…….

흐리게 보이던 눈앞이 이젠 서서히 검게 물들고 있었다. 제발 이

고통스러운 시간이 빨리 지나가 주었으면……. 붉게 달아오른 눈가엔 어느새 투명한 눈물이 맺혀 있었다. 그것은 곧 관자놀이를 타고 머리칼을 적시며 바닥으로 떨어졌다.

끽.

브레이크가 걸리는 소리와 함께 차가 가볍게 멈추어 섰다.

아심은 불안하게 떨리는 시선으로 연방 뒷좌석을 흘깃거렸다. 직접 돌아보기가 두려워 그는 거울을 통해서만 간신히 그녀를 살피고 있었다.

'주, 죽지는 않았겠지? 괜찮아. 난 그냥 시키는 대로 하는 것뿐이야. 그러니 날 원망하지 마, 은수.'

긴장으로 바싹 마른 입술을 짓씹으며 그는 잠시 차에 앉아 숨을 골랐다.

약혼자와 함께 나가는 모습을 보고 아심은 하루 종일 그녀가 돌아오는 시간을 기다리고 있었다. 설마, 함께 밤을 보내고 이 시간에 돌아올 줄은 미처 몰랐지만 말이다. 그녀가 호텔 앞에 나타났을 때 그는 거의 포기하기로 마음을 먹은 상태였었다. 그런데 마치 기적처럼 눈앞에 그녀가 나타난 것이다.

시간이 시간이라 사람도 뜸하고 마침 상황도 좋았다.

정 안 되면 호텔로 직접 숨어들기 위해 훔쳐 놓은 호텔 직원복을 입고 있을 때였으니까.

[그냥 운이 나쁜 거라고 생각해. 나, 난 고향으로 돌아가고 싶어. 더 이상은 이렇게 살 수 없어.]

부들부들 떨면서 그는 혼자 소리쳤다.

열여덟 살에 맨몸으로 비행기를 탔다. 비자 발급비와 항공료를 고스란히 빚으로 떠안은 채였다. 당시만 해도 그는 그 돈에 대해서는 전혀 걱정을 하지 않았다. 이곳으로만 오면 그 정도 돈쯤은 금방 벌어서 갚을 수 있을 거라고 생각했기 때문이다.

브로커도 그렇게 말했었다.

그 돈을 갚는 데는 단 일 년도 걸리지 않을 거라고. 속았다는 사실을 깨닫는 데는 그리 많은 시간이 걸리지 않았다. 벌써 5년이 넘어서고 있었다. 지난 5년 동안 그는 짐승처럼 일했다. 뜨거운 햇볕을 받으며 하루에도 몇 가지의 일을 전전하면서 온몸이 녹초가 되도록 일을 했지만 돌아오는 건 숙소비와 이자를 뗀 단돈 100달러가 전부였다.

살인적인 물가를 자랑하는 두바이에서 단돈 100달러는 돈이 아니었다. 겨우 그만한 돈을 가지고는 아무것도 할 수가 없었다. 숙소까지 오가는 버스비를 해결하고 몇 가지 식재료를 사는 것만으로도 금세 바닥이 날 정도로 빠듯한 지경이었다.

도시에서 산다는 건 꿈에도 생각할 수 없었다.

시내에서 한참 떨어진 좁은 숙소에서 아심은 같은 처지의 동료 열다섯 명과 함께 지내고 있었다. 식사는 하루에 빵 하나로 대신하거나 숙소에서 여럿이 함께 해결했다. 마음씨 좋은 관광객들이 밥을 사 주는 날은 행복한 날이었다. 그런 비참한 생활이 벌써 5년째 이어지고 있었다.

그에겐 더 이상 희망이 없었다.

이대로라면 차라리 고향으로 돌아가는 것이 나았다. 하지만 날마다 이자를 불려 가고 있는 빚과 여권 때문에 그조차도 쉽지 않은 것이 현실이었다. 입국하기가 무섭게 그는 여권조차도 브로커에게 빼앗긴 상태였다. 그런 그에게 이번의 일은 엄청난 유혹이자 기회였다.

[빚을 탕감해 준다고 했어. 돈도 준대. 고향으로 돌아가 결혼도 할 수 있을 만큼 많이.]

그는 불안한 시선으로 다시 뒷자리를 흘깃거렸다.

그들이 준 마취제가 효과가 있는 건지, 은수는 아직 의식을 찾지 못한 채 축 늘어져 있었다.

[차라리 내 제안을 받아들였다면⋯⋯.]

어쩌다 외국 여자랑 결혼한 동료가 순식간에 빚을 탕감하고 떠나는 모습을 보고 아심은 자신에게도 그런 기회가 찾아오기를 기다렸다. 그래서 순진해 보이는 은수에게 잠시 희망을 걸었는데 그녀는 돈 많은 진짜 약혼자에게로 가 버렸다. 이해를 못하는 것은 아니다. 그가 보기에도 그녀의 약혼자는 대단해 보였으니까.

하지만 그게 다 무슨 소용이란 말인가.

결국은 이렇게 되고 말았는데.

[나도 어쩔 수 없어. 나를 용서해. 그리고 행운을 빌어, 은수.]

아심은 진심으로 기원해 주었다.

노예 같은 상황에서 벗어나기 위해 비록 이런 일을 하고 있지만 그녀를 미워하고 있는 것은 아니니까.

결심을 굳히고 아심은 천천히 차에서 내렸다. 앞쪽에서 기다리고 있던 차 몇 대가 모래 먼지를 일으키며 빠르게 다가오고 있었다.

차가 다가올수록 긴장의 강도도 부쩍 커지기 시작했다. 아심은 이마를 적시는 식은땀을 훔쳐 내고 종종걸음을 쳤다. 사막을 한 시간쯤 달려 도착한 이곳은 언젠가 은수 일행이 머문 적이 있던 캠프 근처의 모래 언덕 위였다.

[여어, 아심!]

수염을 덥수룩하게 기른 뚱뚱한 남자가 사람 몇을 거느린 채 다가오고 있었다.

[데려왔나?]

[예, 나리. 저기!]

[흐음, 저 여자가 맞나? 누가 가서 확인해 봐.]

그를 따라온 사람 중 하나가 차로 다가가 뒷좌석에 코를 박았다. 그러더니 곧 고개를 끄덕이면서 확인을 해 준다. 아무래도 이 사람들은 그녀에 대해 잘 알고 있는 게 틀림없는 것 같았다. 하지만 무슨 상관인가. 애써 모른 척하며 아심은 조심스럽게 말했다.

[저어, 나리, 돈은…….]

[아, 줘야지. 약속을 했으니까.]

히죽 웃으면서 그가 품으로 손을 넣었다. 그리고 사막의 태양빛을 받아 더 화사하게 빛나는 은제의 무언가를 꺼내 들었다. 총이었다. 순간 정신이 확 들면서 눈앞이 아찔하게 물들었다.

[사, 살려…….]

[돈은 천국으로 보내 주마.]

[아, 안 돼!]

탕!

격렬한 굉음이 사막 멀리까지 쨍 하니 울려 퍼졌다.

"루카스……?"

갑자기 울려 퍼진, 귀를 찢는 굉음에 은수는 조금 정신을 되찾았다. 방금 누군가가 그녀의 귓가에 대고 소리를 친 것만 같았다. 언제나 귓가에 입술을 대고 말하기 좋아하는 사람을 그녀는 딱 한 명 알고 있었다. 루카스. 그가 그렇게 말할 때마다 은수는 이상하게 오른쪽 다리가 떨린다.

짤랑.

발목에서 희미하게 방울이 운다. 그리고 느껴지는 것은 죽을 듯이 뜨거운 열기와 목 바로 아래까지 컥컥 막혀 오는 숨. 은수는 어느새 땀에 푹 절어 있었다. 햇볕이 뜨거워서도 아니고, 좁은 차 안에 불편한 자세로 늘어져 있기 때문도 아니었다. 열은 그녀의 안에서부터 뿜어져 나오고 있었다.

"오빠…… 루카스……."

땀인지 눈물인지 구분할 수 없는 물기 속에 누운 채 은수는 희미하게 입술을 달싹였다. 소리 대신 '그르륵' 거리가 새어 나왔지만 그것조차도 그녀는 알 수 없었다. 그런 때에 갑자기 차 문이 열리면서 문득 누군가가 다가왔다. 흐린 시선 속으로 까만 무언가가 나타나 눈앞에서 두어 번쯤 흔들리다 사라졌다.

[아무래도 상태가 이상합니다.]

[뭐야? 어디 봐.]

머리맡이 조금 소란스러워졌다. 다시 누군가가 소리쳤다.

[이런 젠장! 이거 죽은 거 아니야?]

[약병이 완전히 비었습니다. 아무래도 놈이 약을 너무 많이 주사한 것 같습니다.]

[뭐야? 그럼 저 죽일 놈이 시키는 일 하나도 제대로 못하고 죽었다는 소리잖아? 최악이군. 하는 수 없지. 서두르자. 아직 살아 있을 때 데려가야 돼. 그래야 돈을 받을 수 있다고.]

무슨 말인지 알아들을 수 없는 소리들이 높게 울리다 곧 잠잠해졌다. 의식이 점점 더 멀어지고 있었다. 너무 많이 돌려서 질질 늘어지기 시작한 테이프처럼 호흡이 느려지다 뚝뚝 끊기고, 쿵쿵거리며 뛰는 심장 소리는 잊고 싶을 정도로 느리게 들려왔다. 열을 내뿜으며 펄펄 끓던 몸이 이제 서서히 식어 가기 시작했다.

죽어 가고 있다.

은수는 본능적으로 깨달았다. 무언가가 잘못되어서 그녀는 죽어가고 있었다. 이유도 모른 채 아무도 없는 이곳에서 혼자. 억울하다는 생각이 잠깐 뇌리를 스쳐 갔다. 하지만 그도 잠시. 그녀는 또루카스를 떠올렸다. 그가 너무 보고 싶었다. 그는 지금 어디에 있을까? 왜 아직도 오지 않는 거지?

"하악…… 하악……."

숨을 쉬기가 점점 더 어려워진다.

가슴이 온통 타는 듯이 아파 오고 있었다. 귓가에서 다시 누군가의 목소리가 들리는 것만 같았다. 흐릿한 시야 속에서 누군가가 흔들흔들 그녀에게 손짓을 하고 있었다. 색깔을 잃고 빠른 속도로 차갑게 식어 가는 동공 너머로 문득 낯익은 얼굴이 보이는 듯해 은수는 힘겹게 시선을 모았다.

'할머니⋯⋯.'

하얀 구름 너머에서 어서 오라고 말하듯 할머니가 손짓하고 있었다. 뭐가 그리 좋은지 아이처럼 벙긋 웃고 있다. 곧 은수는 완전히 의식을 잃고 말았다. 작게 벌어진 그녀의 입술 사이에서 보글거리는 흰 거품이 새어 나오고 있었다.

아침부터 두바이는 시끄러웠다.

어지간해서는 잘 보이지도 않는 경찰들이 한꺼번에 쏟아져 나와 거리를 온통 들쑤시고 있는가 하면, 외국인 노동자들의 집단 거주지가 불시에 수색을 당하고, 때때로 수십 대의 패트롤카가 시내 한복판을 줄지어 달리기도 했다.

복잡한 골목이라고 해서 다를 것이 없었다.

해가 진 이후에나 장사를 시작하는 골목에 검은 정장을 입은 남자들이 수십 명이나 나타나 가게마다 뒤지고, 무언가를 묻더니 또 한쪽으로 우르르 몰려가기를 반복하고 있었다.

그들이 지나간 자리엔 디쉬다샤를 걸친 아랍인들이 나타나 또 다른 종류의 질문을 던지거나 혹은 대강의 뒷수습을 했다. 그런 일들이 한낮이 될 때까지 계속해서 이어지고 있었다. 이유를 아는 사람은 아무도 없었다. 그렇게 움직이면서도 그들은 그 일과 관련된 단 한 마디의 말도 해 주지 않았던 것이다.

[저, 저는⋯⋯.]

굵은 땀방울을 뚝뚝 떨어뜨리며 아흐멧은 힘겹게 입을 열었다.

그는 온통 뒤집어져 난장판이 된 가게 한복판에 앉아 있었다. 방금 전에 겪은 일로 그의 몸에선 간혹 피가 비치고 있었고 얼굴은 이미 공포로 뒤범벅이 되어 심하게 흔들렸다.

[아무것도 모르신다?]

찰칵.

입을 열기가 무섭게 머리 위에서 싸늘한 목소리가 울리더니 곧 관자놀이께로 서늘한 느낌을 주는 무언가가 와 닿았다. 상대가 마침내 총을 꺼내 들었던 것이다.

[다시 말해 봐. 뭐라고?]

[사, 살려 주십시오!]

[네 정체를 모르고 왔다고 생각하지 마. 시간 끌고 싶지 않아. 말해라. 아, 한 번만 더 그 입에서 모른다는 말이 나온다면 그냥 쏘겠다. 넌 두바이에서 가장 악명 높은 인신매매상인이다. 그런 네가 발치에서 벌어진 일을 모른다면 장사 허투루 하고 있었다는 소리 아닌가?]

아흐멧의 얼굴이 절망으로 물들었다.

역시 상대는 그의 정체에 대해 다 알고 왔다. 본능적인 예감이 그를 사로잡았다. 사실대로 말하지 않는다면 그는 분명히 이 자리에서 죽을 것이다.

[마지드 일당이 맡았습니다.]

그는 결국 아는 것을 모조리 털어놓는 쪽을 선택했다.

앞으로 어떤 일이 벌어진다고 해도 지금 당장 이 자리에서 죽는 것보다는 백배 나은 일일 테니까.

[어디로 갔지?]

[사막으로 갔습니다. 두 시간 전에. 그곳에서 건네받기로 했다고……]

[젠장!]

대답을 듣자마자 찰리는 재빨리 뛰쳐나갔다.

그의 손엔 이미 전화기가 들려 있었다. 조금 달려 골목을 벗어나자 길가에서 기다리고 있는 리무진이 보였다. 검은 코팅이 된 차 유리가 소리도 없이 내려갔다.

[은수는?]

루카스가 물었다.

[사막으로 갔답니다. 두 시간 전에. 헬기를 먼저 보냈습니다.]

[……사막을 모조리 뒤져서라도 찾아내라고 해. 특히, 놈들은 반드시 살려서 잡아와. 이대로 출발한다.]

[예, 보스.]

말이 떨어지기가 무섭게 차가 출발했다.

탕!

골목 안, 그가 막 빠져나온 가게에서 총성이 울렸다. 그리고 곧 일단의 아랍인들이 유령처럼 조용히 골목을 빠져나왔다. 그들이 바로 자예드의 사람들이라는 것을 찰리는 금방 알아보았다. 말이 새어 나가지 않도록 뒷정리를 하고 있는 것이다.

[쳇, 마음에 안 드는 놈들이라니까.]

짧게 혀를 차 주고 그는 서둘러 차에 올랐다.

평소라면 죽을 듯이 막히는 거리가 오늘은 거리에 진을 치고 있는 패트롤카 덕분에 한산하다 못해 썰렁하기까지 했다. 그리하여 그는 마음껏 밟아 단 몇 분 만에 원하는 목적지에 도착할 수 있었다.

[은수는요?]

그의 얼굴을 보자마자 애심이 물었다.

진즉부터 기다리고 있던 은준이 벌떡 일어나 다가왔다. 그 사이 무슨 일을 겪은 건지 현지인 경찰 하나가 바짝 졸아든 부동자세로 은준의 곁에 서 있었다. 무슨 일이든 시키기만 하면 당장 움직일 듯한 기세였다.

[어떻게 저렇게 만들었지?]

신기하다는 듯 찰리가 물었다.

[손을 댔나?]

[별로. 우린 그저 유익한 대화를 나누었을 뿐이지.]

정말 대화만 나누었는데 그 뻣뻣하던 놈이 저렇게 되었다고?

절대로 믿을 수 없다. 그의 얼굴에 떠오른 표정을 보았는지 은준이 다시 말했다.

[궁금하다면 너도 저렇게 만들어 줄 수 있다.]

[아, 음. 고맙지만 사양하겠어, 친구.]

[잘 생각했군. 이봐, 고작 같이 술 한번 마신 일로 네가 이렇게 나섰다고는 믿지 않아. 그러니 내가 더 따지기 전에 닥치고 할 말만 해. 우리 은수, 찾았나?]

[거의.]

찰리는 바로 항복을 선언했다.

은준은 목적을 위해서라면 무슨 짓이라도 할 수 있는 남자였다.

그는 그것을 단박에 알아보았다. 간밤에 그 많은 술을 들이켜고도 얼굴색 하나 달라지지 않은 사람이었다. 말을 안 해서 그렇지, 그는 숙취로 거의 죽을 지경인데 은준은 아직도 쌩쌩해 보였다. 독한 놈이다. 그러니 여기서 더 건드려 봐야 오히려 손해만 볼 게 뻔했다.

[사막으로 헬기를 보냈다.]

찰리가 순순히 고백했다.

[그쪽으로 갔다는 사실을 확인하고 바로 사람을 보냈지. 따라잡는 건 시간문제야. 혹시 몰라 헬기에 의사도 태웠고, 병원에 연락도 해 두었다. 됐나?]

[한 가지 더.]

[……?]

[어떤 놈이었지? 사주한 놈, 직접 은수를 납치한 놈. 어디의 누구였나?]

걱정과 분노가 뒤엉켜 눈이 뒤집혀 있는 이 와중에도 은준은 냉정했다. 단 한 가지도 놓치지 않겠다는 듯 그는 눈을 시커멓게 뜨고 찰리를 똑바로 바라보고 있었다.

[자세한 건 말할 수 없지만 일단 사주한 놈은 인신매매업자인 마지드 일당, 납치한 놈은…… 마지드 일당이 부리고 있는 외국인 노동자였다. 아심이라고.]

[아, 아심!]

애심이 기겁을 하고 놀라 눈을 부릅떴다.

"아심이, 그 망할 놈이……."

"아는 놈이냐?"

"예, 오빠. 가이드였어요. 그 사람이 운전하는 랜드로버를 타고 사막투어를 한 적이 있어요. 세상에, 어떻게 그놈이 은수한테 이럴 수 있어요?"

차마 믿어지지 않는다는 듯 애심이 소리쳤다.

그 모습을 보자 문득 불길한 예감이 스쳐 간다. 안면이 있는 놈이 납치를 했다? 혼자서 어떻게? 은수는 아무나 함부로 따라나서는 아이가 아니었다. 아무리 아는 사람이라도 해도 말 한마디 없이 그 시간에 덥석 따라나설 리가 없었다. 스스로 따라나섰다면 그렇게 결정하기 전에 누군가에게라도 먼저 연락을 했을 아이였다.

"덩치가 큰 놈이었나?"

그가 재빨리 물었다.

"혼자서 은수를 끌고 갈 수 있을 만큼?"

"아니에요. 아심은 은수보다 조금 더 큰 정도였어요. 저랑 비슷했어요. 말랐고요."

단순히 힘으로 제압했을 가능성이 사라졌다.

은준의 눈동자가 매섭게 번뜩였다. 스스로 따라나서거나, 무기로 위협했다면 가방이 떨어져 있는 게 이상해진다. 아니, 가방은 몰라도 신발은 절대로 아니었다.

[이봐, 남는 헬기가 한 대쯤은 더 있겠지?]

[어, 직접 가게?]

[가야겠다. 아무래도 이상해. 혼자였다는 놈이 그 정도 흔적만 남기고 은수를 납치할 수 있었다는 게 걸려. 뭘 사용했을까? 무기?

약?]

[……!]

그제야 찰리는 상황의 심각성을 깨달았다.

말 몇 마디로 유인해 납치를 할 수 있는 상황이 아니었다. 그 자리에 가방과 신발을 떨어뜨린 것으로 보아 무기나 약 등의 강제적인 수단을 사용한 게 틀림없다. 더 정확히 말한다면 무기보다 약이다. 둘 중 무엇을 선택했더라도 은수는 그들이 생각하는 것보다 훨씬 더 위험한 상황에 처해 있을지도 몰랐다.

누가 먼저랄 것도 없이 그들은 동시에 뛰쳐나갔다.

"오빠!"

또다시 덜렁 남겨진 애심이 소리쳐 불렀지만 이미 늦었다.

그들은 벌써 방 안에서 사라진 뒤였다.

[저어, 미스? 미스!]

군기가 꽉 들어가 빳빳하게 서 있던 경찰이 그녀를 불렀다.

[저, 저는 이제 가도…….]

[닥치지 못해요? 가긴 어딜 가요? 당장 경찰을 더 불러서 주차장을 샅샅이 뒤져요. 혹시 뭐라도 더 떨어져 있을지 모르니까. 알겠어요?]

[예, 옙!]

척 경례까지 하며 그가 대답했다.

그 모습을 보며 애심은 코를 높이 세우고 도도하게 고개를 끄덕였다. 그런 그녀의 모습은 마치 전쟁터를 지배하는 승리의 여신을 연상케 하고 있었다.

─무언가를 찾았습니다!

달리기 시작한 지 불과 십 분 만에 헬기에서 연락이 왔다.

이미 팽팽한 긴장에 휩싸여 있던 루카스는 그리 놀라는 법도 없이 담담하게 물었다.

[뭐지?]

─사람입니다. 정확히는 시체입니다. 내려가서 신원을 확인하겠습니다.

시체라는 말에 루카스의 표정이 더 싸늘하게 굳어 버렸다.

아닐 것이다. 은수는 아닐 것이다. 그녀는 아직 살아 있다고 그의 본능이 말하고 있었다. 그러니 아닐 것이다.

다시 떨림이 시작될 것만 같아 그는 주먹을 꾹 움켜쥐었다. 이어지는 기다림의 시간이 그를 숨 막히게 하고 있었다. 이미 진즉부터 알 수 없는 고통으로 온몸이 욱신거리는 것을 느끼고 있었는데 이젠 아예 심장까지 바작바작 타 들어가는 느낌이 들었다.

'은수, 제발…… 살아 있어야 해. 제발 살아만 있어.'

루카스는 이를 악물었다.

그는 신을 믿지 않는 사람이었다. 그러나 이 순간, 그는 누군가에게 무릎 꿇고 기도라도 하고 싶은 심정이었다.

─호텔 직원 복장을 한 남자입니다.

[후우.]

저도 모르게 안도의 한숨이 터져 나왔다.

그제야 통증이 조금 가라앉았다.

─대장이 막 아심이라는 자라고 확인을 해 주었습니다. 아가씨를 직접 납치한 자라고 합니다.

[그리고?]

─아무래도 약을 사용한 것 같습니다. 주머니에서 주사기가 나왔습니다. 무슨 약인지는 아직 모르겠습니다.

[알았다. 아마도 놈들은 차까지 가져갔을 거다. 반대 방향에 난 것과 똑같은 타이어 흔적을 따라가.]

─라저!

짧은 명령과 함께 루카스는 다시 전화기를 붙잡았다.

무언가 더 알아낸 것이 있는지 궁금해 찰리에게 연락을 해 볼 생각이었다. 그러나 그가 미처 버튼을 누르기도 전에 벨이 먼저 울렸다.

─주인님!

자말이었다.

[자말, 지금은 길게 통화를 할 수가 없다. 아직 병원인가?]

─사막입니다.

[……뭐?]

루카스의 표정이 순간 조금 멍청해졌다.

사막이라니? 병원에 있어야 할 놈이 사막에서 뭘 하는 거지?

그의 의문은 곧 풀렸다.

─막툼 님을 따라 움직였습니다.

[막툼?]

─아, 같은 병원에 계셨는데 아까 전에 갑자기 움직이시는 게 이

상해서 따라왔습니다.

[왜? 뭐가 이상했다는 거냐, 자말?]

성치 않은 몸으로 따라나설 만큼 이상했던 게 뭐였을까?

불길한 예감이 성큼 곁으로 다가서는 것을 느끼며 그가 조금은 다급하게 물었다. 그리고 곧 그는 그날 미처 보지 못했던, 병원에서의 일에 대해 알게 되었다. 아주 자세히.

—그래서 아무래도 안심이 되지 않아 계속 주시를 하고 있었던 겁니다. 아, 그런데 큰일 났습니다, 주인님. 방금 전에 차가 몇 대 도착했는데 그중 한 대의 뒷자리에 아무래도 아가씨가 계신 것 같습니다.

[은수가? 은수가 틀림없나?]

—예. 의식을 잃고 계시는 듯합니다.

[거기가…… 어디지, 자말?]

갈라터진 목소리로 그가 물었다.

곧 자말의 목소리가 이어졌다. 마침내 그녀를 찾았다. 그 사실만으로도 가슴이 뻐근할 정도의 격한 안도감이 찾아왔다.

[곧 만난다.]

그의 머리 위로 헬기가 내려앉고 있었다.

까딱까딱.

오른쪽에서 왼쪽으로. 다시 왼쪽에서 오른쪽으로. 망원경을 눈에 붙인 머리통이 연방 까딱거린다.

[이것 참, 망원경으로는 상태를 알 수가 없네.]

모래 언덕 위에 납작 엎드린 채로 자말은 전면을 살피고 있었다.

막툼이 늘 따라다니는 몇몇 일당들과 함께 진지한 얼굴로 이야기를 나누고 있는 모습이 보였다. 그들의 곁에는 모래 먼지를 잔뜩 뒤집어쓴 차 몇 대가 서 있었는데 그중 가장 후줄근한 차에 은수가 누워 있었다.

[미쳤군. 어쩌면 저렇게 대책이 없는 거지?]

그가 쯧쯧 혀를 찼다.

아무래도 불안해서 얼떨결에 따라오긴 했지만 설마하니 이런 짓을 목격하게 될 줄은 그도 미처 몰랐다. 어떻게 감히 그의 주인님의 사람을 건드릴 생각을 다 한 것일까, 막툼은?

[죽고 싶어서 환장했구먼. 우리 주인님 성격이 얼마나 지독한지 모르는 게야. 쯧쯧, 부인께서도 너무하셨군. 아들을 어찌 저렇게 키우셨노?]

점잖게 가정 교육까지 참견하며 그는 또 한숨을 내쉬었다.

망원경이 다시 차 뒷좌석에 누운 은수에게로 옮겨 갔다. 그녀는 죽은 듯이 늘어져 있었다. 아무리 시간이 지나도 꼼짝을 하지 않는 것을 보면 확실히 의식은 없는 듯했다. 그런데 너무 멀어 망원경으로는 그냥 의식을 잃은 건지, 아니면 죽은 건지 구분을 해 낼 수가 없었다.

[몰래 접근을 해 볼까?]

주인님은 자신이 도착할 때까지 그냥 지켜만 보라고 했었다.

하지만 그러기엔 햇볕은 너무 뜨겁고 그는 지나치게 심심했다. 그리고 아가씨의 상태가 궁금하기도 하고. 조금 위험하긴 하겠지만 그래도 확인을 하지 않을 수 없는 일이라고 자말은 생각했다. 다른 무엇보다 그의 주인이 가장 궁금해 하고 있을 일이 아니던가.

다행히 막툼들은 그들만의 이야기에 빠져 차엔 잠시 신경을 쓰지 않고 있었다. 방금 전까지는 차 유리창에 붙어서 무어라 열심히 떠들어 대더니 지금은 저들끼리 떠드느라 바빠 보였다. 설마, 가격을 협상하고 있는 것일까?

[큰주인님께서 이 모습을 보셨어야 하는데!]

한탄하며 자말은 가만히 머릿수를 세어 보았다.

막툼이 데려온 자는 둘이다. 본인까지 포함해서 셋. 그리고 아가씨를 데리고 새로 나타난 자들은 모두 합해 넷이었다. 그리하여 도합 일곱이 옹기종기 모여 있는 셈이 된다.

[일 대 칠이라. 이런 경험은 주인님도 아직 못해 보셨을 거야. 암만!]

그는 장담했다.

아무리 어렸을 때부터 별의별 일을 다 겪었다지만 이런 일은 아직 경험해 보지 못했겠지. 성공만 한다면, '일곱 명을 뚫고 인질 구하기'는 그의 생애 최고의 업적이 될 것이다. 모르긴 해도 주인님은 감동해서 그에게 집이라도 한 채 지어 주려 들지 않을까?

[준비해 오길 잘했군.]

재빠른 동작으로 그는 등에 멘 가방을 뒤졌다.

혹시나 싶어 이것저것 준비해 왔는데 그중에 당연히 총도 있었던 것이다. 지난번 사건에 덴 충격이 아직 가시질 않아서 이번만큼은 철저하게 준비를 해 왔다. 자말은 권총 두 자루를 허리춤에 푹 찔러 넣은 다음 케피예를 둘둘 감아 얼굴을 꼼꼼하게 가렸다. 그리곤 모래 언덕을 빙 돌아가 잠시 상황을 살피다 곧 은수가 누워 있는 차를 향해 한 마리 도마뱀처럼 은밀하고도 용의주도하게 움직이기 시작했다.

[닥쳐라! 그걸 지금 말이라고 하는 거냐?]

막툼은 거칠게 소리쳤다.

[멀쩡한 상태로 데려오라고 했더니 아예 죽은 시체를 가져와?]

[죽지 않았습니다, 셰이크! 아직은 죽은 게 아니에요.]

[심장도 뛰지 않고 숨도 안 쉬는데 죽은 게 아니라고? 놈, 감히 나를 능멸하려는 거냐?]

[그, 그래도 아직 완전히 죽은 게 아니라는 겁니다. 그러니까 저희가 약속을 어긴 것은 아니지요.]

마지드가 뻔뻔하게 대꾸했다.

[분명히 살려서 데려오기만 하면 된다고 하지 않으셨습니까, 셰이크? 그녀는 아직 살아 있습니다. 확실히.]

[닥쳐! 네놈이 나를 속이려는 모양인데 어림없다. 도로 데리고 꺼져라, 마지드.]

[아, 그건 좀 곤란한데요, 셰이크.]

[뭐? 설마, 일을 이따위로 만들어 놓고도 대가를 바란다는 거냐?]

당연히 바란다.

마지드는 태연하게 대꾸했다.

[일을 했으니 당연히 대가가 따라야 하는 게 아니겠습니까? 상태

가 좀 아쉽게 되었지만 그래도 아직은 쓸모가 있을 게 아닙니까. 그래서 이렇게 데려오라고 하신 것이고요. 아닙니까?]

[흥, 내게 쓸모가 있으려면 완전히 멀쩡하게 살아 있어야 했다.]

[그러니까 아직은 죽은 게 아니라니까요. 아직 어리셔서 모르시나본데, 저 상태로도 얼마든지 즐길 수가 있습니다, 셰이크.]

[뭐, 뭐? 하! 이제 보니 네놈…… 저 여자가 누구의 여자인지도 모르고 데려온 거구나?]

상황을 파악한 막툼이 그를 사정없이 비웃었다.

그제야 마지드의 얼굴에서 웃음이 싹 사라졌다. 잠시 기억을 더듬어 보았다. 그의 정보원은 저 동양 여자가 오빠와 친구와 함께 호텔의 로얄 스위트에서 머물며 여행을 하는 중이라고 했었다.

돈이 꽤 많은지 미용사에, 마사지사, 그리고 명품매장의 매니저가 불려갔다며 잘하면 몸값을 넉넉히 받을 수도 있을 거라고 했다. 아무리 기억을 더듬어 봐도 그녀가 누구의 여자라거나, 오빠가 대단한 사람이라는 말은 들은 적이 없었다. 죽은 아심 놈이 지나가는 말로 약혼자 어쩌고 했지만 함께 머물고 있다는 오빠랑 착각하고 있는 거라고만 생각했다.

[농담을 하시는 거라면…….]

[사이드라는 이름을 들어 봤나?]

[사, 사이드라고 하시면?]

[사이드 빈 자예드 알 나흐얀. 내 배다른 형이지. 아버지의 총애를 받고 있는. 그는 저 여자를 '애인'이라고 부르더군.]

[……!]

[난 저 여자를 이용해 그에게서 내 몫을 받아 낼 생각이었다. 그리곤 그냥 놓아줄 예정이었지. 그가 저 여자랑 결혼이라도 해야 아버지의 분노를 살 게 아닌가. 그런데 죽여 가지고 왔으니……. 이제 어쩔 건가? 이 일을 알고도 사이드가 가만히 있을까?]

막툼의 입가에 비열한 웃음이 맺혔다.

[모르긴 해도 지금쯤 사이드는 네 근거지를 모조리 헤집어 놓은 다음 뒤를 바짝 쫓아오고 있을걸?]

[제, 제게 뒤집어씌울 생각이십니까, 셰이크?]

[내가 뭘 했기에? 어차피 이 일은 너 혼자 한 일이다.]

[절대로 혼자 당하지만은 않을 겁니다. 후회할 일은 하지 마십시오, 셰이크.]

죽느냐 사느냐 하는 문제를 놓고 그들은 치열하게 신경전을 벌이기 시작했다. 바로 그때, 부르릉 엔진 소리가 울렸다. 그들의 시선이 일제히 옆으로 돌아갔다. 잠깐 신경을 끊은 사이, 여자를 싣고 있는 차가 뿌연 먼지를 일으키면서 움직이고 있었다.

[웬 놈이냐?]

[안 돼!]

[잡아!]

메뚜기가 뛰어오르듯 그들은 일제히 흩어졌다. 그리고 곧 각자의 차에 올라 막 도망가는 차를 쫓기 시작했다.

한낮의 사막은 뜨거웠다.

햇빛 말고 치열하게 달리는 자동차들의 레이스가. 돌연 시작된 도주극은 마치 자동차 레이스를 연상케 할 정도로 순식간에 후끈 달아올랐다. 미친 듯한 질주에 모래 먼지가 구름처럼 솟아오르고 한껏 달아오른 엔진의 소음이 우렁우렁 모래 언덕을 타고 멀리까지 울려 퍼졌다.

모르는 사람이 본다면 이 레이스에 상금이 한 백만 달러 정도는 걸린 줄 알리라.

[워어, 워. 이거 어째 너무 익숙한 풍경인 거 같은데.]

미친 듯이 패달을 밟으면서 자말은 그런 생각을 해 보았다.

맨 처음, 사막에서 쫓기던 날의 기억이 새록새록 뇌리를 스치고 있었다. 낮과 밤이라는 것만 다를 뿐 정말 비슷한 상황이다. 뭔가 한 가지가 빠진 듯 조금 허전하긴 하지만.

탕!

뒤에서 총알이 날아오기 시작했다.

[아하, 이제 똑같아졌군.]

자말은 그제야 미소 지으며 고개를 끄덕였다.

이제 주인님만 오면 더 똑같아질 거라고 생각하니 이상하게 실실 웃음이 났다. 그러다 또 무언가를 떠올리고 그는 퍼뜩 웃음을 지웠다.

[설마, 그날 밤 쫓아오던 놈들이?]

혹시 저놈들 아닐까……라는 생각이 드는 건 왜지?

병원에 있느라 루카스와 진지한 대화를 할 시간이 없었던 그는 아직 그날의 범인이 막툼과 그 수하들이며, 그와 관련해 루카스가 이미 사뿐하게 보복을 해 주었다는 사실을 알지 못하고 있었다. 그래서 더 기분이 나빠지는 건 시간문제였다.

탕!

자말은 가차 없이 총을 쏴 주었다.

운전하면서 쏘려니 잘 맞지는 않았지만 그래도 그는 포기할 생각이 없었다. 어깨에 바람구멍이 났는데, 그게 바로 놈들의 짓이었다는 생각이 들자 도저히 참을 수가 없었던 것이다.

[내가 이래 봬도 위대한 전사의 핏줄이다, 이놈들아. 세 살 때부터 말 타고 총 쐈어.]

지금이야 비록 노예를 자처하고 있다고 할망정 타고난 핏줄은 그렇다는 말이다. 실제로 루카스를 만나기 전까지 자말은 훈련을 통해 착실하게 실력을 쌓고 있었다. 명령이 없었다면 지금쯤 어느 한자리를 차지하고 앉아 사막을 호령하고 있었을 것이다. 주인님이야 아무리 말해도 전혀 안 믿고 있었지만.

처음부터 '주인님' 소리를 너무 자연스럽게 사용했다며 루카스는 언제나 그를 향해 '내츄럴 본 노예' 혈통인 게 분명하다고 놀렸었다. 하긴, 그건 그도 이상하게 생각하고 있는 문제였다. 같은 나이였고, 싸움은 그가 더 잘했는데 왜 보자마자 주인님이라고 부르며 팍 쫄았던 걸까?

[음, 그는 왕이고 나는 전사니까. 왕에게 충성을!]

킬킬 웃으며 자말은 속도를 더 높였다.

차가 구불텅한 모래 언덕을 간신히 넘어간다. 워낙 거칠게 넘어간 참이라 혹시 충격을 받지는 않았는지 걱정하며 슬쩍 뒷좌석을 돌아보았다.

[어?]

순간, 자말은 눈을 크게 뜨고 말았다.

아가씨의 안색이 지나치게 창백했다. 그리고 입가엔 거품이 말라 붙어 있고 코에서는 피가 흘러내리고 있었다. 위험한 징조였다.

[어떻게 된 거지? 놈들이 무슨 짓을 했기에?]

탕탕!

여전히 총을 쏘면서 쫓아오는 놈들을 의식하며 자말은 심각하게 상황을 정리했다. 한가롭게 보복을 해 줄 때가 아니었다. 아무래도 지금은 무조건 도주를 해야 할 상황이었다. 한시라도 빨리 병원으로 가야 한다는 생각이 맹렬하게 달려들었다. 그는 재빨리 휴대폰을 켜고 통화 버튼을 눌렀다.

[빨리 오십시오, 주인님. 아가씨가 죽어요.]

이제 그는 정말로 마음이 다급해지고 있었다.

사막에서 누군가를 찾을 때 꼭 필요한 것은?

물, 나침반, 별자리…… 웃기시네. 다 필요 없다. 맨몸으로 사막을 걸어 지나가는 게 아닌 이상 그딴 게 필요할 리가 없었다.

지금은 찬란한 21세기였다.

고로, 사막에서도 차는 잘 달리고 GPS도 잘 돌아간다. 뿐인가? 핸드폰도 잘 터진다. 대략적이지만 위치 추적도 된다. 위성을 동원하면 개미 한 마리의 위치까지 정확하게 찾을 수도 있다. 밧데리는 또 얼마나 좋아졌는지 곧 태양광 충천도 가능해진단다. 그런 데다 헬기까지 돌리고 있다면?

모래 폭풍이 불고 있지 않은 이상, 못 찾는 게 바보일 정도다.

어쨌거나 그런 이유로 루카스는 금방 자말을 찾아냈다. 그런데 상황은 어째 좀 이상한 것이……. 뭐가 어떻게 된 건지 그는 또 맹렬하게 쫓기고 있었다.

[대체 무슨 짓을 한 거지? 내가 도착할 때까지 그냥 지켜만 보라고 했는데 저 멍청이가! 저러다 은수가 총을 맞으면 어쩌려고?]

루카스는 제일 먼저 그 걱정부터 했다.

자말이야 이미 한번 맞아 봤으니 다시 맞는다고 해도 뭐 그리 놀라지는 않을 게 분명하지만 은수는 달랐다.

[은수가 다쳤다면 너도 무사하지 못할 줄 알아라, 자말.]

안 그래도 오면서 찰리에게 들은 말이 있는 까닭에 그의 걱정이 더 클 수밖에 없었다. 뒤늦게야 은수를 납치한 놈이 약을 썼다는 사실을 알아낸 것이다. 더구나 자말도 은수의 상태가 그리 좋아 보이지 않는다고 말하지 않았던가.

[내려가!]

루카스가 명령했다.

헬기를 발견한 놈들이 순간 뿔뿔이 흩어져서 도망치는 것이 눈에 들어왔다. 자말의 차가 서서히 속도를 줄이고 있었다.

[주인님!]

헬기가 모래 위에 내려앉기가 무섭게 자말이 차 밖으로 뛰쳐나와 미친 듯이 손을 흔들었다.

[아가씨가 위독하십니다. 좋지 않아요. 아주 좋지 않아요!]

루카스가 죽을힘을 다해 달려갔다.

머리가 온통 헝클어지는 것도 모르고 그는 정신없이 달려가 차문을 열어젖혔다. 후줄근하고 퀴퀴한 냄새가 밴 자리에 은수는 마치 죽은 듯이 누워 있었다. 덜컥 불길한 예감이 들 정도로 고요한 모습이었다. 잠시 바라보다가 루카스는 실 끊어진 인형처럼 완전히 정신을 잃고 있는 은수를 조심조심 안아 들었다. 서늘하게 식은 몸이 힘없이 끌려오고 있었다.

[은수!]

그 이질적인 느낌에 충격을 받아 그는 저도 모르게 소리쳤다.

[은수! 정신 차려!]

"은수야!"

"보스!"

소리치며 뒤에서 은준과 찰리가 뛰어오고 있었다.

그들이 곁으로 바짝 다가올 때까지도 루카스는 은수를 안은 채 한동안 꼼짝을 하지 못했다. 그의 심장이 죽어 가고 있었다.

병원 별관이 완전히 봉쇄되었다.

건물을 빙 돌아가며 사방에 경찰이 깔리고 안쪽엔 디쉬다샤를 걸친 아랍인들이, 그리고 더 안쪽엔 까만 옷을 입은 경호원들이 겹겹이 에워쌌다. 왕이 친히 왕림을 했다고 해도 이 정도의 삼엄한 경비는 불가능하다고 생각할 정도로 철통같은 보호가 이루어지고 있었다.

그리고 단 한 명의 환자를 보기 위해 병원 내의 거의 모든 전문의들이 특실로 모여들었다.

[동물용 마취제입니다. 보시다시피 주사제로 투약을 했습니다만, 용량이 지나치게 많았습니다.]

[얼마나?]

[……완전히 자란 코끼리 한 마리를 쓰러뜨릴 수 있을 만큼입니다. 환자에게는 지나치게 과한 용량이었습니다.]

아심의 시신에서 발견한 주사 바늘과 차 뒷좌석에서 발견된 작은 약병을 근거로 그들은 마침내 그녀에게 벌어진 일에 대해 그럴듯한 설명을 해 내는 데 성공했다. 하지만 현재의 상태에 대해서만큼은 누구도 먼저 입을 열지 않았다.

[상태는?]

은수의 손을 꼭 잡은 채 루카스가 물었다.

산소호흡기와 몇 가지 복잡한 기계가 그녀의 몸에 연결되어 있었다. 눈처럼 창백한 얼굴에선 살아 있다는 어떤 증거도 찾을 수가 없었다. 아주 느리게 울리는 어떤 기계의 울림이 그녀가 아직은 살아 있음을 증명해 주고 있었지만, 이렇게 오랫동안 미동도 않고 있는 것을 보면 사실은 진즉에…….

[왜 깨어나지 않는 거냐고 물었다.]

불길한 예감에 몸을 떨며 그가 소리쳤다.

[정확한 상태를 말해라. 한 가지도 빼지 말고 다 말해!]

[혼수상태가 이어지고 있습니다. 투약하고 너무 오래 방치해서 손을 쓰는 게 늦었습니다. 이 상태가 계속 이어지면…….]

[이어지면? 어떻게 된다는 거지?]

[식물인간 혹은 뇌사상태로 돌입하거나 죽을 겁니다. 환자의 의

지가 중요한 상태입니다. 그녀가 살려고 노력한다면 깨어날 가능성이 충분히 있습니다. 다만, 오늘 중으로 눈을 떠야 합니다. 그보다 늦어지면 어느 한 곳에 마비가 옵니다.]

[마비?]

[팔다리나 폐, 혹은 뇌. 몸이 불편해지거나 숨이 멎거나 혹은 기억장애 및 뇌사상태가 되는 겁니다.]

주르륵 쏟아진 진실 앞에 루카스는 말문이 막혔다.

간신히 구해 왔는데 이렇게 잃을 수도 있다고? 눈앞에서 그녀를 잃는다. 생각만으로도 벌써부터 발밑이 아찔해졌다.

[저희로선 더 이상 할 수 있는 일이 없습니다. 죄송합니다.]

그의 표정이 충격으로 굳어지자 의사가 재빨리 덧붙였다.

[곁에서 계속 말을 걸어 주십시오. 그녀가 반드시 살아야겠다는 마음을 가질 수 있도록.]

[그것뿐인가?]

[예. 지금으로서는.]

의사가 힘없이 고개를 끄덕였다.

그것으로 모든 것이 끝났다. 의사들은 썰물처럼 빠져나가고 병실엔 그를 비롯한 몇몇만 남겨졌다.

"은수야! 엉엉, 우리 은수 어떻게 해."

애심이 울기 시작했다.

손에 불끈 힘이 들어갔다. 작고 연약한 손이 아직 그의 손안에 있는데 어쩌면 이걸 놓아야 하는 순간이 찾아올지도 모른다니, 믿을 수 없었다. 한계를 넘어서는 충격으로 다시 뻣뻣하게 몸이 굳는 것만 같다.

[으음.]

낮게 신음하며 그는 한 손으로 관자놀이를 짚었다.

끔찍한 두통이 몰려오고 있었다. 아니, 진즉부터 깨질 듯 아픈 것을 모르고 있다가 이제야 느끼기 시작했다. 루카스는 잠시 심호흡을 했다. 그러다 가만히 손을 뻗어 은수의 작은 얼굴에 손바닥을 대 보았다. 아직은 따뜻하다. 여전히 부드럽고 따뜻한 피부가 손바닥에 착 달라붙었다.

'이대로 보내지는 않겠어. 보내지 않아. 은수, 나는 절대로 손을 놓지 않을 거다. 그러니 나를 위해서라도 어서 눈을 떠.'

루카스는 은수를 믿기로 했다.

그녀는 곧 깨어나 그 말간 눈을 뜨고 그를 바라볼 것이다. 그저 너무 피곤해 잠시 동안 아주 깊은 잠에 빠진 것뿐이다. 사실은 살기 위해 지금도 싸우고 있는 게 분명하다. 울컥 애틋한 마음이 솟구쳐 그는 손을 들어 천천히 눈가로 옮겨 갔다.

탁!

순간이었다.

그 못지않게 큼직한 손 하나가 날아와 막 은수의 눈가를 훔치는 그의 손을 툭 쳐 냈다. 고개가 번쩍 들렸다.

[손 떼.]

어느새 다가온 은준이 벌겋게 핏발이 선 눈으로 짧은 경고를 날리고 있었다. 두 남자의 시선이 공중에서 사뭇 격렬하게 충돌했다.

[그 손도 놔라.]

[싫다면?]

[얜 내 동생이다. 내가 돌봐. 너, 뭐하는 놈인지는 모르겠지만 여기까지야. 꺼져.]

공격적인 발언이었다. 루카스의 이마에 힘줄이 곤두섰다.

그는 천천히 자리에서 일어섰다. 덩치 큰 두 남자가 마주 서자 병실 안엔 갑자기 뭐라 표현할 수 없는 팽팽한 긴장감이 형성되기 시작했다. 루카스가 말했다.

[이 여잔 내 여자다.]

[내 여자?]

순간, 은준의 고개가 옆으로 홱 돌아갔다.

그는 '이건 또 무슨 개가 물어 갈 헛소리냐?'고 묻듯 애심을 바라보았다. 은준은 이제껏 '혹시 찰리가?'라는 생각을 하고 있었다. 별것 아닌 인연을 들먹이며 온갖 방법을 동원해 돕고 있는 모습이 어쩐지 수상하다고 생각했던 것이다.

'애심이냐 은수' 그의 본능은 그렇게 점찍었다.

그중에서도 애심이에게 눈독을 들이고 있을 가능성이 크다고 보았다. 그런데 갑자기 중간에 그의 보스라는 놈이 등장하더니 지금은 이렇게 떡하니 은수의 옆자리를 꿰차고 앉아 온갖 신파를 연출하고 있는 거다. 둘 사이에 그가 알지 못하는 수많은 이야기가 있다고 말하듯이. 그 부분이 은준은 상당히 마음에 들지 않았다.

"말 안 해?"

"그, 그게…… 딸꾹!"

엉엉 울던 애심이 움찔 놀라더니 갑자기 딸꾹질을 터뜨렸다.

눈물이 쏙 들어갔다. 텍사스 소 떼 같은 위기감이 우르르 몰려온다. 은수 때문에 잠시 잊고 있던 문제가 하필이면 가장 안 좋은 순간에 뽀록나고 만 것이다. 은준은 거의 찢어 죽일 듯한 시선으로 그녀를 바라보고 있었다.

숨이 덜컥 멎었다.

견딜 수 없는 공포로 손발이 오그라들려 한다. 다음 순간, 애심은 거의 몸을 내팽개치듯 의자에서 내려와 바닥에 무릎을 꿇고 앉았다. 실로 전광석화와 같은 움직임이었다.

"자, 잘못했어요, 오빠."

"그러니까…… 저게 맞는 소리라고?"

"그, 그게…… 으, 은수가, 아니 처음에 저 사람이 꼬리를 쳤는데……. 사막에서 어, 엉덩이를, 은수 엉덩이가……."

"뭐?"

"그, 그러니까 사막에서 만났는데…… 은수가 좋다면서 따라다니고 초, 초콜릿을 먹이고…… 그러다가……."

발발 떨면서 애심은 도대체 무슨 소리인지 알아들을 수 없는 말을 빠르게 주절거렸다. 다시 울음이 터질 것만 같았다. 다행히 은준의 시선이 다시 루카스에게로 향했다.

[누구 마음대로 내 여자지?]

[내 맘대로. 불만인가?]

[마음에 들지는 않는군.]

[나도 네가 마음에 드는 것은 아니야.]

파직!

정전기가 튀었다. 막상막하. 그들의 눈에 서서히 살기와도 같은 감정이 맺히기 시작했다. 그리고 곧 누가 먼저랄 것도 없이 주먹을 내질렀다.

퍽!

[윽!]

"큭, 젠장!"

거의 동시에 치고 맞은 두 사람이 똑같이 두어 걸음씩 뒤로 물러섰다. 겁에 질린 애심은 이제 완전히 벽으로 파고들 듯 구석으로 물러나 있었고, 두 사람은 마치 본격적으로 해보자는 듯 겉옷을 벗어 던지고 있었다.

슬쩍 핏기가 비치는 입가를 훔치고 그들이 다시 마주 섰다.

바야흐로, 사자 두 마리가 서로를 물어뜯기 위해 격렬한 싸움을 벌이려는 찰나였다.

[보스!]

상황도 모르고 찰리가 문을 벌컥 열고 들어왔다.

[보스, 마지드 일당을…… 잡아왔습니다만?]

그제야 심상치 않은 분위기를 눈치채고 그가 슬그머니 말을 흐렸다. 그러더니 바보처럼 불쑥 물었다.

[혹시 싸우셨습니까?]

그들은 대답하지 않았다.

그저 서슬 퍼렇게 눈을 빛내며 앞다투어 달려 나갔을 뿐이다.

[놈들이 어디 있지?]

문밖에서 루카스가 소리치고 있었다.

[그게, 로비에…….]

찰리는 멍하니 대답했고 곧 그들의 기척이 사라졌다. 그러다 마침내 무슨 상황인지 깨닫고 그도 흠칫 놀라 후다닥 뛰쳐나갔다. 그때까지 발발 떨고 있던 애심이 엉금엉금 기어 은수에게로 달려들었다.

"으, 은수야. 큰일 났어. 너 빨리 눈 떠. 이 기집애야, 저러다 둘 다 죽으면 어떻게 해. 난 어떻게 하냐고. 너 이러면 안 돼. 제발 나 좀 살려 주라. 응?"

처절한 애심의 애원이 텅 빈 병실 안을 울리고 있었다.

9. 모래 위에 선 여자

[억울합니다, 주인님.]

자말이 담담하게 말했다.

[저를 저자들과 같이 취급하지 말아 주십시오.]

[닥쳐라, 자말. 네놈 때문에 은수가 더 위험해진 거야.]

[그럴 리가 없습니다. 그때 제가 구해 내지 않았다면 아가씨께서는 더 위험한 상황에 처했을지도…….]

우당탕탕!

말을 채 다 마치기도 전에 웬 떡대 하나가 날아와 그의 코앞에 길게 자빠졌다.

[뭐라고?]

그를 패대기친 루카스가 물었다.

[아무것도 아닙니다, 주인님.]

자말은 황급히 입을 다물었다.

그의 주인은 지금 지나치게 흥분해 있는 상태였다. 가만히 보니 눈에 핏발까지 섰다. 노예로서의 본능에 따르면 지금은 아무래도 입 꾹 다물고 그에게 호응을 해 주는 것이 좋을 것 같았다. 이름하여, 작전상 후퇴. 그는 다시 무릎을 꿇고 두 팔을 더 바짝 들어올렸다. 아직 덜 아물어 욱신거리는 어깨 따위는 알 바 아니었다.

[제가 잘못했습니다, 주인님. 앞으로는 절대로 주인님의 뜻을 거역하지 않겠습니다.]

[흥! 당연한 소리. 네놈이 막툼의 일을 진즉에 말해 주었다면 이런 일은 없었을 것이다.]

[지당하십니다. 다 제 잘못입니다.]

[더구나 하마터면 은수가 총까지 맞을 뻔했지 않나?]

[그저 제가 죽일 놈입지요.]

한마디 할 때마다 따박따박 고개를 끄덕이자 그제야 루카스의 미간이 조금 풀어졌다.

[골프채를 가져와라.]

그가 명령했다.

말이 떨어지기가 무섭게 자말이 벌떡 일어섰다. 단언하건대, 그가 주차장까지 달려가 차에서 골프채를 들고 다시 돌아오기까지 걸린 시간은 단 오 분도 걸리지 않았다.

[일어나라.]

골프채를 받아 들고 루카스가 말했다.

마지드가 그의 발밑에 바짝 엎드린 채 벌벌 떨고 있었다. 덩치가 크고 살이 쪄서 뚱뚱하다 못해 비대한 놈이 몸을 떨자 가련하기는

커녕 마치 돼지가 발정을 하고 있는 것처럼 보였다.

[제, 제발 용서를…….]

놈은 아예 루카스의 발을 끌어안고 애원하기 시작했다.

그 모습을 은준이 스산한 표정으로 바라보고 있었다. 그도 이미 루카스 못지않게 피투성이가 된 모습이었다. 물론 자신의 피가 아니다. 둘이서 나란히 이성을 잃고 미친 듯이 날뛴 덕분에 로비엔 벌써 피가 흥건했다. 그리고 너덜거리는 몰골로 바닥을 뒹굴고 있는 나쁜 놈들이 셋. 아니, 이제 곧 넷이 될 예정이다.

[내가 할까?]

하나 지친 기색도 없이 은준이 물었다.

괴물 같은 놈. 맨 주먹으로 벌써 둘이나 해치운 주제에 아직도 모자라다는 듯 그는 루카스의 몫까지 노리고 있었다. 딱 생긴 대로 노는 과격한 놈이었다.

[고맙지만 사양하지. 이놈은 내 거야.]

화사하게 미소 지어 주고 루카스는 가차 없이 골프채를 휘둘렀다.

따악!

[크아악!]

정확히 관절을 후려치자 마지드의 한쪽 팔이 홱 돌아가면서 기묘한 방향으로 꺾여 버렸다. 놈은 멱을 따인 돼지처럼 비명을 내지르며 길게 나동그라졌다. 그럼에도 불구하고 루카스는 손을 멈추지 않았다. 한 번, 두 번, 세 번, 그리고 다시…….

기절하면 다시 깨워 가면서 그는 착실하게 놈을 망가뜨리고 있었다. 그때마다 마지드는 고통으로 자지러졌고 루카스는 놈이 그 고통을 충분히 느낄 때까지 기다려 줬다. 그러다 결국 열 군데 이상에 걸쳐 깔끔한 골절을 만들어 준 후에야 그는 아쉽게 손을 놓았다. 놈이 결국 대소변을 지리며 혀를 길게 빼물었던 것이다.

그때까지 루카스는 놈에게 어떤 질문도 하지 않았다.

어차피 필요한 것은 다 알아낸 후였다. 그저 확인하는 일만 남은 것뿐.

[깨워라.]

정신줄을 놓은 마지드를 다시 깨워 놓고 루카스는 그제야 느긋하게 물었다.

[은수에게 무슨 짓을 했지?]

[아, 아무 짓도……. 발견했을 때는 이미……. 제발, 믿어 주……. 셰이크시여.]

[약은 누가 준비했나?]

[제, 제가…… 제가 준비를…… 했습니다. 하지만 놈이 너무 많이…….]

루카스는 주먹을 꽉 움켜쥐었다.

은준이 어느새 곁으로 바짝 다가와 있었다. 루카스가 입을 열기도 전에 그가 불쑥 물었다.

[사주한 놈은?]

[으으으. 마, 막툼 님이십니다.]

[뭐하는 놈이냐?]

[셰이크의 아우…….]

[닥쳐라!]

루카스가 버럭 소리쳤다. 그러나 조금 늦어 은준이 이미 그 말을 들은 후였다.

[동생이라고?]

그가 루카스를 돌아보며 다시 눈에 살기를 피우고 있었다.

그러거나 말거나 루카스는 담담하게 대꾸했다.

[배가 달라.]

[너의 배 다른 동생이 왜 은수를 노렸을까?]

[나에게서 얻을 것이 있다고 생각했겠지.]

[결국 네놈 때문에 내 동생이 저 꼴이 되었다는 소리군.]

[……맞아. 원하지 않았지만 그렇게 되고 말았네.]

그는 거침없이 인정했다.

결국은 그 때문에 은수가 변을 당하고 말았다. 가장 생각하기 싫었던 가정이 사실이 되어 그를 덮쳤을 때, 루카스는 당연히 분노했다. 하지만 그 순간에도 그는 은수를 놓아주어야 한다는 생각은 결코 할 수 없었다. 놓느니 차라리 눈앞에서 죽는 모습을 보는 것이 더 나았다. 그는 뻔뻔하리만큼 당당하게 말했다.

[그래도 은수는 내 여자야.]

[훗, 웃기는 소리. 난 처음부터 네놈이 마음에 들지 않았다.]

[누가 할 소리. 나 또한 네가 마음에 들지 않기는 마찬가지다. 너만 오지 않았다면 내가 방심하는 일 따윈 없었어.]

그 말에 은준이 이를 드러내고 웃었다.

[와라. 너부터 죽여 놓고 그 막툼이라는 놈을 찾아가야겠다.]

[흥! 놈은 내 몫이야. 그리고 너한테 죽을 만큼 내가 비리비리해 보이나?]

[그거야 결과가 말해 주겠지. 덤벼라, 새꺄.]

그들이 다시 마주 섰다.

루카스는 골프채를 내던지고 주먹을 불끈 움켜쥐었다. 가볍게 목 근육을 풀어 준 은준이 단 한 순간도 지체하는 법 없이 덤벼들고 있었다.

퍽!

[윽!]

묵직한 주먹이 배를 찔러 온다. 한 대 맞고 허리를 구부리며 자동반응처럼 팔을 뻗었다. 주먹 끝에 반듯한 놈의 턱이 걸렸다. 딱!

[크윽! 제법인데?]

[너 역시. 다시 덤벼!]

다시 주먹이 날아갔다.

짧은 사이, 맞고 때리고 하면서 대여섯 번도 넘게 주먹을 주고받고 나자 드디어 피가 튀기 시작했다.

[보, 보스!]

[주인님!]

입술 끝이 찢어져 얼굴 위로 새빨간 피가 튀자 찰리와 자말이 당장 뛰어들 듯 소리쳤다. 가뜩이나 피범벅인 사람들이 또 피까지 흘리면서 싸우는 모습은 처절하다 못해 거의 무섭기까지 했다. 여자들이 보았다면 분명 비명을 내지르며 기절하고 말았을 것이다.

[그 자리에서 꼼짝도 하지 마. 끼어드는 놈은 내 손으로 죽여 버

모래 위에 선 여자 117

리겠어.]

소리치며 루카스가 다시 주먹을 뻗었다.

몇 번인가 다시 맹렬한 주먹질이 오고 갔다. 그때마다 숨죽인 신음이 흐르고 또 피가 튀었다. 그렇게 얼마를 싸웠을까. 둘은 기진맥진해서 거친 숨을 몰아쉬고 있었다. 입술이 터지고, 눈이 붓고, 멍이 벌겋게 올라오는 몰골이 어쩌면 그렇게 똑같은지 마치 쌍둥이를 보고 있는 것 같았다. 그러고도 그들은 아직 싸움을 포기하지 않았다.

[더, 덤벼!]

[덤벼!]

그들이 동시에 소리쳤다.

그때였다. 그 지독한 모습에 진저리를 치며 찰리가 끼어들려는 순간, 문득 엘리베이터가 벌컥 열리더니 안에서부터 누군가가 획 뛰쳐나왔다. 그리곤 그들의 모습을 발견하기가 무섭게 '다다다다' 뛰어왔다.

[이, 이봐요! 루카스! 오빠!]

애심이었다.

그녀가 눈물범벅인 얼굴로 소리쳤다.

[우, 움직였어. 은수가, 은수가 움직였어요. 손가락이, 눈꺼풀이, 아니…… 울어요.]

[울어?]

[흐윽, 울어요. 눈도 안 뜨고 울고 있어요. 으허엉. 은수가 울어요.]

그 말에 루카스와 은준이 잠시 서로를 바라보았다. 그리고 직후, 그들은 또 동시에 뛰기 시작했다.

은수는 시장 한복판에 서 있었다.

아주 바빠 보이는 수많은 사람들이 자그마한 그녀를 밀치며 빠르게 곁을 스쳐 지나가는 곳이었다. 시장은 사람과 손수레, 오토바이, 자전거가 한데 뒤엉켜 말도 못하게 복잡했다. 옷도 많고, 맛있는 것도 많고, 사람도 많았다. 그곳의 어른들은 모두 다 그녀보다 컸고, 그녀보다 힘이 셌다. 그래서 그녀처럼 작은 아이는 금방이라도 밟혀 죽을 것 같았다.

은수는 고개를 바짝 젖히고 위를 올려다보았다.

그녀의 눈에 그곳은 무섭고도 이상한 세상이었다. 굉장히 크고 넓고, 뭐가 뭔지 모르게 알록달록 복잡하고 시끄러운 곳이다. 그리고 그곳에 사는 사람들은 모두 다 바쁘거나, 혹은 즐겁거나, 약간은 화가 나 있는 것처럼 보였다. 높게 찢어지는 목소리로 뭐라 뭐라 소리치는 사람, 옷가지를 잔뜩 들고 뛰어가는 사람, 머리에 이상한 쟁반을 얹고 걸어가는 아줌마도 있었다.

그곳에서 멈추어 있는 건 오직 그녀 하나뿐이었다.

길 한복판에 멍하니 서 있던 그녀는 이리저리 밀쳐지다 곧 길가로 완전히 밀려났다. 한참 만에야 자신의 위치를 깨닫고 그녀는 화들짝 놀라 다시 기를 쓰고 길 한복판으로 달려 나갔다. 처음 엄마가 말했던 바로 그 자리.

'이 자리에서 꼼짝하지 말고 있어. 엄마가 금방 올게.'

그녀의 손을 놓고 가면서 엄마는 그렇게 말했었다. 그러니 꼭 그 자리에 있어야만 했다. 혹시 자리를 떠났다가 엄마가 돌아왔을 때 그녀를 찾지 못할 수도 있으니까. 그녀는 작아서 잘 보이지 않으니까 자리라도 잘 지키고 있어야 했다.

간혹 사람들에게 치여 자빠지고 야단을 맞기도 했지만 그녀는 끝까지 포기하지 않았다. 그 사이 엄마가 새로 사 준 옷이랑 얼굴이 더러워지고 무릎이 깨져 피가 나는 게 더 걱정스러웠다. 하지만 괜찮다. 그녀는 얼마든지 참을 수 있었다.

결국 은수는 그 자리를 지켜 내는 데 성공했다. 그런데 밀려나면 다시 돌아오고 또 밀려나기를 얼마나 반복했을까. 갑자기 하늘에서 물방울이 떨어지기 시작했다.

비가 오기 시작하자 그 많던 사람들이 물 빠지듯 한순간에 갑자기 사방으로 흩어졌다. 이상한 소리를 내며 옷을 팔던 아저씨, 상가를 기웃거리던 여자들, 그리고 바쁘게 오가던 사람들조차 일제히 사라져 거리엔 어느새 그녀 혼자만 덩렁 남겨져 있었다. 너무 빨리 고요가 찾아와 마치 한바탕 꿈을 꾼 것 같았다.

'어떻게 하지?'

혼자 남아 억수같이 쏟아지는 비를 고스란히 맞으면서도 은수는 그 자리에서 움직일 수가 없었다.

'엄마가 꼭 데리러 올게. 자리 잡히면 꼭 올 테니까 여기서 움직이면 안 돼. 알았지?'

그 소리가 귓가에서 쟁쟁 맴돌아서.

얼마나 더 기다려야 하나. 왜 안 오지? 엄마는 아직도 자리를 못

잡은 것일까?

속까지 흠뻑 젖도록 비를 맞아 얼굴빛마저 푸르게 질린 꼴로 은수는 천천히 그 자리에 쪼그려 앉았다. 하루 종일 자리를 지키느라 그녀는 많이 지쳐 있었다. 금방 쓰러지지 않는 게 이상할 정도로 몸이 아팠다.

너무 힘들고 추워서 은수는 금방이라도 죽을 것만 같았다.

결국 울음이 터져 나왔다. 처음엔 새끼고양이의 울음소리처럼 작게, 그러다가 곧 통곡처럼 소리가 커졌다. 하루 종일 참았던 눈물이 비처럼 쏟아졌다. 엉엉 우는 소리가 쏟아지는 빗소리를 타고 바닥을 흐르고 있었다.

'엄마, 엄마아……!'

울면서 그녀는 목이 쉬도록 엄마를 불렀다.

하루 종일 몇 번이나 주위를 돌아보았는지 모른다. 움직이지 않고 엄마가 떠나간 방향만 애타게 바라보았는데 그때마다 보이지 않아서 죽을 것처럼 무서웠다. 넘어지고 밀쳐지는 것보다, 피가 나는 것보다 그게 더 무서워서 자꾸만 떨리고 울고 싶었다.

'엉엉, 엄마아!'

세상에 혼자 덜렁 남겨진 것처럼 서럽게 울다가 그녀는 어느새 스르르 모로 자빠졌다. 얼굴 위로 쉴 새 없이 차가운 봄비가 쏟아지고 있었지만 온도 따위는 느끼지도 못했다. 바닥에 누운 그녀의 몸은 이미 비보다도 더 차게 식어 가고 있었으니까.

'졸려.'

은수는 눈을 감았다.

이상하게 편안했다. 이렇게 편할 줄 알았다면 진즉에 누울걸. 미소까지 지으며 그는 서서히 정신을 놓았다. 이대로 깊이 잠들었다 깨어나면 눈앞에 엄마가 있을 것만 같았다. 그렇다면 이렇게 잠드는 것도 그리 나쁘지 않을 것이다.

'이년아!'

깜짝.

막 정신을 완전히 놓으려는 찰나, 머리맡에서 갑자기 누군가가 소리쳤다. 비실비실 눈을 뜨자 하얀 고무신 코가 보였다. 그 고무신을 신은 사람이 버럭 소리쳤다.

'이년아, 왜 벌써 여길 온 겨? 어여 못 돌아가!'

확! 눈앞으로 빛이 쏟아졌다.

"흐윽…… 흑…… 으흐윽……."

말라붙은 입술 사이로 희미하게 울음소리가 새어 나오고 있었다. 무슨 꿈을 꾸고 있는 건지, 감은 눈에서는 폭포 같은 눈물이 쏟아지고 그녀는 죽은 듯 누워 삭이고 삭여 안으로 꺼져 드는 서러운 울음을 울고 있다. 크게 통곡하는 것도 아니고, 뭐라 소리치는 법도 없이 그저 숨죽여 흐느끼는 모습이 너무 처연해 루카스는 가슴이 푹 꺼져 들어가는 것만 같았다.

[은수!]

힘없이 부르며 그가 부르르 다가들었다.

[눈을 떠. 눈을 떠, 은수. 울지 마. 제발, 이렇게 울지 마.]

"은수야. 오빠다. 눈 떠 봐. 응?"

양쪽에서 손을 하나씩 잡고 루카스와 은준이 다투어 입을 열었다.

의사가 오늘 중으로 눈을 떠야 한다고 했으니 그들은 어떻게 해서든 그녀를 깨워야 했다. 그런데 눈은 뜨지 않고 눈물만 철철 흘리면서 숨이 넘어가도록 울고 있으니 그들조차도 가슴이 온통 미어지고 말이 막혔다.

[대체 왜 이렇게 우는 거지?]

수건을 찾아 연방 떨어지는 눈물을 닦아 주며 루카스가 하소연하듯 말했다.

[이렇게 울다가 녹아 버릴 것 같아. 물만 남기고 사라질 것처럼 아슬아슬해. 제발, 눈을 떠, 은수. 눈을 뜨고 나를 봐. 내가 은수를 찾아냈어. 이렇게 곁에 있어.]

혹시 듣지 못하고 있는 것일까?

손을 꼭 쥔 채 그가 그녀의 귓가에 입술을 대고 속삭였다.

[사랑해. 나 때문에 이렇게 된 거야. 은수 잘못이 아니야. 내가 바보 같았어. 잠시라도 눈을 떼는 게 아니었는데 방심했어. 나를 원망해, 은수. 차라리 눈을 뜨고 내게 욕을 해. 당신은 욕을 잘한다고 했잖아?]

"은수야, 눈 뜨거든 집으로 가자. 오빠가 데리고 갈게."

질세라 은준이 곁에서 떠들었다.

그러거나 말거나 루카스는 그녀의 눈물을 받으며 애절한 눈빛으로 계속 말을 이었다.

[약속한 것 기억나? 내게로 온다고 했어. 당신은 나한테 온다고

약속했어. 그러니 나는 미안하다는 말은 하지 않겠어. 놓지도 않을 거야.]

짤랑.

[요즈음의 나는 내가 아닌 것 같아. 자꾸 나도 모르는 낯선 모습이 나와. 그래서일까? 은수, 나는 당신을 놓을 수가 없어. 생각만 해도 여기가 아파. 놓아주어야 한다는 사실은 아는데, 그렇게 하면 내가 죽을 것 같아서 도저히 이 손을 펼 수가 없어.]

루카스는 은수의 손을 당겨 제 가슴 위에 올려놓았다.

이렇게 혼자 아프게 뛰는 심장 소리를 그녀가 꼭 들어 주기를 바라면서.

"어? 움직인다."

무엇을 봤는지 애심이 눈을 동그랗게 뜨고 손가락질을 했다.

[발이 움직여요!]

그에, 모두의 시선이 은수의 발로 향했다.

짤랑. 희미하게 울리는 방울 소리. 덮고 있는 시트를 걷자 분명히 어제 보았던, 발톱에 빨간색 매니큐어를 꼼꼼하게 바른 그 뽀얗고 작은 발이 나타났다. 그런데 발목에 걸린 발찌가 희미하게 떨고 있었다.

[은수?]

움찔.

[은수, 내 말이 들려?]

짤랑. 그가 귓가에 대고 말을 할 때마다 오른쪽 발이 움찔 떨리고 방울이 울었다. 혹시 깨어나려는 징조인가 싶어 숨까지 죽이고 가만히 기다렸지만, 더는 이어지는 반응이 없었다. 그녀는 여전히 눈을 감은 채 울고 있었고, 그가 말을 할 때마다 부록처럼 오른쪽 발을 움찔거릴 뿐이었다.

이게 대체 무슨 반응일까?

모두의 눈에 진한 의문이 떠올랐다. 시기도 적절하게 호출을 받은 의사들이 몰려왔다.

[무조건반응처럼 보이는데요? 혹시 평소에도 이랬습니까?]

심각한 표정으로 일제히 바라보는 그들에게 의사가 말했다.

그러나 누구도 그에 대해 자세히 아는 사람이 없었다. 은준은 '어릴 땐 안 그랬는데'라고 말했고, 애심은 '학교 다닐 때도 이런 병은 없었던 것 같은데?'라고 증언했다. 그리고 루카스는…….

[이런 식으로 이상하게 길들인 적은 없는데.]

[그런데 왜 네 목소리에만 반응을 하는 거지?]

[나를 사랑하니까?]

[닥쳐라, 멍청아.]

히죽 웃으면서 말했다가 은준에게 구박을 당했다.

[그런데 저 이상한 발찌는 또 뭐야? 저거 네놈이 채워 놓은 것 맞지?]

수상하다는 뜻이 역력한 얼굴로 은준이 물었다. 루카스는 또 고개를 끄덕였다.

[당연히. 어젯밤, 나 말고 저 소리를 들은 사람은 없을걸?]

[어젯밤? 너 이 새끼, 그거 무슨 뜻이야?]

[글쎄, 적어도 손 잡고 춤을 췄다는 이야기는 아니겠지?]

[너, 너, 너…… 내 동생을 건드렸어?]

눈에서 불을 확 뿜으며 은준이 소리쳤다.

[죽여 버리겠어!]

[누구 마음대로. 주먹도 별 볼일 없는 주제에. 덤벼라!]

침대를 가운데 두고 은준이 몸을 쭉 뻗어 루카스의 멱살을 잡았다. 홱 뿌리치자 이번엔 주먹을 날린다. 그걸 피하려다 루카스는 그만 얼굴을 제대로 얻어맞고 말았다.

딱!

[크윽!]

콧잔등에서 화끈한 충격이 느껴졌다. 바로 그때였다.

"할머니……."

흐느껴 울기만 하던 은수의 입에서 문득 희미한 단어 하나가 새어 나왔다. 그에 싸우던 것도 잊고 그들은 또 일제히 움직임을 멈췄다.

[으, 은수?]

"은수야?"

루카스는 한 손으로 코를 잡고 그녀에게로 바짝 다가갔다.

이번에야말로 그녀가 깨어나려는 듯 눈꺼풀을 바르르 떨고 있었다. 기대와 흥분으로 모두가 조용히 그 모습을 지켜보았다. 그리고 마침내 그녀가 정말로 가늘게 눈을 뜨고 있었다.

"으음."

은수는 가늘게 신음하며 가만히 숨을 내쉬었다.

꿈의 여운인지 새어 나오는 숨이 유독 길었다. 몸이 물에 잠긴 것처럼 무겁고 나른해서 잘 움직여지지 않았다. 또 뭘 어쨌기에 이렇게 죽을 것처럼 피곤한 것인지 모르겠다. 눈도 잘 안 떠지고.

'라면을 먹고 잤었나?'

어쩌면 그럴지도. 그녀는 가볍게 수긍했다.

원래 라면을 먹고 자면 다음날 아침은 인간의 몰골에서 벗어나 바로 외계인이 되곤 하니까. 그녀는 충분히 이해하고 납득하고 인정했다.

'그래도 일어나야지.'

눈에 저절로 힘이 들어갔다. 그런데 또 이상하다.

어찌어찌 간신히 눈을 뜨긴 했는데 이번엔 이상하게 앞이 잘 보이지 않았다. 마치 안개가 낀 것처럼 사방이 뿌옇고 먹먹하다. 은수는 눈을 두어 번쯤 깜빡거리다 가만히 눈동자를 굴려 보았다. 그러자 형태를 알 수 없는 까만 덩어리 서너 개가 눈앞으로 와락 다가오면서 한꺼번에 웅웅 이상한 소리를 냈다.

'뭐지?'

흐릿하고 몽롱한 눈으로 은수는 지그시 그것들을 바라보았다.

한참을 바라보고 있는데 문득 얼굴 위로 무언가가 툭 떨어지는 것이 느껴졌다.

'물방울인가?'

간질간질. 뺨을 구르고 있는 액체의 정체가 문득 궁금하다.

비가 오나?

멍하니 생각하며 은수는 쇳덩이처럼 무거운 손을 들어 올렸다. 온몸이 녹신녹신 늘어져 있는 탓에 손 하나 들어 올리는 게 무슨 맷돌을 들어 올리는 것만큼이나 무겁고 힘들었다. 그래도 얼굴이 간지러워서 그녀는 있는 힘을 다해 손을 들어 올린 다음 느릿느릿 뺨을 쓸었다.

'빨간색?'

물방울이라고 하기엔 지나치게 미끈하고 진한 액체가 손끝에 묻어나왔다. 은수는 손을 눈 가까이 가져와 가만히 바라보았다. 그러다 또 웅웅거리는 소리가 들려 눈동자를 굴렸더니 바로 눈앞에서 그녀의 손끝을 적신 것과 똑같은 빨간 물이 뚝뚝 떨어지고 있는 거다.

'이게 뭐지?'

의아함에 사로잡혀 은수는 조심스럽게 손을 뻗었다.

손가락 하나로 빨간 액체를 콕 찍어 다시 눈앞으로 가져왔다. 그리고 한참 동안 그것을 바라보다가 문득 깨달았다. 아, 고추장이구나.

"고추……."

왜 하늘에서 고추장 물이 떨어지고 있지?

다시 스르르 잠들며 그녀가 한 생각이었다.

[은수!]

루카스가 부르짖었다.

곁에서 애심이 말없이 휴지를 내밀었다. 그것을 받아 피가 뚝뚝 떨어지고 있는 코를 꾹 누르고 그가 다시 은수를 살폈다. 대체 무슨 일이 벌어진 건지…….

[정신을 차린 게 맞아?]

그의 질문에 한쪽에 멍하니 서 있던 의사가 냉큼 고개를 끄덕였다.

[지금은 그냥 잠든 것뿐입니다. 확실히 깨어난 게 맞습니다. 그냥 푹 자게 두십시오. 그러니 일단은 셰이크께서 먼저 치료를 받으시는 게…….]

그가 동정 어린 시선으로 루카스를 바라보았다.

기분이 나빴지만 하는 수 없었다. 이게 다 은수 때문이니까. 간신히 눈을 뜬 은수는 무슨 이유인지 잠시 제 뺨을 만지작거리더니 곧이어 눈동자만 데굴 굴려 그를 빤히 바라보았다. 말도 없이 정말 한참이나 뚫어지게 바라보다 별안간 손가락을 뻗어 손등을 타고 떨어지는 그의 코피를 콕 찍었다. 그리곤 그걸 또 한참을 바라보다 순간 뭐라고 중얼거리면서 혀로 슥 핥았다.

설마 그런 행동을 할 줄은 몰랐기에 그는 한동안 아무 말도 할 수가 없었다. 같이 얼굴을 들이밀고 달려들었던 은준과 애심도 놀라 입을 크게 벌리고 그들을 번갈아 바라보고 있었다.

['고추'라고 중얼거린 걸 보니까 아마 그게 고추장인 줄 알았나 봐요.]

그를 향해 측은한 시선을 보내며 애심이 말했다.

[빨간색이니까.]

[착각을 할 만큼 비슷하다고? 케첩처럼?]

[네. 그리고 은수는 원래 고추장을 손가락으로 찍어서 맛봐요. 그러니까 그게 습관이어서 반사적으로…….]

[으음.]

신음을 흘리며 루카스는 풀썩 자리에 주저앉았다.

워낙 충격을 받아 뻣뻣하게 굳어 있었던 몸이 그제야 부드럽게 풀렸다. 기다렸다는 듯 의사가 달려와 치료를 한답시고 수선을 떨었다. 이런저런 약을 바르고 밴드를 붙이더니 몸 곳곳에서 멍이 올라오는 것을 보고는 뼈에 이상이 없는지 엑스레이를 찍자고 난리를 쳤다. 물론 은준도 함께.

[너 말이야…….]

소파에 길게 누워 문득 루카스가 말했다.

맞은편 소파에 똑같은 꼴을 한 은준이 누워 있었다.

[일부러 코를 때린 거지?]

[큭큭, 말이라고. 꼴좋다. 그러게 누가 내 동생을 건드리라던? 기다려라. 아직 모자라. 좀 자고 일어나서 한 대 더 날려 주마.]

[하! 너야말로 기대하는 게 좋을 거다. 아직 내 격투 실력이 나오지 않았어.]

[군대도 안 갔다 온 놈이……. 난 태권도 유단자다.]

[군대? 태권도? 어쩐지……. 젠장, 찰리에게 대신 싸우라고 시켜야겠군.]

루카스는 진심으로 그렇게 생각했다.

똑같이 진통제를 맞고 눕긴 했지만 그는 은준이 많이 봐줬다는 걸 알고 있었다. 뭐니 뭐니 해도 놈은 군대까지 다녀온 태권도 유단자라지 않는가. 그러니 용병 출신인 찰리랑 붙는 게 더 정정당당한 싸움이 될 것이다.

[치사한 놈.]

스르르 눈을 감고 잠들면서 그가 그렇게 말했다.

그때까지도 은준은 어깨를 들썩이면서 웃고 있었다.

"이 사람들이 왜 이러고 누워 있는 거지?"

은수는 고개를 갸웃거렸다.

눈앞에 오빠와 루카스가 똑같이 얼룩덜룩해진 몰골로 누워 있었다. 그녀가 누웠던 침대 곁에선 애심이 모로 누운 채 침을 흘리며 자고 있었고 찰리는 입구 쪽 의자에 앉아 고개만 떨어뜨리고 자는 중이다. 어둡고 조용한 가운데 잠든 사람들의 숨소리가 마치 합창하듯이 이어지고 있는 기묘한 풍경이었다.

"여긴 또 어디야?"

은수는 멍하니 방 안을 둘러보았다.

문득 잠에서 깨었을 땐 새벽이었다. 푸르게 엷어지는 창밖의 어둠을 보고서야 은수는 그 사실을 깨달았다. 그렇다면 모두가 잠든 것도 무리는 아니었다. 은수는 가볍게 납득했다. 그녀가 있는 곳이 병원이라는 사실도 깨달았다. 언젠가 한번 루카스와 함께 와 본 적이 있다는 것도.

"그런데 왜 여기에 와 있는 거지?"

가만히 생각하다가 은수는 루카스의 곁에 쪼그리고 앉았다.

왜인지 조각 같던 그의 얼굴은 알록달록하고 잔뜩 부풀어 올라 떡이 되어 있었다. 광대뼈에 밴드가 붙어 있고 한쪽 눈엔 까맣게 멍도 들었다. 그리고 입술도 찢어져 벌겋게 부어올랐고 콧구멍은 솜으로 막혀 있기까지 했다. 입을 작게 벌리고 잠든 그를 꼼꼼하게 살피다 은수는 이번엔 맞은편에 누운 오빠를 바라보았다.

그 역시도 루카스와 그리 달라 보이지 않는 몰골이었다.

아무리 맷집이 좋은 인간이라고 해도 적나라하게 처맞은 자국은 감출 수가 없으니까. 은수는 신중한 표정으로 잠시 둘의 모습을 번갈아 바라보았다. 그러나 마침내 깨달았다.

"아, 나 들켰나 보다. 외박하고 들어가다가 딱 걸려서 오빠한테 기절할 만큼 디지게 혼나고 루카스는 저렇게 잔뜩 처맞은 건가 봐. 어떻게 해."

그녀는 울상을 짓고 말했다.

꼬리가 길면 밟힌다더니 그녀도 결국 들켜서 이렇게 몽땅 병원으로 와야 할 만큼 큰 사단이 났다고 생각하자 울컥 눈물이 앞을 가렸다.

"많이 아파요?"

애처로움이 뚝뚝 떨어지는 얼굴로 은수는 루카스의 얼굴을 가만히 쓰다듬었다.

"미안해서 어떻게 해. 누가 이렇게 무식하게 때려 놓을 줄 알았나? 코피까지 나고."

똑같이 처맞은 은준은 무시하고 은수는 루카스만 가여워서 어쩔 줄을 몰라 했다. 이 잘난 남자가 여자 하나 잘못 만나 이게 무슨 고생인가 생각하니 더 불쌍하다. 하지만 동시에 조금 행복한 마음이 들기도 했다.

'이 사람, 나를 위해 싸워 주었구나.'

고은준을 상대로 도망가지 않았다니 기특한 일이 아닌가.

어지간히 싸움을 잘한다는 사람들도 오빠를 상대로는 얼마 버티지 못하고 도망가는 쪽을 선택하곤 했는데 말이다. 거즈가 감긴 그의 손을 잡고 은수는 가만히 웃었다.

"이상한 사람. 왜 자꾸 좋아지게 만들어요? 이러다 정말 따라가서 발목을 잡으면 어쩌려고?"

은수는 용케 '같이 가자' 던 그의 말을 기억해 냈다.

밤새 안고 어르고 달래며 사랑한다고 속삭이던 것도. 너무 달콤해서 그대로 녹아 버릴 것만 같았던 밤의 기억이 새록새록 떠올라 그녀의 작은 가슴을 채우고 있었다.

"내가 그렇게 예뻐요? 아이, 큰일 났네. 난 이제 자꾸만 더 예뻐질 건데."

요 앙큼한 것.

스스로 생각하기에도 제가 한 말이 우스워 그녀는 또 숨 죽여 킥킥 웃었다. 그가 누운 소파 위에 한쪽 볼을 대고 은수는 그를 똑바로 마주 보았다. 한참을 보다가 문득 입을 열었다.

"있잖아요, 자는데 이상하게 허전했어요. 예전엔 안 그랬던 것 같은데 오늘은 갑자기 등이 시리고 누군가가 자꾸 보고 싶었어요. 아마도 그건 당신일지도 모른다고 생각해요. 그래서 나는 겁이 났어요."

은수는 처연하게 중얼거렸다.

"또 기다리게 될까 봐."

누군가를 그리워하기 시작하면 곧 기다리게 된다는 사실을 그녀는 잘 알고 있었다. 기다림은 곧 그리움이다. 사람이 그리워지면 그 사람을 기다리게 된다. 오지 않을 사람이라는 사실을 알면서도 기다리는 일을 멈출 수 없는 것은, 그저 그립기 때문이다.

은수는 아까 전에 꾼 꿈을 생각했다.

어쩌면 그건 그냥 개꿈일 수도 있었고, 혹은 너무 어릴 때의 일이라 하얗게 잊고 있던 기억의 일부일지도 몰랐다. 하지만 한 가지 확실한 것은, 꿈에서조차 기다리는 일은 너무나 고통스러웠다는 사실이다.

"내가 비밀 하나 가르쳐 줄까요?"

은수는 더 목소리를 낮추면서 말했다.

"사실은, 난 밥집이 싫어요. 어릴 때부터 일만 해서 힘든 기억밖에 없거든요. 그래서 어떤 때는 거기서 도망치고 싶다는 생각을 한 적도 있어요."

도망치고 싶었지만 그러지 못했다.

늘 가방을 싸 놓고 살면서도 단 한 번도 그곳을 뛰쳐나가지 못했던 것은, 질기게 그녀를 붙잡고 있는 미련 때문이었다.

"할머니가 아플 때, 오빠들이 가게를 없앤다고 하는 걸 말린 것도 나였어요. 할머니가 거기 있는 걸 좋아한다고 했지만 사실 할머니는 그런 말을 한 적도 없는걸요."

은수는 아프게 고백했다.

"사실은, 내가 떠나고 싶지 않았던 거예요. 난 밥집이 싫지만…… 거기 있으면 엄마가 올 것 같았거든요. 오지 않는다는 사실 같은 건 벌써 오래전에 알았는데 기다리는 걸 멈출 수가 없었어요. 바보 같죠?"

그녀의 그 미련한 짓을 할머니는 진즉부터 알고 있었다.

그래서 때마다 '이년, 저년' 하면서 타박을 주고, 아프기 시작하면서부터는 자꾸 오빠들에게 보내려고 들었었다.

"난 바보라서 한번 기다리기 시작하면 멈추지 못하나 봐요. 그러니까 당신을 그리워하기 시작하면 난 마지막까지 멈추지 못할지도 몰라요. 그래도 돼요? 같이 가자는 말은 혹시 그래도 된다는 뜻인가요?"

은수는 애타게 물었다.

오빠들이 밥집을 닫고 문에 못질을 했을 때, 그녀는 무언가가 뚝 끊어져 나가는 기분을 느꼈었다. 반강제로 그곳을 떠나 큰오빠의 집으로 가는 길이 얼마나 무서웠는지 모른다. 밥집이 없어져서인지 아니면 할머니가 죽어서인지 구분도 할 수가 없었다.

오빠 집에 가서도 그 기분은 계속 이어졌다.

처음 가 보는 것도 아닌데 모든 것이 그렇게 낯설 수가 없었다. 까닭 없이 무서운 마음이 들어 밖으로 나가는 일조차 힘에 겨웠다. 문을 열면 보이던, 익숙한 그 시장의 풍경은 더 이상 없다는 사실도 그녀를 떨게 만들었다.

"오빠 집을 나온 건, 다시 밥집으로 돌아가기 위해서였어요. 그렇게 하면 돌려줄 것 같았거든요. 원래 내 것도 아닌데."

초라한 마음을 털어놓으며 은수는 조그맣게 한숨을 내쉬었다.

"사실은, 갈 데가 없어요. 밥집은 벌써 없어졌고 오빠들 집엔 내가 있을 자리가 없었어요. 돌아가는 게 겁나요. 그러니까 이대로 당신을 따라가도 상관은 없을 거예요. 아마도."

은수는 잠시 말을 멈췄다.

소파에서 얼굴을 떼고 그녀는 또 잠든 그를 가만히 바라보았다. 눈가엔 어느새 눈물이 그렁그렁 맺혀 있다 볼을 타고 뚝뚝 떨어지고 있었다.

"그런데 그것도 무서워요. 만일, 그렇게 따라나섰다가…… 또 버림받으면 그땐 어떻게 해야 해요?"

볼을 타고 흘러내린 눈물이 루카스의 얼굴 위로 뚝 떨어졌다.

희미하게 새어 나오려는 울음소리를 꾹꾹 눌러 삼키며 은수는 그렇게 계속 울고 있었다.

[은수?]

얼굴 위로 떨어지는 차가운 느낌에 진저리를 치다 루카스는 번쩍 눈을 떴다. 잠시 은수의 울음소리를 들은 것 같았다.

[은수!]

그는 벌떡 일어나 주위를 두리번거렸다.

잠시 주변을 살피다 황급히 침대 쪽을 바라보았다. 은수가 처음처럼 고요한 모습으로 잠들어 있었다.

[후우, 꿈이었나?]

안도의 한숨을 내쉬며 루카스는 휘청휘청 은수가 누운 침대 쪽으로 다가갔다.

애심이 은수의 발치께에서 길게 엎어진 채 자고 있었다. 따로 입원을 해야 한다던 의사의 충고를 무시하고 루카스와 은준은 그냥 그녀의 곁에 남는 쪽을 선택했다. 덕분에 난민처럼 모든 일행이 죄다 한 병실에서 뒹굴게 된 것이다. 병실이 넓어서 다행이지 안 그랬다면 정말 곤란했을 거다.

루카스는 은수의 곁에 의자를 놓고 주저앉았다.

단 한 번도 깨어난 적이 없다고 말하듯 그녀는 깊이 잠들어 있었다. 그 모습을 보니 분명히 눈을 뜨는 모습을 보았음에도 불구하고 어쩐지 확신이 가질 않는다.

[지금 당신이 눈을 뜨고 나를 보아 주면 참 행복할 것 같은데…….]

은수의 머리칼을 가만히 쓰다듬으면서 그는 속삭였다.

[당신 오빠가 잠들었거든. 그러니 우리가 여기서 야한 짓을 좀 한다고 해도 그는 전혀 모를 거야. 후후.]

루카스는 나직하게 웃었다.

[피곤한 건가? 그래도 너무 오래 자지는 말아 줘. 나 벌써 외로워지고 있다고. 자는데 품 안이 허전했어. 하마터면 당신 오빠를 끌어안고 잘 뻔했다니까.]

그것은 조금 이상한 경험이었다.

고작 몇 밤 품에 안고 잔 사람이 그리워 잠결에도 몇 번이나 뒤척이다니. 자꾸 뒤척이다가 문득 깨달은 것은 이전까지는 그렇게 누군가를 안고 잠든 적이 단 한 번도 없었다는 사실이었다. 까탈스러운 심보 때문에 그는 여자를 안아도 잠들 때만큼은 항상 혼자였던 것이다.

그 생각을 떠올리자 상황은 더 이상해졌다.

그는 마치 당연하다는 듯이 처음부터 은수를 안고 잤었다. 품 안에 쏙 들어오는 여린 몸을 마치 한 세트인 것처럼 안고 밤새 놓지 않았으면서도 그때도 전혀 어색하다는 생각을 하지 못했다.

[내가 첫눈에 반했다는 말을 했던가?]

은수의 얼굴을 조심스럽게 쓰다듬으며 루카스는 조금 아련하게 말했다.

[첫눈에 반했어. 그 사막에서 처음으로 당신의 그 까만 눈동자와 시선이 딱 마주쳤을 때 별안간 심장이 뜨끔했었지. 처음엔 엉덩이만 생각나서 잊고 있었는데, 사실은 다시 한 번 더 당신의 눈동자를 보고 싶었던 것 같아.]

사정없이 흔들리며 주춤주춤 다가오던 까만 눈동자가 아직도 선명하게 기억나 루카스는 또 소리 내어 웃었다.

시선이 닿았다가 떨어지던 그 짧은 순간, 그는 분명히 시간이 멈추었다가 다시 흐르기 시작하는 것을 온몸으로 느꼈었다. 그 밤, 그 달빛 아래, 모래 위에서 폭풍처럼 왈칵 다가온 운명과 조우한 심장의 기억이 아직도 선명하다. 그 아찔한 느낌을 외면하고 굳이 엉덩이에만 신경을 모은 것은 아마도 인정하고 싶지 않았던 것이리라.

[별것 아니었다고 믿고 싶었어. 아무것도 아니라고. 잊을 수 있다고 장담했었지. 그런데 생각대로 되지 않았어. 그 많은 사람들이 있는데도 내 눈엔 당신만 보였거든.]

한순간에 눈으로 쏘아져 들어왔다.

주위의 소란스러움이나 시선과는 아무 상관없이 그냥 은수만 보였다. 그리고 마음 깊은 곳에서 안도했다. 지난밤의 그녀가 환상이 아니었다는 사실을 그렇게 확인하게 되었으니까.

그녀가 그에게 반할 거라고 믿은 것은 아마도 이미 그가 그녀에게 반해 있었기 때문일 것이다. 그래서 무심히 스쳐 가는 시선 하나가 그렇게도 아쉬워 그는 참으로 부지런하게도 그녀의 주변을 맴돌 수밖에 없었다.

[당신이 어머니를 닮았다고 생각했던 것 같아. 당신 눈을 보고 있으면 마지막으로 보았던 어머니의 눈빛이 떠올랐거든. 어쩌면 난 당신이 이곳에 죽으러 왔을지도 모른다고 생각했나 봐.]

말도 안 되는 상상이긴 했지만 순간순간 스쳐 가는 불안한 마음을 그는 외면할 수가 없었다. 그래서 저도 모르게 모든 신경을 그녀에게 박아 둔 채 때때로 눈치까지 보아야 했다. 이렇게 놓고 돌아서면 이후 다시는 이 여자를 못 보게 되는 게 아닐까, 이런 행동을 하면 상처받고 혼자 울지는 않을까 혼자서 전전긍긍했다.

그러다가도 또 다음 순간엔 외면하고 싶은 마음도 찾아왔다.

그렇게 사로잡히면 영원히 벗어나지 못할 거라는 사실을 이미 깨닫고 있었기 때문이다. 그래서 그에겐 하룻밤이라는 최면이 필요했던 것이다.

[나한테 준 100달러 기억나? 당신 단돈 100달러로 날 산 거야. 그러니 책임져야지.]

루카스는 가만히 속삭였다.

솔직히 그에게 돈을 준 여자는 은수가 처음이었다. 그에게 감히 그런 행동을 할 수 있는 사람이 있다고는 단 한 번도 생각해 본 적이 없었기 때문에 그는 정말로 큰 충격을 받았었다. 그래서 이성을 잃은 채 찾아갔는데 그 자리에서 하필이면 상처받은 그녀의 눈동자를 발견하고 말았지 뭔가.

쓰나미처럼 죄책감이 몰려오던 순간을 그는 결코 잊을 수가 없었다. 그날, 그는 엉망이었다. 비열하고 잔인했다. 그리고 어리석었다. 그녀의 이야기를 들었을 땐 차라리 죽고 싶다는 생각마저 들었다.

[다른 핑계를 대는 건 치사한 짓이겠지? 어떤 일을 겪었든, 어떤 부모를 가졌든, 혹은 무엇을 받았던 간에…… 내 마음은 하나니까. 사랑해, 은수. 그게 진실이야.]

아프게 고백하며 루카스는 진심을 다해 그녀의 손등에 입을 맞추었다.

[절대 놓지 않겠어. 기다리게 하지도 않아. 그리워하는 일도, 기다리는 일도 다 내가 할게. 그러니까 은수는 그냥 내게로 오기만 하면 돼.]

오기만 한다면 다시는 놓아주지 않을 것이다.

품 안에 꽁꽁 가두어 두고 영원히 두 팔을 풀지 않을 테다. 그의 영역에서, 그만을 바라보며, 오직 그를 향해서만 웃으면서 살 수 있도록.

[그러니 어서 깨어나. 내게로 돌아와, 은수.]

잠든 은수의 이마에 입 맞추며 루카스는 어느새 그렇게 속삭이고 있었다.

"으음."

애심은 부스스 눈을 떴다.

뭐가 어떻게 된 건지 허리가 아파서 도저히 더 잘 수가 없었다.

자다가 침대 아래로 떨어진 건지, 아니면 꿈을 꾸다가 상체와 하체가 따로 돌아가는 참변을 당한 건지 구분도 가지 않는다. 너무 아파서 허리가 끊어질 것 같았다.

"아아, 아파. 뭐야, 대체?"

앓는 소리를 내며 그녀는 천천히 몸을 뒤집었다.

순간, 몸이 한쪽으로 기울더니 갑자기 아래로 확 떨어졌다.

"아악!"

의자에서 떨어진 그녀가 바닥을 몇 바퀴나 데굴데굴 굴렀다. 그러다 멈추기가 무섭게 그녀는 벌떡 일어섰다. 너무 쪽팔려서 잠이 확 깼다. 입가에 침이 흥건했다. 분명히 엎드린 기억까지는 있는데 대체 언제부터 허리를 뒤로 젖힌 채 입을 벌리고 자기 시작한 것일까?

"누, 누가 보지는 않았겠지?"

너무 당황해 애심은 잽싸게 주위를 돌아보았다.

다행히 아직은 일어나 돌아다니는 사람이 없었다. 그래도 누가 볼세라 그녀는 황급히 입가를 닦고 헝클어져 산발이 된 머리를 다듬은 다음 삐뚤어진 옷도 제대로 고쳐 입었다. 그러다 고개를 들었는데 문득 이상한 장면이 보였다.

"어라? 대체 어느 틈에?"

진통제를 맞고 은준 오빠 옆에서 잠들었던 루카스가 어느새 침대 위에서 자고 있었다.

품엔 잠든 은수를 꼭 끌어안고 이보다 더 좋을 순 없다는 듯 푸근한 미소까지 머금은 채 기분도 좋게 쿨쿨 잔다. 그 모습을 멍하니 바라보다 애심은 결국 한숨을 내쉬고 말았다.

"저렇게 좋을까?"

아나, 저런 팔불출 같은 님을 보았나. 일세를 풍미할 팔불출계의 거성은 진정 이렇게 탄생하고야 마는 건가.

잔뜩 처맞아서 퉁퉁 부은 얼굴을 한 주제에 또 침대 위로 기어 올라간 그의 무모한 용기에 대해 애심은 심심한 경의의 시선을 보내주었다. 남들은 은준 오빠한테 한 대만 맞아도 다시는 은수 곁에 얼씬도 하지 않을 텐데 뭘 몰라서 그런지 루카스는 아직 꿋꿋했다.

"진짜로 맞아 봐야 무서운 줄 알지. 아저씨, 은준 오빠는 해병대 출신이에요."

안 가도 되는 군대 기어이 자원해서 간 게 바로 고은준이었다.

그것도 해병대. 나중에 왜 갔냐고 물으니까 '내가 뭐가 모자라서 열외야?'라고 대답했었다. 처음 그 소릴 들었을 때 애심은 딱 고은준답다고 생각했다.

"하여간에 성격 하나는 무식해서······."

조그맣게 투덜거리다 그녀는 또 황급히 입을 다물었다.

은준이 바로 코앞에서 자고 있는데 이게 웬 겁대가리를 상실한 짓인가 싶어서.

"그나저나 이 남자는 어쩌다 고은돌이에게 낚였담. 인간 한계에 도전하고 싶은 건가?"

애심의 시선이 다시 한 세트처럼 딱 붙어 자고 있는 두 사람에게로 향했다. 오빠가 먼저 깨서 이 꼴을 보면 보나 마나 또 한바탕 난리가 날 텐데 참 용감하기도 하지. 그녀는 끌끌 혀를 찼다. 그런데 가만히 보고 있자니 왜 자꾸 부럽다는 생각이 드는 걸까?

"아니야. 부러우면 지는 거야. 나는 절대 무너지지 않겠어!"

단단히 작심하며 애심은 새침한 표정으로 도로 의자에 주저앉았다. 그리곤 자신은 절대로 볼썽사나운 꼬라지로 존 적이 없다는 듯 꼿꼿하게 허리를 펴고 잠들기 직전까지 보던 잡지를 뒤적이기 시작했다.

그런 그녀의 등 뒤, 우당탕거리는 소리가 들리기 전부터 깨어 있던 찰리가 어깨를 떨면서 숨 죽여 웃고 있었다. 물론 그녀는 모르는 일이었다.

누군가가 그녀에게 '싫어하는 곳'에 대해 말하라고 한다면, 그 중 한 곳은 틀림없이 병원이었다. 어렸을 때부터 잔병치레를 많이 했다거나, 뜻밖의 의료 사고를 겪었다거나, 혹은 사랑하는 사람을 떠나보낸 곳하고는 아무 상관이 없었다. 그녀는 그냥 아무 이유 없이 병원이 싫었다.

"그러니까 내가 왜 여기에 있어야 하는데?"

잔뜩 쉬어터진 목소리로 은수가 물었다.

모두의 걱정을 비웃듯이 은수는 다행히 떠오르는 아침 해와 함께 반짝 눈을 떴다. 그리곤 너무나 멀쩡하게 일어나 아침 체조를 하고 밥을 먹었다. 손가락, 발가락도 다 잘 붙어 있고, 허리도 여전히 잘 돌아갔다.

"나 병원 싫어하는 거 알면서 왜 여기에다 처박아 놓으려고 하는 거냐고?"

"있을 만하니까 있는 거지."

"감기 때문에? 이까짓 감기는 그냥 약 먹으면 나아."

"안 나으니까 온 거야. 여기 감기는 한국 감기랑 달라서 이렇게 하지 않으면 낫지도 않는다니까. 그냥 있어."

은준의 말에 은수는 심각하게 납득한 얼굴로 입술을 깨물었다.

하긴, 가만히 생각해 보니까 보통 때의 감기랑은 증세가 좀 다른 것도 같다. 몸은 멀쩡한데 목은 다 쉬어 있고, 약을 안 먹어도 자꾸 잠만 오는 데다, 설사에 현기증도 난다.

"그래도 심한 것 같지는 않는데……. 기침이나 콧물도 안 나고 머리도 안 아파."

그녀는 다시 조심스럽게 반항을 해 보았다.

"할머니가 그랬는데, 멀쩡한 사람도 병원 가면 다 아픈 거래. 아픈 사람이 가면 더 아프거나 아예 죽어서 나오는 거고. 그러니까……."

"병원 가기 싫다고 버티다 죽은 노인네 얘기를 믿고 싶으냐?"

"그거야……."

"잔말 말고 있으라고 할 때까지 더 있어."

더 이상의 이의를 불허하며 은준이 딱 잘라 말했다.

"의사가 하라는 건 다 하고, 먹으라고 주는 약도 빼놓지 말고 다 먹어. 검사를 하자고 하면 해. 알았어?"

"……."

"왜 대답을 안 해?"

입을 꼭 다물고 그를 노려만 보고 있자 은준이 당장 눈썹을 치켜 올렸다. 그때 문이 열리면서 루카스가 들어왔다.

"흑······ 으흑······ 우에에엥!"

그가 보이기가 무섭게 은수가 울기 시작했다.

[은수!]

"뭐, 뭐야? 왜 울어?"

그녀가 우는 모습을 본 루카스가 부르르 놀라 달려왔다. 그리곤 마치 새끼를 품는 어미코알라냥 그녀를 덥석 안아 들고는 금이야 옥이야 하며 달래는 거다. 은준이 두 눈을 시커멓게 뜨고 있는데 그 앞에서 감히 안고 어르고 달래고 쪽쪽거린다. 문득 은수가 소리쳤다.

[오빠가, 오빠가 괴롭혀요!]

"커! 고은돌, 너!"

"우에엥."

은준이 쌍심지를 켜자 은수는 다시 루카스의 품에 코를 박고 앵앵 우는 시늉을 했다. 아니, 그냥 시늉만이면 좋겠는데 정말로 눈에서 주먹만 한 눈물이 뚝뚝 떨어지고 있었다. 어떻게 저렇게 금방 눈물을 쏟아 낼 수 있는지 신기할 지경이었다. 그 모습을 본 루카스는 또 가슴이 무너져서 그녀를 안고 이번엔 마치 범죄자 보듯 은준을 홱 노려보았다.

[은준, 왜 은수를 괴롭히는 거지?]

[괴롭히기는 누가? 병원에 있기 싫어서 괜히 저러는 거야. 그리고 너 이 새끼, 당장 떨어지지 못해? 누구 마음대로 만지고 주무르래?]

[흥, 절대 못 떨어져. 그리고 은수는 이미 내 여자야. 간섭은 그만두시지.]

[오, 한번 더 해보자는 거냐? 좋아, 덤벼라, 새꺄.]

은준이 다시 덤벼들 듯 굴자 루카스는 가소롭다는 듯 콧방귀를 흥 날려 주었다. 그리곤 나직하게 말했다.

[찰리!]

[예, 보스!]

[처리해.]

그 말에 찰리는 조금 난감한 표정을 짓고 말았다.

은준이 벌써 '한번 해 볼 테냐?' 라는 시선을 보내고 있어서 더 당혹스러웠다. 하지만 명령은 명령이다. 결국 그는 어깨를 한번 으쓱해 보이고는 품에서 총을 꺼냈다.

[뭐, 뭐야?]

[아, 내 주 종목이 이거라서. 해 볼까?]

[……됐어, 인마! 누굴 죽이려고?]

얍삽한 놈.

이를 갈며 은준은 물러섰다. 곰 같은 덩치가 아깝게 여우처럼 머리를 굴리는 놈의 행태가 참으로 얄미웠지만 하는 수 없었다. 그도 지금은 이런 놀이나 하고 있을 때가 아니라는 걸 잘 알고 있었기에.

[나 여기 있는 거 싫어요. 나가면 안 돼요?]

은수가 루카스의 품에 매달려 아이처럼 칭얼거렸다.

[감기 때문에 입원하는 건 좀 웃기잖아요.]

[은수, 그렇게 생각하면 안 돼. 그러다 갑자기 더 안 좋아지면 어쩌려고? 나는 하루 종일 은수 걱정뿐인데 이런 나를 위해서라도 며칠만 더 있자. 응?]

[으응. 그치만 나 진짜 하나도 아프지 않은데…….]

어쩔 수 없이 도로 침대에 누우면서도 '혹시나' 하는 마음에 은수는 끝까지 애처로운 시선을 보내 보았다. 그러나 루카스도, 오빠도 눈 하나 깜짝하지 않고 그녀의 시선을 무시해 버리는 게 아닌가. 은수의 입이 툭 튀어나왔다.

'고작 감기 하나 가지고 이게 무슨 돈지랄이람.'

사정없이 투덜거리며 그녀는 어쩔 수 없이 도로 누웠다. 그리곤 베개에 머리를 대마자마 바로 곯아떨어졌다.

[확실히 이상하지?]

루카스가 혼잣말처럼 물었다.

마취제의 후유증 때문인지 깨어난 은수는 어제의 일을 전혀 기억하지 못했다. 아심을 만난 일이나 그 이후의 일까지 다 잊은 채 그녀는 그냥 그와 헤어져 잘 들어갔다고 믿고 있었다. 다행히 그 일을 제외한 나머지는 제대로 잘 기억하고 있는 듯했다. 그 부분에 대해 의사는 방어 본능에서 나온 부분 기억 상실이거나 마취제에 의한 단순 기억 장애일 수 있다고 말하며 한동안 지켜보아야 한다는 진단을 내놓았다.

[지나치게 많이 자고 있는 것 같아. 먹는 시간을 빼면 하루 종일 자는 셈이야.]

[휴우, 자는 게 문제는 아니지. 진짜 문제는…….]

"으으…… 흑……."

막 잠든 은수가 눈을 감은 채 괴로운 듯 얼굴을 일그러뜨리고 있었다. 때때로 숨을 헐떡거리고 시트를 꽉 움켜쥔 두 손을 부들부들 떨고 있다.

깨어난 이후, 그녀는 잠들 때마다 저렇게 가위에 눌리고 있었다. 무슨 꿈을 꾸는 건지 잠자는 내내 그랬다. 그런데 정작 깨고 나면 꿈에 대해서는 또 전혀 기억을 하지 못하는 거다. 상황이 이러니 지켜보는 사람들만 점점 더 속이 탈 수밖에. 보다 못한 루카스가 황급히 다가가 은수를 품에 꼭 안고 가만히 등을 쓸어 주었다. 그러고도 한참 만에야 떨림이 조금 가라앉았다.

[빌어먹을. 저 불쌍한 게 무슨 죄가 있다고……]

은준이 나직하게 으르렁거렸다.

돌아가는 시간을 늦추자 형이 직접 전화를 걸어 왔다. 언제나 그렇듯이 그는 충분히 납득할 만한 이유를 대야 했다. 결국 가당치도 않게 감기라고 둘러대자 형은 이상했는지 은수에게도 확인 절차를 거쳤다. 다행히 은수도 스스로 감기 환자라고 믿고 있었던 탓에 어찌어찌 잘 넘어가긴 했다. 하지만 끝까지 그러리라곤 장담할 수 없는 일이었다.

[형이 이 사실을 알면 우린 정말 죽는다.]

그가 참담한 심정으로 중얼거렸다.

[형은 나보다 더 끔찍하게 과잉보호하는 사람이라고.]

[젠장, 형제들이 하나같이 쉽지 않다는 말이군.]

[흥, 쉽지 않은 정도가 아니지. 단단히 각오하고 덤비는 게 좋을 거다. 형한테 은수는 동생이 아니라 딸이라는 사실을 명심하고.]

얼굴을 점점 일그러뜨리는 루카스를 향해 은준이 툭툭 내뱉었다. 그러다 조금 불쌍하긴 했는지 마치 선심 쓰듯 덧붙였다.

[정 겁나면 은수를 잘 구슬려 보든지.]

[……?]

[우리 형은 은수한테만 약하거든.]

그럼 나머지에겐?

툭 튀어나오려는 질문을 루카스는 간신히 삼켰다. 물어봐야 뭐하나. 동생이 아니라 딸이라는데. 딸 빼앗으러 온 놈에게 친절하게 나올 리야 없겠지. 동서양을 막론하고 딸을 빼앗기는 아버지들의 심정은 다들 비슷한 법이다.

[이제 어쩔 거지?]

은준이 물었다.

[언제까지 이러고 있을 수도 없잖나. 바쁜 사람일 텐데. 물론 우리도 곧 돌아가야 하고.]

[……여기서 해야 할 일을 끝낸 다음에 돌아가야지. 그래서 하는 말인데 은수, 내가 데리고 가면 안 될까?]

[하. 하. 하. 당연히 안 되지. 누구 죽는 꼴 보려고.]

[은수가 원한다고 해도?]

[절대로. 결국 널 따라간다고 해도 그 앤 반드시 집에 들러야 해. 중요한 일이 남아 있으니까.]

그 말에 루카스는 문득 할머니가 얼마 전에 돌아가셨다던 은수의 말을 기억해 냈다. 아마도 그 일과 관련이 있는 것일까? 은준이 다시 말했다.

[돌아가는 대로 전문의에게 맡겨 볼 생각이다. 여기 있는 것보단 그러는 게 더 마음이 놓이겠어. 가능한 한 빨리 돌아갈 생각이다.

당장 오늘 밤에라도.]

[하루만, 하루만 더 시간을 주었으면 좋겠다.]

[……그러지. 하지만 단 하루뿐이라는 걸 명심해.]

단 하루.

그녀와 함께 할 수 있는 시간이 단 하루. 마지막이 아니라는 사실을 잘 알고 있으면서도 속절없이 가슴이 철렁 내려앉는다.

[충분해.]

루카스는 나직하게 중얼거렸다.

남은 시간이 백 일, 천 일이 된다 해도 충분할 리가 없다. 언제나 모자란 것만 같은 것이 시간이었다. 하지만 무언가 평생 잊을 수 없는 의미를 담을 수 있다면 단 하루라도 얼마든지 충분하다고 할 수 있을 것이다.

[하지만 조금 바쁘겠군.]

그 말을 끝으로 루카스는 천천히 자리에서 일어섰다.

가 보아야 할 곳이 있었다. 약속을 한 적은 없지만 아마도 놈은 기다리고 있을 것이다. 그가 일어서자 미리 준비하고 있던 찰리가 밖을 향해 고갯짓을 한다. 단단히 준비한 몇몇 경호원들이 발 빠르게 움직이고 있었다.

[가는 건가?]

분위기가 심상치 않다고 생각했는지 은준이 눈을 번뜩이며 물었다.

[놈을 잡으러?]

[……다녀오지.]

[같이 가라?]

[홋, 넌 은수를 지켜야지. 내 소중한 공주님을 아무에게나 맡길 순 없잖아? 자말을 남겨 두고 가겠다.]

은준은 말없이 고개를 끄덕였다.

따라나선다고 해도 함께 들어갈 수 있는 곳이 아닐 게다. 싫지만 가야 하는 곳. 그가 사실은 굉장히 긴장하고 있다는 사실을 은준은 본능처럼 깨달았다.

[자말이라고 합니다, 나리.]

루카스가 사라진 자리에 까무잡잡한 얼굴의 아랍인 하나가 들어와 넙죽 허리를 숙이고 있었다. 가만히 보니 은수를 데리고 총알을 피해 가며 그 위험천만한 도주극을 벌이던 놈이었다. 그를 빤히 바라보다 문득 은준이 말했다.

[너 간 크더라?]

[……?]

[한번 붙어 볼까?]

글쎄, 네가 오해한 거라니까요.

자말은 그 말이 하고 싶었지만 그냥 입을 꾹 다물었다. 그리곤 아무 말도 못 들은 사람처럼 엉뚱한 곳을 바라보며 딴청을 부리기 시작했다.

은수는 사막에 서 있었다.

하늘엔 희끄무레한 달이 떠 있고 발아래엔 뜨겁게 달아오른 붉은 모래가 깔려 있는 곳이었다. 모래는 물결치며 언덕을 이루고 멀리 지평선까지 붉게 뻗어 있었다.

앞에도 뒤에도 오른쪽에도 왼쪽에도 오직 모래뿐인 그곳에 은수는 유령처럼 혼자 서 있었다. 머리 위에서 내리쬐는 달빛 덕분에 모래 위로 길게 그림자가 졌다. 누워 있는 까만 그림자 위로 문득 바람이 스쳐 갔다. 은수는 고개를 들어 하늘을 보았다.

쏟아질 듯 많은 별이 눈부시게 반짝이고 있었다.

그것을 보고서야 이상하게도 언젠가 한번쯤 와 본 곳인 듯 낯이 익은 이유를 깨달았다. 아마도 여기 어디쯤에서 언젠가의 그녀가 잠든 적이 있을 것이다.

잠시 주위를 두리번거리다 그녀는 곧 한 곳을 향해 걷기 시작했다. 붉은 모래 위로 그녀의 작은 발자국이 따박따박 찍히고 있었다. 한참을 걷던 그녀가 멈춘 것은 멀리서 손짓을 하고 있는 누군가를 발견했을 때였다.

—은수우…… 은수우…….

쟁쟁 메아리치는 긴 목소리가 바람을 타고 아득하게 모래 언덕을 넘어왔다.

은수는 눈을 가늘게 뜨고 그 커다란 그림자를 한참이나 바라보았다. 알 듯 말 듯. 머릿속에서 무언가가 맴돌고는 있는데 막상 떠오르는 얼굴은 없어 그녀는 자꾸 애가 탔다.

'누구세요? 누구세요?'

그녀는 입을 크게 벌리고 소리쳤다. 그러나 아무리 크게 외쳐도 소리는 입 밖으로 쏟아져 나오지 않고 그녀의 안에서만 쩌렁쩌렁 울려 퍼질 뿐이었다. 그때까지도 그림자는 계속해서 손짓을 하고 있었다. 마치 어서 오라고 말하듯.

그에 은수는 그림자를 향해 걷기 시작했다.

조금만 더 가까이 가면 혹시 알아볼 수 있을지도 몰랐다. 머릿속에서 간질간질거리는 것의 정체를 깨닫게 될지도 모른다. 걸음이 점점 더 빨라지고 있었다.

그녀는 마침내 그림자와 꼭 모래 언덕 하나를 사이에 두고 멈추어 섰다. 까마득하게 멀던 모습이 부쩍 가까워지면서 그림자의 모습도 점점 더 선명하게 보인다. 가까이 다가갈수록 그림자는 어쩐지 낯익은 모습으로 변하고 있었다. 큰 키에, 떡 벌어진 어깨, 그리고 언제나 따스하게 잡아 오는 커다란 손.

'루카스?'

깨닫고 나자 그의 모습이 더 선명하게 보이더니 갑자기 가슴이 뛰기 시작했다. 은수는 마주 소리쳐 부르며 그를 향해 달려갔다. 그러나 채 몇 걸음을 내딛기도 전에 그녀는 우뚝 멈추어 서야 했다.

퐁퐁퐁.

바로 눈앞의 모래 속에서 검은 물이 솟고 있었다.

물이 솟을 때마다 주위의 모래가 젖으면서 색깔이 검은빛에 가깝게 더 짙어졌다. 물이 흐르는 궤적을 따라 둥그런 영역이 점점 더 넓어지고 있었다. 그러다 마침내 그녀가 서 있는 곳까지 다다르더니 곧 그녀의 발밑까지 적셔 오기 시작했다.

은수는 뒤로 물러서기 위해 황급히 발을 떼려고 들었다. 그러나 어찌 된 일인지 발은 꿈쩍도 하지 않더니 오히려 검게 젖은 모래 속으로 푹 잠기고 있었다. 마치 늪에 빠진 듯 발부터 서서히 가라앉았다.

'안 돼, 안 돼에!'

팔을 마구 휘저으며 은수는 소리쳤다.

격렬하게 몸을 뒤틀면서 어떻게든 발을 빼 보려고 안간힘을 썼다. 그러다 어느 순간 아래를 내려다보자 모래 속에서 까만 손 하나가 튀어나와 그녀의 발목을 꽉 움켜쥔 채 아래로 잡아당기고 있었다. 까만 모래 위로 악의를 담은 하얀 눈동자가 희번뜩거리며 스쳐 지나가는 것을 그녀는 놓치지 않았다.

거의 동시에 몸이 아래로 푹 꺼져 들어갔다.

발목만 잠겨 있던 것이 갑작스럽게 푹 빨려 들어가 이내 종아리와 허벅지까지 집어삼켜졌다. 그것으로도 부족했는지 채 몇 호흡 지나기도 전에 검은 모래는 그녀의 허리와 가슴을 지나 목까지 높이 차오르고 있었다.

'사, 살려 줘. 싫어. 제발, 루카스!'

타르처럼 질척거리는 검은 모래 늪 속으로 잠겨들면서 은수는 비명을 내질렀다. 숨이 막히고 몸에 힘이 들어가지 않았다. 이대로 죽는다는 생각에 절망과 공포가 휘몰아쳐 그녀를 사정없이 흔들었다. 순간, 아래에서부터 까만 얼굴 하나가 불쑥 나타났다. 까만 기름을 뒤집어쓴 얼굴이 묘하게 낯익었다. 그가 킬킬 웃으면서 손을 들어 그녀의 머리를 아래로 꾹 내리누르고 있었다.

"아아악!"

"은수야!"

"허억, 허억…… 커헉!"

"괜찮아. 괜찮아, 은수야. 숨을 쉬어. 그냥 꿈이야."

미친 듯이 발작하다 은수는 거친 숨을 몰아쉬며 벼락처럼 눈을 떴다. 애심이 놀란 얼굴로 그녀를 꽉 끌어안고 있었다. 그 얼굴을 발견한 순간 가슴이 뻐근할 정도로 격한 안도감이 밀려오더니 순간 몸에서 힘이 쭉 빠져나갔다.

풀썩.

실 끊어진 인형처럼 은수는 도로 길게 눕고 말았다.

머릿속이 온통 멍하고 눈앞이 몽롱했다. 어디서 가열차게 삽질을 하다 온 것처럼 온몸이 아프고 피곤하다. 식은땀으로 흠뻑 젖은 얼굴을 닦아 주며 애심이 물었다.

"괜찮아?"

"음. 모르겠어."

꽉 잠긴 목에서 이상한 소리가 새어 나왔다.

가뜩이나 쉬어 있던 목소리가 이제는 거의 쇳소리처럼 들리고 있었다. 고은돌이의 매력은 꾀꼬리 같은 목소리였는데 이젠 아무도 안 믿어 주게 생겼다.

"세상에, 무슨 꿈을 꿨기에 이러는 거라니?"

애심이 냉수를 건네주면서 물었다.

"안 좋은 꿈이었어?"

"몰라. 기억 안 나. 그냥 막 무서웠다는 느낌만 들어."

"무서워?"

"응. 머리털이 곤두설 정도로 무서웠던 것 같아. 옛날에 혼자서 전설의 고향을 봤을 때보다 더 무서웠어."

부르르 몸서리를 치며 은수는 그렇게 고백했다.

"이게 다 별로 아프지도 않은데 병원에 입원해서 그러는 거야. 난 이제까지 한 번도 가위 같은 거 눌려 본 적도 없는데, 병원에서 자기 시작하니까 이러잖아."

"그, 그건 아닌 것 같은데……?"

"아냐, 맞아. 안 아픈 사람도 병원에 오면 다 골병이 드는 거라고 그랬다니까."

'병원 가기 싫어서 버티다 죽은 노인네'의 말을 다시 주절거리며 은수는 있는 대로 툴툴거렸다. 요즘 같아서는 잠드는 게 무서울 정도였다. 그런데 또 베개에 머리를 대기만 하면 잠이 와서 문제였다. 이러지도 저러지도 못하는 신세. 은수는 요즘 까닭 없이 눈물만 났다.

"오빠는?"

오늘따라 주위가 한산한 것을 깨달은 은수가 발버둥을 치다 말고 물었다.

"어디 갔어?"

"으응. 잠깐 볼일이 있다고……."

"그럼 그 사람은?"

"그 사람? 아, 루카스도 볼일이 있다고 잠깐 나갔지."

"무슨 볼일인데? 혹시 둘이 또 치고받느라 안 보이는 거 아냐?"

"그런 거 아냐."

애심은 고개를 저었다.

"그럼 왜?"

"루카스는 잘은 모르지만 자기 일 때문에 나간 거고, 오빠는…… 짐정리를 하러 갔지. 비행기표는 내가 벌써 준비했고."

"뭐? 무슨 소리야? 우리 집에 가?"

"응. 이제 가야지."

순간, 은수의 표정이 멍해졌다.

그렇지, 집에 가긴 가야지. 그럼 루카스는? 당연히 그 사람도 자기가 살던 집으로 돌아가야 한다.

"이제 어쩔 거야?"

애심이 물었다.

그러게. 은수도 그게 궁금했다. 이제 어떻게 해야 하는 것일까? 이쯤에서 바이바이 손을 흔들어 주고 각자 갈 길로 가면 되는 것일까? 그리고 끝? 다시 머릿속이 멍해진다.

"나도 모르겠어. 그 사람도 알아?"

"알겠지."

"아무 말도…… 안 해?"

"안 그래도 너 데려가고 싶다고 했다더라. 씨도 안 먹혔지만."

"데려가고 싶다고 말했다고? 오빠한테 직접?"

"그렇다니까. 하여간에 간도 커."

"오빠는 뭐라고 했는데?"

"그거야, 안 된다고 했지. 갈 땐 가더라도 집엔 들러야 한다고. 뭐, 그리 크게 반대할 생각은 없는 모양이더라. ……따라갈 거야?"

글쎄, 모르겠다.

가슴이 두근거리는 걸 보면 싫지 않은 게 분명한데 막상 따라나서야겠다는 생각은 들지 않았다. 그런 마음이 스스로도 이상해서 은수는 자꾸 고개를 갸웃거렸다. 어떻게 해야 하는 것일까. 돌아가면 아무 일 없었다는 듯 그렇게 다시 살아갈 수 있을까? 아니, 그를 따라간다면?

"휴우, 모르겠다. 간다고는 했는데……. 정말 가야 한다고 생각하면 이상하게 덜컥 겁이 나."

은수는 한숨을 내쉬고 말았다. 애심이 픽 웃으면서 말했다.

"그거야 당연한 거지. 누군들 낯선 곳으로 가는 게 무섭지 않을까. 무조건 좋아 날뛰는 게 더 범상치 않은 거지."

"그래?"

"그렇다니까. 고은돌 씨는 지극히 정상적이십니다."

"치이. 근데 너는 이제 어떻게 해? 이집트로 돌아가?"

"아니."

무심히 물었다가 애심이 고개를 젓자 은수는 도리어 놀라서 그녀를 바라보았다. 설마 정말로 때려치우고 그녀의 밥집에서 카운터라도 보려고? 애심이 씨익 웃었다.

"으흐흐, 나 한국으로 돌아간다."

"어, 어떻게?"

"은준 오빠가 힘 좀 써 줬다. 돌아오래. 흐흐."

"잘됐다! 좋겠다."

"응, 좋아. 날아갈 것 같은 가벼움이 느껴져. 음하하하."

애심은 허리에 손을 척 얹고 크게 웃어 젖혔다.

언제 심각했었냐는 듯 희희낙락거리며 TV리모컨을 집어 들었다.

"역시 빽이 좋은 거라니까. 무조건 출세는 하고 봐야 돼. 은준 오빠를 봐. 전화 한 통으로 나를 그 성추행의 지옥에서 구해 냈잖아? 우리 지사장이 아주 굽신굽신하더라. 크크크."

이리저리 채널을 돌리면서 그녀는 흡사 신들린 듯이 말했다.

"일등석을 콱 질러 주면서 내 칭찬도 마구마구 해 주더라고. 이야, 난 은준 오빠 그렇게 멋있는 줄은 또 몰랐네."

"언제는 무섭다더니?"

"그거야 뭘 몰랐을 때의 얘기고. 아무튼 난 이제부터 오빠의 끄나풀 노릇이라도 해서 그 든든한 빽을 콱 쟁취하고 말겠어. 그래서 그 얄미운 장 실장을 제치고 캐빈을 정복…… 어?"

무얼 봤는지 애심의 눈이 동그래졌다.

"저 사람 어디서 본 사람 같다?"

그녀가 손을 뻗어 TV를 가리키고 있었다.

은수의 고개가 자연스럽게 그쪽으로 향했다. 그러고 보니 이곳으로 온 이후, 그녀는 TV를 본 적이 없었다. 아무리 바라보아도 대체 무슨 말인지 알아들을 수가 있어야지. 만날 보던 일일드라마가 얼마나 그리운지 모른다.

"어? 저 사람……."

은수의 눈도 동그래졌다. 그녀가 경악에 찬 얼굴로 소리쳤다.

"김 대리 아냐?"

"그, 그렇지? 네 눈에도 김 대리처럼 보이는 거지?"

"으응. 근데 저 사람이 왜 TV에 나오는 거야?"

그녀들의 시선이 나란히 TV 화면으로 날아가 꽂혔다.

그 속에선 김 대리가 몸에 담요를 두른 채 여러 명의 아랍 사람들에게 둘러싸여 어딘가로 이동하고 있었다. 딱 봐도 꼴이 초췌하고 해쓱한 것이 어딘가에서 금방 구조된 사람처럼 보였다.

"사막을 헤매다가 사흘 만에 구조되었다?"

영문 자막을 알아본 애심이 멍하니 중얼거렸다. 그러고도 스스로 놀라 그녀는 또 기겁을 하고 소리쳤다.

"뭐, 뭐래니? 사막? 구조?"

"저 사람이 사막엔 왜 갔는데?"

"내 말이! 서, 설마……."

애심은 문득 언젠가 은준의 얼굴 위로 스쳐 가던 그 통쾌한 표정을 떠올리고 말았다. 그땐 그냥 무슨 짓인가를 저질렀구나 했는데, 설마 저 일이? 깨닫기가 무섭게 오싹 소름이 돋는다.

"갑자기 죄책감이 느껴진다."

똑같은 생각을 했는지 은수가 창백하게 질린 얼굴로 말했다.

"사막에서 얼어 죽었으면 어쩔 뻔했대."

"그, 그러게."

"이렇게까지 할 줄은 몰랐는데, 저 사람도 오빠가 한 짓이라는 걸 알고 있을까?"

"아마 모르지 않을까? 오빠는 언제나 완전범죄를 추구하잖아."

"하긴. 그런데 넌 오빠의 끄나풀을 하겠다고?"

"아니, 갑자기 마음이 바뀌었어! 취소야. 그냥 살던 대로 살래."

고은준은 역시 무서운 인간이다.

옆에서 알짱거리다가 무슨 일을 겪을지 알 수 없는 인간 폭탄이다. 가까이 하기엔 너무 먼 당신처럼 사는 게 장수하는 비결일 게다. 부르르 치를 떨며 애심은 진정 그렇게 믿어 의심치 않았다. 다시는 흔들리지 말아야지 다짐도 했다.

순간 긴장해 바짝 쪼그라든 간을 달래며 애심은 그냥 TV를 꺼버렸다. 더 보고 있다간 눈물이 앞을 가릴 것만 같아서.

그때였다.

은수가 막 침대에서 내려와 화장실로 들어가려는 순간, 똑똑 노크 소리가 울렸다.

[네!]

애심이 아무 생각 없이 소리치며 문을 벌컥 열어젖혔다.

이 시간에 올 사람이라면 어차피 의사밖에 없다고 생각한 것이다. 그런데 문 앞엔 자말이 한 손을 든 채 뻘쭘한 얼굴로 서서 어색하게 웃고 있었다.

[뭐하는 짓이에요?]

애심이 시큰둥하게 말했다.

[갑자기 웬 노크? 장난하자는 거예요? 진짜 그 나이에 그러고 싶어요?]

[아, 그런 것이 아닙니다, 미스. 저는 손님을 모시고 왔습니다.]

[손님?]

[네. 아가씨를 보러 오신 분이 계십니다.]

그 말에 은수는 화장실로 들어가려다 말고 도로 걸음을 멈추었다. 그녀가 돌아보자 자말이 문 앞에서 슬쩍 비켜섰다.

[드시지요, 주인님.]

주인님? 자말의 주인님은 루카스인데?

완전히 궁금해진 은수가 화장실행을 포기하고 천천히 걸어 나왔다. 소파가 있는 응접실까지 나오자 그제야 문 앞에 선 사람이 보였다. 흰 디쉬다샤 위에 붉은색 계열의 비쉬트(Bisht)를 걸친, 부티가 잘잘 흐르는 아랍 노인이 몇 명의 남녀를 거느린 채 거기 서 있었다.

아랍인 특유의 굵직굵직한 이목구비와 높은 콧대를 가진 노인이었다. 물론, 은수는 그에 대해 전혀 아는 바가 없었다. 어지간하면 본능적으로 '어디서 온 사람이구나' 하고 감이 딱 올 텐데 이번엔 그런 것조차 없었다. 그래서 그냥 멍하니 바라보고만 있자 붉은빛이 도는 예의 갈색 눈동자에 약간의 의문을 담고 그녀와 애심을 잠시 번갈아 바라보던 노인이 문득 자말을 돌아보는 거다.

[저분이십니다.]

자말이 은수를 가리켰다.

[나요? 나를 찾아오셨다고요?]

[네, 아가씨. 주인님의 아버님이십니다.]

[……루카스?]

자말이 고개를 끄덕였다.

그 모습에 은수도 애심도 놀라 서로를 바라보다가 황급히 고개를 돌렸다. 노인은 벌써 소파 위에 자리를 잡고 앉아 있었다. 검은색 아바야를 걸친 여자가 고양이처럼 도도한 자세로 그의 곁에 서서 그녀들을 바라본다.

[앉거라.]

노인이 그녀들을 향해 손짓했다. 그래서 주저주저하면서도 그녀들은 또 도도도 걸어가 노인의 앞에 나란히 주저앉았던 것이다. 그가 깊은 눈동자로 은수를 가만히 살피고 있었다.

꿀꺽.

괜히 긴장감이 몰려오는 듯해 은수는 저도 모르게 마른침을 꿀꺽 삼켰다. 하필이면 후줄근한 환자복을 입고 있을 때 오실 게 뭐람. 자다 일어나 구겨지고 땀에 젖은 환자복이 은수는 그렇게 원망스러울 수가 없었다. 이 빈티 나는 옷 때문에 그녀의 미모라거나 귀여움 같은 것이 절반쯤은 훼손되었을 텐데 이 얼마나 억울한 일이냔 말이다.

[그래, 너란 말이지?]

아랍식 악센트가 강한 불친절한 영어로 그가 말했다.

[으음; 못 본 사이 내 아들의 취향이 변했구나.]

[……?]

[그 아인 나를 닮아서 좀 더 풍만한 타입을 좋아했었지. 헌데 넌 아직 덜 자란 소녀 같다. 몸도 약해 보이고. 그래 가지고 아이를 낳을 수나 있으려나?]

마치 새끼를 낳을 양을 고르듯 노인은 은수를 놓고 이리저리 평가하고 있었다.

[한국인이라고 했던가?]

[……네.]

[종교는?]

[없는데요.]

얼떨결에 대답하고 나자 슬슬 기분이 이상해지기 시작했다.

어쩐지 그가 그녀를 대단히 마음에 들어 하지 않고 있다는 생각이 든 것이다. 눈칫밥 20년 만에 득도를 한 듯 그녀는 그 사실을 자연스럽게 깨달았다.

노인의 말은 계속 이어졌다.

알아볼 만큼 알아보고 왔다고 말하듯 그는 부모님이나 형제, 집안, 그녀의 교육 정도까지 하나하나 꺼내 물었고, 은수는 때마다 고개를 끄덕여야 했다. 그리하여 불과 반 시간 만에 은수는 그 앞에서 정체가 낱낱이 까발려지고 말았다.

그 일을 겪고 나자 은수는 문득 애심이 선을 한번 봤다가 학을 뗀 이유를 알 것 같았다. 아마도 이런저런 정보와 기록을 기준으로 삽시간에 해부되고 분석되어서 마침내 적당한 가격이 매겨지는 시스템에 경멸을 느낀 것이리라. 눈앞의 노인도 지금쯤 머릿속으로 그녀에게 가격을 매기고 있을 것 같았다.

'혹시 낙타 세 마리를 생각하고 있는 거 아닐까?'

낙타 세 마리를 떠올리자 은수는 갑자기 속이 울렁거리기 시작했다.

자연스럽게 아심을 떠올렸을 땐 더 심해져 머리까지 아파 왔다. 골이 다 지끈거리는 것 같아 눈을 뜨기도 힘들 지경이었다.

[솔직히 네가 그리 마음에 드는 것은 아니다.]

모든 판단이 끝났다는 듯 노인이 조금 너그럽게 말했다.

[하지만 난 내 아들을 믿는다. 녀석이 너를 선택했다면 분명히 그만한 이유가 있을 게야. 더구나 내 집안의 일로 그런 일까지 겪

었으니…….]

그런 일? 무슨 일?

은수는 조금 궁금했지만 다행히 소리 내어 묻지는 않았다.

[하지만 나에게도 조건이 있다.]

[……?]

[너는 우선 종교를 가져야 한다. 우리 집안은 대대로 알라를 섬겨 왔으니 너도 당연히 가풍을 따라야 한다. 그리고 이 아이를 인정하고 받아들여라.]

노인이 바로 곁에 서 있는 여자를 가리켰다. 그리고 말했다.

[마이타라고 한다. 내가 고른 며느리다. 넌 내 아들의 두 번째 부인이 되는 거다.]

[……!]

갑자기 말문이 꽉 막혔다.

낙타 세 마리를 줄 테니 두 번째 부인이 되어 달라고 하던 아심의 말이 머릿속에서 쾅쾅 울리고 있었다. 그런데 이번엔 루카스다. 같이 가자는 말은 이런 뜻이었던 걸까? 그도 그녀가 자신의 두 번째 부인이 되어 주길 바라고 있다고? 어쩌면 아닐지도 모르는데 벌써부터 배신감이 몰려와 가슴을 온통 헝클어 놓고 있었다.

현기증이 몰려오는 것 같아 은수는 이를 악물었다.

어느 틈에 꽉 움켜쥔 손이 부들부들 경련을 일으키고 있었다. 은수의 눈에 불이 확 붙었다.

10. 사막에 내리는 비

쾅!

[은수!]

헐레벌떡 달려온 루카스가 문을 박차고 병실로 뛰어들었을 때, 은수는 침대 위에 앉아 고요한 모습으로 창밖을 보고 있었다. 한낮인데도 하늘이 조금 낮게 가라앉아 있다.

[은수, 괜찮아?]

황급히 다가들며 그가 물었다.

[늦어서 미안해. 자말에게 들었어. 그가, 아버지가 다녀갔다고. 그가 은수에게 무슨 소리를 했지?]

[……]

[말해 봐.]

[비가 올 것 같아요.]

[은수!]

[사막인데 너무 자주 비가 오는 것 같아. 환경이 너무 오염되어서 그런가 봐요.]

[은수, 그가 무슨 말을 했든 그건 내 생각이나 의사와는 아무 관련이 없어. 은수도 그 사실을 알고 있는 거지? 나를 믿고 있는 거지? 응?]

생각보다 지나치게 고요한 모습이 불안해 루카스는 조금 부산스럽게 떠들었다.

[그가 만일 은수에게 상처를 주었다면 나는 스스로를 용서할 수 없을 거야. 그러니까 말해 봐. 그가 은수에게 무슨 말을 했지?]

[……]

[은수!]

[……나, 나는 화가 났어요.]

망설이며 은수는 조금 허탈하게 말했다.

[무슨 말을 들었는지 잘 기억나지는 않는데 그냥 막 화가 났어요. 머리도 아프고 속도 울렁거리고 그래서……]

[그래서?]

[토했어요.]

[뭐?]

[토했어요. 당신 아버지 앞에서. ……미안해요.]

은수는 고개를 푹 숙였다.

벌써부터 그가 무슨 말을 할지 막 걱정이 몰려왔다. 그런데 아무리 기다려도 그는 말이 없고 병실은 지나치게 조용했다. 어쩌면 화가 난 것일까? 하긴, 그런 짓을 해 놓았는데 기분이 좋으면 이상한 거겠지.

생각할수록 속이 상해서 그녀는 울상을 짓고 말았다.

창피하고 속상하고 그래서 고개가 자꾸만 더 아래로 기울었다. 결국 은수는 도로 비실비실 누워 이불을 머리끝까지 뒤집어썼다. 그리곤 말했다.

[이젠 화내도 돼요.]

[쿡!]

[하지만 너무 많이 화내지는 말아 주세요. 나는 아직 환자라 안정이 필요…….]

[크크, 크하하하하!]

응? 웃어?

어리둥절해 은수는 이불을 홱 치우고 휘둥그레진 눈으로 그를 바라보았다. 그가 정말로 웃고 있었다. 그것도 병실 안이 쩌렁쩌렁 울리도록 큰 소리로. 너무 기가 막혀서 실성했나?

[왜, 왜 웃어요?]

어쩐지 기분이 이상해져 그녀가 얼굴을 찌푸리면서 물었다.

[내가 토해서 당신 아버지 비싼 옷을 다 버려 놨다는데 왜 웃어요? 그거 낙타털로 만든 옷이래요. 난 그렇게 비싼 옷이 있다는 것도 첨 알았어요. 세탁비 물어 줘야 할지도 모른다고요.]

[풋, 괜찮아. 내가 대신 물어 줄게. 아니, 아예 한 벌 사 줄 테니까 아무 걱정하지 마.]

[화 안 내요?]

[왜 화를 내야 하는데?]

[그야…….]

[걱정했어? 내가 화낼까 봐?]

빈말로라도 아니라곤 못하겠다.

그냥 토하기만 했으면 모르겠는데 그녀는 앙칼지게 뭐라 떠들기도 했다. 머리가 아파서 기억은 안 나지만 애심이까지 굳은 걸 보면 결코 좋은 말은 아니었을 것이다. 아무튼 한바탕 난리를 부리면서 떠들다가 결국 제 성질을 못 이기고 그녀는 토했다.

은준 오빠하고 한참 싸울 때도 그런 적은 없었는데 그때는 어찌할 새도 없이 순식간에 속이 뒤집히더라. 그런 생각을 하며 은수는 가만히 고개를 끄덕였다.

[어이구, 귀엽기도 하지. 걱정 마, 은수. 나 하나도 화나지 않았어. 아니, 오히려 웃음이 나와 죽을 것 같아. 세상에, 얼마나 당황했을까? 쿡쿡쿡, 그 점잖은 체면에…….]

[아무 말씀도 안 하시더라고요. 한참 동안 바라보시더니 그냥 돌아가셨어요. 난 야단이라도 칠 줄 알았는데.]

[푸흡. 하하하.]

[자꾸 웃지 마요. 창피해 죽겠는데 왜 자꾸 웃어요?]

[예뻐서.]

실실 웃던 그가 좋아 죽겠다는 기색을 감추지도 못하고 말했다.

[진짜 예뻐 죽겠다, 우리 은수.]

[아이, 누가 그런 소리 하래요?]

안 그래도 너무 예뻐지고 있는 것 같아서 걱정인데 새삼스럽게. 이제 고은돌이의 코는 점점 더 높아지고 있었다. 이러다가 본의 아니게 역사를 갈아치우게 될까 봐 걱정스러울 정도였다. 근데 또 왜 이렇게 만지작거리고 그러지?

[키스해 줄까?]

벌써 입술 가까이 다가왔으면서 모르는 척 그가 물었다.

[키스하고 싶은 얼굴인데?]

[아니에요. 난 뭐 안 해도 괜찮아요.]

[풋, 그럼 나한테 해 주지 않을 테야? 요즘 스킨십이 너무 모자라서 슬슬 잠이 안 오려고 하는데.]

이런 짐승 같으니라고.

살이 타고 뼈가 녹는 뜨거운 밤을 보낸 지 뭐 얼마나 되었다고 벌써 욕구 불만이람? 아이, 너무 좋아해도 문젠데.

[토하고 양치질 안 했는데요?]

앙큼한 고은돌이가 홱 튕겼다. 그러자 그가 또 쿡 웃더니 예고도 없이 불쑥 입술을 들이미는 거다. 쪽 소리가 나도록 입을 맞추곤 곧 야들야들한 입술이 빨갛게 달아오르도록 세게 물어 당겼다.

[정말 안 해 줘도 괜찮아? 그럼 여기서 그만둘까?]

대답 대신 은수는 팔을 뻗어 그의 목을 꼭 끌어안았다. 그리곤 대담하게도 그의 입술을 물고 살짝 깨물었다. 이마와 코를 딱 붙인 채 그녀가 말했다.

[그만두면 자기가 더 후회할 거면서.]

[쿡. 당연하지. 그리고 난 후회할 일은 안 만드는 남자야.]

그 말에 공연히 기분이 좋아진 은수가 헤죽 웃었다.

그 입술에 루카스는 다시 깊숙이 입을 맞추었다. 그녀만의 달큰

한 향기가 코끝을 스친다. 혀끝에서 과일처럼 달달한 맛이 느껴지고 있었다. 한 번, 두 번…… 자꾸 물고 빨아들이다 곧 혀와 혀가 얽혀들었다.

[그 사막에 다시 가고 싶어요.]

혀가 얼얼할 정도로 한참이나 이어지던 키스의 끝에서 문득 은수가 말했다.

그 한마디만으로도 그는 그녀가 원하는 것을 바로 알아들었다. 그리하여 이번에야말로 진정 유쾌하게 웃어 젖혔던 것이다.

"오빠가 그 모습을 봤어야 한다니까요?"

애심이 창백하게 질린 얼굴로 소리쳤다.

"세상에, 걔 왜 그렇게 간이 크대요? 아무리 오빠 동생이라지만 너무한 거 아니에요? 난 무서워서 죽겠는데 그 상황에서, 그런 분한테 눈 똥그랗게 뜨고 할 말을 다 하더라니까요?"

"걔가 원래 눈이 뒤집히면 물인지 불인지 구분을 못해."

"글쎄, 그런 정도가 아니었다고요. '두 번째 부인이 되거라' 하는 소리가 떨어지기가 무섭게 눈을 시커멓게 뜨더니 우리나라는 일부일처제에 여기와 마찬가지로 간통죄라는 것도 있다, 두 번째건 세 번째건 난 내 남자가 다른 여자랑 자는 꼴은 죽어도 못 본다. 따박따박 소리쳤다고요."

그냥 소리만 쳤으면 다행이다.

고은돌이는 감히 그분을 향해 '노망나셨냐'고도 물었다. 예전에 밥집 단골 영감님 중에 한 분이 치매에 걸려서 자기 마누라 두고 은수한테 '우리 각시, 우리 각시'라고 했다며 예까지 딱 들어 주더니 요즘 시대에 마누라 여럿 거느리는 건 자랑이 아니라 흉이라고 주장했다. 그리곤 그래도 굳이 두 번째, 세 번째 마누라를 원한다면, 그럼 자기도 똑같이 두 번째 남편을 두어도 괜찮은 거냐고 묻기까지 했다.

"게다가 다른 사람이 듣는 자리에서 남의 집안이니 부모니 형제니 하는 이야기를 다 끄집어냈다면서 무슨 그런 경우 없는 태도가 다 있느냐고 따졌어요. 동사무소에서 일하시다 습관적으로 호구조사 나오셨느냐고."

사생활을 침해당했으면 당한 대로 그냥 있었으면 얼마나 좋았을까. 고은돌은 정말로 미쳤는지 그 자리에서 그분의 취향과 콩가루 같은 가정사를 사정없이 비웃기까지 했었다. 돈 주고 사 온 마누라가 넷인지 다섯인지 모를 집구석 사정도 웃긴데 그렇게 여러 여자들한테서 애새끼들을 줄줄이 낳아 봐야 무슨 소용이냐며 하나를 낳아도 제대로 키우는 게 낫지 않느냐고 주장하는 모습을 정녕 루카스가 봤어야 한다.

"마누라 두고도 그 사실을 숨기고 다른 여자랑 결혼하는 건 사기래요. 아무리 법이 허락한 일이라지만 그래도 사람은 양심을 가지고 살아야 한다나요?"

기가 막히다는 듯 애심은 한숨을 푹 내쉬었다.

"그리고 루카스는 그분을 하나도 안 닮았다고 톡 까발렸잖아요. 어디서 훔쳐온 자식이 아니냐고. 그러더니 결국 그 소릴 듣고 벌컥하시는 분 앞에서 토한 거예요."

그 적나라한 장면을 보았다면 루카스도 순간 마음을 고쳐먹었을 거였다. 아, 고은돌이한테 걸리면 바람이고 뭐고 다른 여자 구경은 다 했구나, 라는 생각이 자연스럽게 뼈에 새겨졌을 테니까.

"아무튼 허락받기는 다 글러먹었어요. 화가 엄청 나셔서 돌아가셨으니까. 당장 여기서 추방당하지 않는 게 더 이상한 일일걸요?"

"흥, 추방은 무슨."

"하긴 추방이 문제가 아니지. 지가 먼저 안 한다고 선언했는데."

"뭐? 그게 무슨 소리냐? 뭘 안 해?"

"은수가 그랬거든요. 그 남자는 결혼하자는 말을 한 적도 없는데 왜 와서 난리냐고. 아니, 하자고 해도 이젠 더럽고 치사해서 안 한다고 소리쳤는데요."

아이고, 두야.

은준의 미간이 확 일그러졌다. 그럼, 이런 짓 저런 짓까지 다 하고 발목에 요상한 발찌까지 매달고 있는 주제에 그냥 그렇게 헤어지겠다는 소리?

가잔다고 냉큼 따라나서면 어쩌나 내심 걱정하고 있었던 것도 잊고 은준은 이제 고은돌이가 버려지면 어쩌나 걱정하기 시작했다. 물론, 그까짓 연애 한두 번쯤 하는 게 무슨 대수냐 싶기도 하지만 문제는 첫 연애부터 굳이 그런 초라한 꼴을 당하고 상처받아야 할 이유가 있나 하는 것이다.

막말로, 은수가 뭐가 모자라서 반대를 당하고 버려져야 한단 말인가? 이 경우엔 스스로 발을 빼는 형태를 취하고 있긴 하지만 분명히 반대당한 게 먼저였다. 그래서 은준은 기분이 나빴다. 끝내더라도 은수 스스로 끝내야지 반대당하고 버려지는 꼴은 절대 못 볼 것 같다.

"그분께서 맨 처음에 은수를 딱 보자마자 '난 네가 별로 마음에 안 든다'라고 하셨거든요? 그랬더니 은수가 바로 '나도 영감님 마음에 안 들어서 결혼 못하겠어요'라고 했잖아요."

"흐음. 잘했군."

"예에? 자, 잘했어요?"

"잘했지, 그럼. 면전에서 그런 소리를 듣고 가만히 있는 게 더 바보 아니냐? 까짓, 싫으면 관두라고 그래. 세상에 남자가 그놈 하나만 있는 것도 아니고 설마하니 은수 데려갈 놈이 하나 안 나타날까? 아니, 안 나타나도 상관없어. 그딴 집구석에 주느니 그냥 평생 혼자 늙는 게 나아."

아아, 이 대책 없는 남매 같으니라고.

어쩌면 이렇게 똑 닮은 소리를 잘도 하는 걸까 싶어 애심은 한숨이 다 쏟아졌다. 고씨 남매는 정녕 아무 이유 없이 용감했다. 큰오빠는 안 그런데 어째서 이 둘만 이렇게 막 자란 거란 말인가.

애심은 정말 미스터리한 생명체를 보듯 은준을 바라보았다.

그런데 가만히 보고 있자니 문득 김 대리가 떠오르고 김 대리를 떠올리자 생각은 자연스럽게 아까 TV에서 본 장면으로 이어졌다. 그러니까 사흘 만에 사막에서 구조됐다고 했었지.

"근데요, 오빠."

애심은 조금 망설이며 입을 열었다.

"김 대리가…… 사막에서 구조됐대요."

"음, 벌써?"

"사흘 만에 구조됐다는데…… 에? 버, 벌써라뇨? 그럼 정말 오빠가……."

"내가 뭘?"

시침을 뚝 떼고 은준이 아무렇지도 않게 그녀를 돌아보았다. 그러더니 또 시큰둥하게 말했다.

"거 웃긴 새끼네. 휴가 끝났다고 하더니 사막엔 왜 갔지?"

"그, 그러니까요. 왜 갔을까요?"

"이 겨울에 사막에서 길을 잃으면 거의 얼어 죽을 확률이 높다는데 놈은 운이 좀 좋았나 보다?"

"그, 그렇죠?"

"뭐, 한번 호되게 경험했으니 다음부터는 조심하겠지."

그러니까 뭘?

뭘 조심한다는 소리일까. 사막에 나가는 것? 아니면 대가를 노리고 고은돌이에게 다리를 뻗는 것? 뭐가 되었든 간에 김 대리는 이제 재기 불능이다. 그는 아마 평생 사막에도 못 나갈 것이고 은수도 바라보지 못할 테니까.

'확실히 위험하다니까. 이제부터라도 고씨 남매를 피해 다녀야 하는 거 아냐?'

애심은 진지하게 그런 생각을 하고 있었다.

"그나저나 결혼 못한다고 소리쳐 놓은 주제에 얘는 또 그 남자랑 같이 어딜 간 거지?"

애심의 시선이 창밖으로 향했다.

하늘이 점점 더 낮게 가라앉고 있는 오후였다.

타닥타닥.

모닥불이 타고 있었다. 방금 전에 던져 넣은 커다란 장작 덕분에 점점 작아지던 불꽃이 갑자기 확 커졌다. 맹렬하게 타오르는 빨간 불꽃을 루카스는 조금 멍한 기분으로 바라보았다.

'히익! 제, 제발 살려 줘. 나, 난 아무 짓도 하지 않았어. 그냥 데려오라고만 했는데 그 자식들이 멋대로 그렇게 만들어서 데려왔 단 말이야.'

눈물 콧물을 쏟으며 철철 울던 막툼의 얼굴이 뇌리를 스쳐 간다.

궁에 처박혀 있을 줄 알고 찾아갔는데 놈은 어이없게도 제 소유 의 클럽에 숨어 있었다. 사람을 그렇게 만들어 놓고 고작 한 짓이 그 일을 잊기 위해 술에 취한 여자를 안는 것이라니. 취한 여자들 을 안고 곤히 자던 놈을 발견했을 땐 화도 나지 않았다. 그저 조금 더 찬 기운이 머릿속을 지배했을 뿐이다.

'뭘 어쩌려고 그런 건 절대 아니야. 그냥 어떤 여자인지 궁금했 을 뿐이라고. 아버지가 마이타를 며느리로 삼겠다고 하셨는데, 그 여잔 그런 사실을 모르고 있을 거라고 생각해서……'

밖으로 꺼내 놓자마자 놈은 발발 떨면서 그렇게 말했다.

물론 그도 처음 듣는 이야기였다. 마이타인지 마이카인지 하는 여자가 누구인지 알 게 뭐란 말인가. 게다가 열여덟 살? 맙소사다. 그는 벌써 서른두 살인데 그런 어린 애를 데려다 뭘 어쩌라고? 그 소릴 듣자마자 '변태'라고 외치던 은수의 말이 귓가에서 쟁쟁 울리는 것 같아 그는 조금 오싹했다.

[보나 마나 그 소릴 하고 싶었겠지?]

혼잣말처럼 중얼거리며 루카스는 문득 미간을 찡그렸다.

그가 막툼을 다져 놓는 사이, 아버지는 은수의 병실을 다녀갔다. 뒤늦게 연락을 받고 달려갔을 땐 이미 모든 것이 끝나 있었다. 그가 움직이는 방향을 알고 있다는 듯 순식간에 그의 시선을 피해 목적한 바를 해치운 것이다. 부지불식간에 뒤통수를 맞은 듯 순간 멍하고 허탈했다. 그리고 찾아온 것은 약간의 분노와 그보다 훨씬 더 큰 두려움.

'토했어요.'

은수는 그렇게 말했다.

그 말을 듣는 순간, 루카스가 무슨 생각을 했는지 그녀는 꿈에도 모를 것이다.

'당신은 언제나 참고 기다리는 것에 익숙한 사람이잖아. 그런 사람의 반응이 그 정도였다면 보나 마나 그만큼 역겨운 소리를 들었다는 뜻이겠지.'

이곳으로 오기 전 다행히 루카스는 자말에게 모든 얘기를 전해 들었다. 아버지는 문제의 그 마이타란 여자를 데리고 왔다고 했다. 그리곤 은수에게 두 번째 부인이 되라고 했단다. 그 말을 들었을 때 루카스는 정말로 현기증을 느끼고 말았다. 그리고 잠시지만 살인 충동에 시달리기도 했다.

'교활한…… 용의주도한 영감.'

루카스는 씁쓸하게 웃었다.

자말은 자신이 보고 들은 이야기를 단 하나도 빼놓지 않고 그대로 그에게 전해 주었다. 그런 사실을 아버지도 이미 알고 있을 것이었다. 아버지가 일부러 그런 행동을 한 것은, 당연히 그가 자말에게 보고를 받을 것이란 사실을 알고 있었기 때문이다. 상처받은 여자에게 버림을 받거나, 그 여자와 함께 돌아오너라. 선택하라고 강요한 것과 다를 바가 없는 행동이었다.

'아가씨께서 큰주인님께 '나도 영감님이 마음에 안 들어서 결혼은 하지 않겠다!' 라고 하셨습니다.'

루카스는 입을 꾹 다물었다.

평온해 보이던 은수의 모습은 다 거짓이었다. 그 말을 듣는 순간 루카스는 은수가 어떤 결심을 했는지를 깨달았다. 그러니까 이건 어쩌면 그녀가 준비한 '이별 여행'이 되는 셈인지도 모른다.

[그렇게 쉬운 일은 아니야.]

모닥불을 노려보며 루카스는 말했다.

[절대로 쉽지 않아. 나에게도 쉽지 않은 일을 당신이 할 수 있다고는 생각하지 않아. 마음대로 떠날 수 있을 거라는 착각은 통하지 않아, 은수. 그래도 나는 손을 놓지 않을 테니까.]

그녀가 어떤 결정을 내렸다 해도 상관없다.

그렇다고 해서 이제 와 그의 선택이 달라지는 것은 아니니까. 씁쓸한 미소를 지우며 그가 곁을 돌아보았다. 은수가 흰 모포에 푹 감싸인 채 아기처럼 잠들어 있었다. 그 일이 있고 난 후, 매 순간마다 악몽에 시달렸는데 지금은 다행히 괜찮은 것처럼 보였다. 지쳐 곯아떨어진 모습이 전처럼 편안해 보여 그나마 마음을 놓았다.

루카스는 천천히 자리에서 일어섰다.

은수의 곁에 앉아 잠시 그녀의 잠든 얼굴을 가만히 바라보았다. 구름도 별도 숨어든 사막의 밤. 그 깊은 어둠에 휘감긴 채 그녀는 무슨 꿈을 꾸고 있는 걸까. 그에겐 모닥불 빛을 받아 더 하얗게 반짝이는 그녀의 모습이 마치 지독한 꿈인 것만 같은데.

보고만 있어도 울컥 격정이 솟구쳐 오르며 숨이 꽉 막히는 것만 같아 루카스는 차마 손도 대지 못하고 한참이나 그 모습을 지켜보고만 있었다. 그러다 곧 가운을 벗어 던지고 바람처럼 조용히 그녀의 곁으로 스며들었다.

"으음."

서늘한 몸에 놀랐는지 그녀가 움찔 어깨를 떨더니 미간을 찌푸리며 작게 신음한다.

[나야, 은수.]

"음."

[……사랑해.]

"……."

[그거 알아? 당신은 내게 상처를 줄 수 있는 거의 유일한 사람이야. 덕분에 난 가끔 당신 앞에 서면 겁이 나.]

드러난 그녀의 어깨에 입 맞추며 루카스는 속삭였다.

성게의 속살처럼 가장 여리고 약한 마음 안으로 그녀를 들여놓았다. 그러니 부디 이 마음이 버림받는 일이 없기를.

소원하며 그는 은수의 쇄골을 따라 느릿느릿 입을 맞추었다. 깨끗한 목덜미를 살짝 깨물어 잇자국을 내놓은 다음 혀로 그녀가 가장 예민하게 반응하는 귓바퀴를 천천히 핥았다.

짤랑.

이번에도 어김없이 오른쪽 발목에 채워 놓은 발찌가 운다.

그 소리가 마치 재촉하는 손짓처럼 느껴져 루카스는 나직하게 신음을 내뱉었다. 동시에 그의 움직임이 조금 더 빨라졌다. 다급함마저 느껴지는 손길이 뾰족하게 곤두선 그녀의 유두를 스쳤다. 손가락으로 유두를 굴리다 그는 탱탱한 가슴을 왈칵 움켜쥐고 이미 완전히 일어선 남성을 그녀의 엉덩이에 비벼 댔다.

"으음."

빠르게 은수가 잠에서 깨어나고 있었다.

그에 어서 일어나라고 재촉하듯 루카스는 그녀의 가슴을 입에 물고 세게 빨기 시작했다. 유두를 번갈아 가며 빨아 당기고 이로 살짝 깨물다 다시 혀로 살살 달래 주며 희롱을 하는 과정에서 그는 벌써 완전히 달아올랐다. 루카스는 손을 뻗어 은수의 다리를 벌리고 완전히 흥분해 아예 끊어질 듯 아파 오는 남성을 그녀의 여성에 대고 빠르게 비벼 댔다.

"아!"

작게 벌어진 그녀의 입술 사이에서 새끼고양이의 울음소리 같은 여린 신음이 새어 나오고 있었다.

흥분에 겨워 벌써부터 허리가 들썩였다. 다행히 이미 한번 그를 받아들여 아직도 촉촉하게 젖어 있는 은수의 여성이 미끈한 우윳빛 액체를 흘리며 금방 반응을 해 오기 시작한다. 은수가 어느새 몽롱하게 뜬 눈으로 그를 바라보고 있었다.

[또?]

[음. 미안, 은수.]

"아앗!"

눈을 뜨기가 무섭게 그의 얼굴이 보였다. 그리곤 갑자기 다리가 확 벌어지더니 다리 사이를 뻐근하게 가르고 들어오는 그의 남성이 느껴지기 시작했다. 갑작스러운 침입에 놀란 근육이 순식간에 긴장을 해 팽팽하게 당겨지고 심장은 또 다른 기대로 거칠게 두근거린다.

"악!"

살아 있는 생물처럼 꿈틀거리는 뜨거운 것이 깊은 곳까지 단번에 밀고 들어와 그녀를 강하게 압박했다. 거침없이 파고드는 묵직한 남성에 호흡마저 거칠어질 대로 거칠어져 그녀는 처음부터 거의 헐떡이고 있었다. 은수는 입술을 깨물며 고개를 한껏 뒤로 젖혔다. 이미 흠뻑 젖어 있음에도 불구하고 그를 받아들이기엔 여전히 힘에 겨워 여린 허벅지가 파들파들 떨렸다.

[음, 너무 좁아.]

그러니까 네가 너무 큰 거라니까요.

아까만 해도 아랫도리를 거의 찢듯이 가르고 들어온 주제에 그는 왜 아직 좁은 거냐고 은수를 타박했었다. 그러더니 또 앞으로는 더 자주해서 빨리 익숙해지자고 하는 거다. 대체 이게 웬 할머니 빤스 고무줄이 늘어나는 소리인지 원.

"아! 아아!"

아랫배가 다 뻐근하도록 안을 채운 그가 문득 허리를 크게 밀어

올리기 시작했다. 순간, 그때까지 머릿속을 맴돌던 생각들이 모조리 사라지고 아래에서부터 한 줄기 섬광 같은 아찔한 감각이 확 피어올랐다. 은수는 비명처럼 신음을 내지르며 허리를 뒤틀었다.

그의 손에 잡힌 가느다란 다리가 허공으로 추켜올려졌다.

루카스가 거친 숨을 내뿜으며 두 손으로 그녀의 엉덩이를 잡고 들어 올렸다. 안 그래도 너무 깊이 들어와 있던 것이 안으로 더 파고들면서 당장이라도 만세를 부를 듯이 꿈틀거리고 있었다. 그의 엉덩이가 크게 원을 그리며 슬며시 뒤로 빠져나갔다. 그리고 다시 왈칵 짓쳐들었다.

"아앗!"

[은수, 너무 좋아.]

허리를 들썩이는 그의 움직임이 점점 더 빨라지고 있었다.

퍽퍽퍽. 살과 살이 부딪치면서 끊임없이 비벼질 때마다 몸이 하늘로 붕 떠올랐다. 숨을 헐떡이며 은수는 두 손으로 카펫을 쥐어뜯듯이 잡고 도리질을 쳤다. 빈틈없이 맞닿은 곳에서부터 간질간질한 쾌감이 일어나 순식간에 전신으로 확 퍼져 가고 있었다.

"아흑! 아아! 제발, 루카스……!"

어느 순간부터 눈덩이처럼 불어난 쾌감에 몸이 부들부들 떨렸다.

은수는 울면서 그에게 매달렸다. 목을 끌어안고 필사적으로 매달리며 미친 듯이 허리를 들썩였다. 그런 그녀를 그가 갑자기 확 밀쳐 냈다.

[왜?]

떠밀려 반듯하게 누운 채 의아하게 바라보자 문득 그가 씩 웃었다. 그리곤 난데없이 그녀의 몸을 빙글 뒤집었다. 이번엔 엉덩이가 하늘로 솟았다. 달처럼 둥근 엉덩이를 그가 두 손으로 꽉 틀어쥐었다. 무슨 일인지 눈치채기도 전에 벌어진 틈으로 딱딱한 그의 것이 거칠게 쑤시고 들어왔다.

"어? 억!"

은수는 눈을 쟁반처럼 부릅뜬 채 자지러지고 말았다.

그에게 손가락 하나 댈 수 없는 상태에서 마치 강제로 범해지듯이 거칠게 다루어진다. 또 다른 강도의 충격과 견딜 수 없는 쾌감이 파도처럼 밀려왔다. 그녀의 눈동자가 쾌감으로 급속히 흐려지고 있었다. 어느새 은수는 엉덩이를 높이 들고 저도 모르게 허리를 흔들기 시작했다.

뚝!

하늘에서 물방울이 하나둘 떨어지고 있었다.

예상했던 것보다 조금 늦게 찾아온 비였다. 여인의 눈물처럼 가녀린 비가 부슬부슬 모래 위로 내려앉았다.

"아학! 하악, 하악……."

[은수, 은수!]

한 덩어리가 된 채 그 비를 온몸으로 맞으며 그들은 헐떡였다.

이 순간, 그들은 비가 내리고 있는 것조차 거의 느끼지 못하고 있었다. 더 할 수 없이 빨라진 몸짓으로 그가 짓쳐들 때마다 은수는 비명을 내지르며 자지러지고, 그는 마침내 코앞으로 다가온 절정을 위해 미친 듯이 질주할 뿐이었다.

"아아앗!"

[헉!]

그리고 마침내 전신을 꿰뚫고 지나가는 쾌감에 몸을 떨며 하얗게 폭발했다. 지옥 같은 절정에 올라 맹렬하게 수축하는 그녀의 여성 안에 파묻힌 채 루카스는 자신의 모든 것을 그 안에 쏟아 넣고 있었다.

우르르르…… 쾅!

부슬부슬 내리던 비는 금방 굵은 폭우로 변했다.

하늘은 언제 고요했냐는 듯 검게 출렁거리고 먹구름 사이에서 번개가 새하얀 균열을 만들고 있었다. 쾅! 천둥이 마치 대포처럼 터지면서 둔중하게 울리는 진동을 만들어 냈다.

"으음. 아!"

땀에 젖어 번들거리는 단단한 몸을 끌어안고 은수는 연방 가쁜 숨을 몰아쉬었다. 후끈 달아오른 열기로 인해 얼굴이 온통 홧홧하고 자꾸만 입술이 말랐다. 그녀는 이미 지칠 대로 지쳐 있었다. 당장이라도 길게 늘어져 눈을 감고 잠들고만 싶은 심정인데 그녀의 몸 위에서 움직이고 있는 남자의 생각은 그녀와 아주 많이 달라 보였다.

[루카스, 제발!]

[으음, 조금만. 조금만 더.]

[아흑, 죽을 것 같단 말이에요.]

[음.]

이러다 코피라도 쏟는 거 아닌가 싶어 은수는 겁이 다 났다.

너무 지쳐서 목소리가 갈라지고 그가 지금도 거칠게 들이치고 있는 아랫도리는 온통 벌겋게 부어올라 쓰라린 데다 그나마도 다리엔 아예 힘이 들어가지 않았다. 그런데도 그는 하나 지치지 않았다는 듯 여전히 강하게 허리를 튕기며 그녀 위에서 리드미컬하게 움직이고 있었다.

찰싹찰싹찰싹.

살끼리 강하게 부딪치는 소리가 연방 넓은 차 안을 울린다.

밖에선 천둥번개가 치는데도 이 비싼 캠핑카 안은 고요하기 이를 데 없어 헐떡이는 그들의 숨소리마저도 요란하게 들릴 정도였다.

[음!]

두 손으로 그녀의 엉덩이를 꽉 쥔 채 거칠게 움직이던 루카스가 문득 짧은 신음과 함께 그녀를 와락 끌어안았다.

"으응, 으흑!"

[후우!]

부르르 이어지는 강한 떨림이 이번에도 어김없이 찾아왔다.

눈앞이 아찔하게 물들면서 순간 짧은 현기증이 몰려왔다. 루카스는 땀에 흠뻑 젖은 얼굴로 은수를 꽉 끌어안고 잠시 호흡을 골랐다. 그도 그녀도 이미 완벽하게 지쳐 있었다. 마지막 떨림이 아슬아슬하게 가라앉자 그녀 안에 마지막 한 방울까지 쏟아 부은 그가 조심스럽게 그녀에게서 떨어졌다.

진한 쾌감의 여운과 함께 뜻 모를 후련함이 찾아왔다.

그럼에도 불구하고 떨어지자마자 또 숨 쉴 틈도 없이 허전함이 찾아드는 것만 같아 루카스는 재빨리 은수를 잡아당겨 품에 안았다. 그랬더니 가슴이 다시 뜨거워졌다. 진퇴양난이었다.

[졸려요.]

벌써 눈을 감은 채 은수가 작게 웅얼거렸다.

땀에 젖은 작은 얼굴이 애처로울 만큼 지친 기색으로 물들어 있었다. 루카스는 희미한 죄책감을 느꼈지만 하는 수 없었다. 이상하게 오늘은 그녀를 보고 있기만 해도 후끈 달아오르는 걸 어쩌란 말인가.

[사랑해, 은수.]

[으응.]

[이대로 자자. 내 품 안에서 자.]

아무도 없는 이곳에서 잠시만 쉬자.

긴 팔다리로 그녀의 여린 몸을 칭칭 휘감고 루카스는 눈을 감았다. 날이 밝으면 그들은 잠시 헤어져야만 한다. 아주 잠시.

"음, 짐승."

등에 착 달라붙어 오는 후끈한 체온을 느끼며 은수는 희미하게 중얼거렸다.

얼마나 시달렸는지 그녀는 정말 죽을 것처럼 피곤했다. 그런데 너무 피곤해도 쉬이 잠이 오지 않는다고 했던가? 몸은 피곤해 죽겠는데 이상하게도 정신이 말똥말똥해서 그녀는 아직 잠들지도 못하고 있었다.

은수는 눈동자만 굴려 그들이 누운 침대 맞은편의 창을 바라보았다. 차창 밖으로 어마어마하게 쏟아지는 빗줄기가 보였다. 창을 타고 흐르는 물이 희미한 실내등 불빛을 받아 맑게 반사되고 있었다. 가끔씩 번개라도 치면 밖이 갑자기 환해지면서 몰아치는 빗줄기 하나까지 자세히 보였다. 그때마다 오싹 소름이 돋는다.

이러고 누워 있으니까 마치 세상천지에 그와 단둘만 남은 듯한 기분이 들었다. 아무것도 없는 이 황량한 곳으로 오자고 한 것은 이런 기분을 느끼고 싶어서였던 것일까?

"욕심쟁이 고은돌."

은수는 또 희미하게 중얼거렸다.

이곳으로 온 뒤부터 그녀는 흡사 지독한 욕심쟁이가 된 것 같았다. 아니, 단 한 사람에게만 자꾸 욕심쟁이가 된다. 그녀는 만인에겐 너그러우면서 정작 단 한 사람에게만 악착을 떠는 마녀가 된 기분이었다.

그가 그녀만 바라보았으면 좋겠다.

그녀에게만 웃어 주고, 그녀하고만 먹고 자고, 오직 그녀에게만 친절하기를 바란다. 은수는 낮에 보았던 그 여자를 떠올렸다. 그 까만 아바야를 입고 있던 여자. 그의 아버지가 직접 고른 며느리라며 데려온 그 여자를 보는 순간, 은수는 저도 모르게 이상한 상상을 하고 말았다.

그가 그녀를 안듯 그 여자를 안고 잠드는 풍경.

그게 너무 선명하게 떠올라서 순간 등줄기를 타고 소름이 다 올라왔었다. 어떤 여자들은 두 번째든 세 번째든 좋으니까 곁에만 있게 해 달라고도 한다던데 그녀는 때려 죽여도 그렇게 할 수 없을 것만 같았다. 그 꼴을 보고 사느니 차라리 혀를 깨무는 게 낫겠다

싶었다. 그래서 '더럽고 치사해서 안 한다' 고 소리친 거다. 그의 아버지에게.

내질러 놓고도 세상이 끝장나는 듯한 기분을 느꼈다고 한다면 이해해 줄 수 있을까? 은준 오빠라면 아마도 '잘난 맛에 내질렀다가 결국 차인 기집애' 라는 소리를 입에 담았을 거다. 아니면 '잘난 것도 없는 멍청이가 어쩌다 한번 내질러 봤다가 결국 판을 뒤엎었다' 고 하거나.

"나쁜 영감님 같으니라고."

끝장난 기분을 느끼다 은수는 또 그의 아버지를 떠올리고 이를 갈았다.

그렇게 쏘아 줬음에도 불구하고 아직 분이 풀리지 않았는지 생각할 때마다 불쑥불쑥 화가 치솟는다. 쪼잔한 고은돌이의 근성대로라면 이럴 땐 꼭 갚아 줘야 잠이 잘 오는데 말이다.

"잊지 않겠다."

입술을 깨물며 은수는 다짐했다.

언젠가 기회가 온다면 꼭 갚아 주고야 말리라고. 과연 그 기회가 백 년 내에 오기나 할지는 모르겠지만.

"후우, 돌아가야 하는데."

은수의 얼굴이 금방 시무룩해졌다.

날이 밝으면 돌아간다고 오빠는 벌써 짐도 다 싸 놓고 비행기표까지 사 놨다. 그녀 또한 돌아가야 한다는 걸 알고 있었다. 다만, 그와 떨어지는 게 조금 싫을 뿐이다. 따라가지도 못하면서 떨어지는 건 싫고. 아아, 고은돌이는 정말 또라이가 틀림없었다.

그때였다.

잠 못 이루고 멍하니 창밖을 보고 있는데 문득 허리께에 얹혀 있던 그의 팔이 조금 더 안으로 조여졌다. 그리고 곧 그가 귓가에 입술을 대고 속삭이듯 물었다.

[잠이 안 오는 건가?]

[어, 안 잤어요?]

[음. 은수가 자꾸 꼬물거려서.]

[정말? 미안해요. 이제 안 움직일게요.]

미안해져서 은수는 가만히 눈을 감고 자는 척했다. 그러자 또 귓가에서 '훗' 웃는 소리가 들리더니 손 하나가 올라와 벌거벗은 그녀의 가슴 하나를 터뜨릴 듯 꾹 움켜쥐는 거다. 아이, 왜 또 집적대고 그러지?

[어, 얼른 자요.]

그의 손을 슬며시 밀어내고 은수는 다시 눈을 꼭 감았다.

그랬더니 이번엔 손이 아래로 쑥 내려가 엉덩이를 꾹 움켜쥐었다. 마치 당장이라도 다시 시작하려는 것처럼.

[아, 안 돼요. 내 엉덩이에서 손 떼지 못해요?]

[으응. 조금만.]

[절대 안 돼요. 나 이제 손가락 하나도 움직일 기운이 없단 말이에요.]

[그럼 은수는 가만히 누워 있기만 해. 내가 다 알아서 할게.]

[그 소리는 아까도 했잖아요.]

은수는 팩 쏘아 줬다.

가만히 누워만 있으면 힘들지 않을 거라는 소리가 대체 어느 입에서 나오는 건가. 눕혀 놓고 이리 굴리고 저리 굴리고 안고 주무르며 마지막 한 방울까지 체력을 쥐어짜기 일쑤이면서 뻔뻔하기도 하지.

[미워 죽겠어.]

투덜거리며 은수는 그의 팔을 살짝 꼬집어 주었다.

[욕심쟁이.]

[음, 그래도 좋아하지?]

[칫, 오늘은 안 좋아해요.]

[그럼 내일은?]

[그건 내일 가 봐야 알겠어요.]

은수는 가차 없이 튕겼다.

요즘 그녀의 코는 한없이 높아져서 튕기는데도 슬슬 도가 트려고 한다.

[그리고 난 내일이면 집으로 돌아가…….]

말을 하다 그녀는 퍼뜩 입을 다물었다.

둘 다 잘 알고 있지만 애써 피해 온 이야기가 아닌가. 하지만 언제까지 안 할 수도 없는 이야기였다. 비행기 타기 직전에 손 한번 흔들어 주면 다 끝나는 이야기가 아니니까. 은수는 입술을 잘근 깨물며 어렵사리 입을 열었다.

[나 내일 돌아간대요.]

[…….]

[당신은요?]

[내일 밤.]

대답과 함께 그가 그녀의 몸을 빙글 돌려 안았다.

희미한 조명 아래에서 그들의 시선이 딱 마주쳤다. 마주 안고 그가 그녀의 눈을 빤히 바라보면서 말했다.

[기다릴게.]

[……?]

[그리워하는 것도 기다리는 것도 내가 할게. 그러니까 은수는 언제든 오고 싶을 때 내게로 와. 나는 언제까지 변하지 않을 테니까 아무 걱정도 하지 말고.]

[그, 그래도 되는 거예요?]

[응. 내게로 오겠다고 약속했잖아. 그러니까 난 기다릴 밖에. 사랑해. 와 줄 거지?]

사랑한다. 그러니 끝내 날 외면하는 잔인한 짓은 하지 마.

루카스의 절절한 시선이 집요하게 은수에게로 향하고 있었다.

은수는 대답하지 않았다.

그저 그의 가슴에 얼굴을 묻고 가만히 심장 뛰는 소리에 귀를 기울인 것뿐이다. 이상하게 울컥 눈물이 날 것 같았다. 한참 만에야 그녀가 말했다.

[당신한테 다른 부인이나 여자가 없다면요.]

[절대 없을 거야.]

[그럼 그 여잔 어쩌고요? 마이타인지 뭔지.]

[글쎄, 아마 다른 정혼자를 구하지 않을까?]

[그럼 당신 아버지가 화내지 않을까요?]

[그땐 당신이 내 대신 싸워 주겠지.]

[어머, 내가 무슨 힘이 있다고? 연약한 여자한테 너무 많은 걸
바라는 거 아니에요?]

[음, 우리 은수가 연약하긴 하지. 대신, 은수는 아버지한테 노망
났다고 말할 정도로 용감한 여자니까 괜찮지 않을까?]

헙, 다 알고 있었나?

조개처럼 입을 다물고 그녀는 슬며시 그의 눈치를 보았다. '그것
이, 사실은 진심이 아니었습니다. 그저 이 망할 놈의 주둥이가 사
고를 친 것입죠'라고 말할 수 있다면 얼마나 좋을까.

성질머리 독하고 입은 더 독한 할머니 손에서 크다 보니 가끔 입
버릇이 말도 못하게 고약해지는 은수였다. 은준 오빠처럼 입으로
사람을 죽이는 수준은 아니지만 그 못지않다는 말도 가끔 들을 정
도다.

[미, 미안해요.]

은수는 조심스럽게 백기를 들어 올렸다. 그러자 그가 이상하게
웃으면서 귀를 스윽 훑더니 말했다.

[정말 미안해?]

[네, 정말 미안해요.]

[그럼 딱 한 번만 더 할까?]

에엥? 절대로 무리입니다!

두바이는 또 물에 잠겼다.

일 년 중 비가 오는 날은 고작 열흘 남짓이다 보니 애초에 도시

를 만들 때 배수 문제는 크게 고려하지 않은 게 문제였다. 기상이 변으로 최근 들어 비는 점점 더 많이 내리고 있는데 배수 문제는 계속 그대로일 듯하니 앞으로도 비만 오면 두바이는 물에 잠기는 게 일일 것이다.

"참 즐거워 보인다."

멍하니 창밖을 보며 애심이 말했다.

지난번의 그 남자가 뗏목을 타고 열심히 노를 저으며 눈앞으로 지나가고 있었다.

"저건 어디에서 샀을까?"

"인터넷으로 주문했겠지."

"저 남자가 너냐?"

"쳇! 어, 저기 카누를 탄 사람도 있다."

"어어, 진짜네. 이야, 두바이가 아주 재미있는 동네구나."

그녀들은 유리창에 코를 박고 연방 재잘거렸다.

거리가 물에 잠겼음에도 불구하고 사람들의 표정은 그다지 어둡지 않았다. 카누까지 끌고 나온 걸 보면 오히려 즐기고 있는 것처럼 보이기도 한다.

"하긴, 비를 보는 게 일 년에 고작 며칠이나 된다고……."

납득했다는 듯 애심이 고개를 끄덕였다.

여름만 되면 장마가 지고 수해가 찾아오는 나라에서 살다 보니 이런 풍경은 좀처럼 이해가 되지 않았지만, 연중 단 며칠뿐이라는 걸 생각한다면 아주 납득 못할 이야기도 아니었다.

"그런데 어젯밤엔 꽤 화끈하셨나 봐?"

애심이 갑자기 툭 물었다.

"아주 당당하게 외박을 하시고 말이지."

"그거야……."

"그 남자랑 결혼 안 한다고 큰 소리 땅땅 치신 분이 어디의 뉘시더라?"

"흥, 남들은 결혼 안 하고도 잘만 살더라 뭐."

"오호, 그런 의미셨세요? 살 비비고 살아도 결혼만 안 하면 장땡이다, 뭐 그렇게?"

뜨끔.

하여간에 귀신같은 년. 때마다 어쩌면 이렇게 속을 잘도 꿰뚫는 거지? 혹시 남몰래 신내림이라도 받은 거 아녀?

솔직히 그런 생각을 쪼끔, 아주 쪼끔 하고 있었던 터라 은수는 속이 뜨끔하고 제 발이 저렸다. 그 사람은 그냥 같이 가자고만 했고 그 사람의 아버지는 결혼이고 뭐고 절대 허락해 주지 않게 생겼으니 당연히 그녀는 그런 방법을 생각해 낼 수밖에 없었다.

"외국 어디에서는 50년 동안 결혼 안 하고 동거만 한 커플도 있다고 하더라 뭐."

어디서 보고 들은 것은 있어서 은수는 슬그머니 변명을 해 보았다. 그러기가 무섭게 애심이 도끼눈을 뜨고 돌아보더니 공연히 큰 소리로 떠들었다.

"오빠들이 차~암 좋아하겠다. 하나 있는 여동생이 결혼도 안하고 웬 남자랑 주구장창 동거만 한다니 엄청 좋아하겠지?"

나쁜 년, 차라리 그냥 때려죽일지도 모른다고 말하지.

"게다가 그 남자는 그렇다 치고 애들은 또 무슨 죄라니? 태어나 보니 웬 사생아 팔자? 같이 살면서 설마 애가 안 생길 거라고 생각한 것은 아니겠지?"

모, 못했는데.

"그 남자도 그래요. 아버지한테 노망났다고 내지른 여자랑 결혼도 못하고 사는 게 얼마나 비참할까?"

아무래도 그렇겠지?

구구절절 옳은 소리라 은수는 꼼짝도 못하고 그대로 납득을 하고 말았다. 입도 벙긋 못해 보고 완전히 설득을 당한 기분이었다. 은수는 처연하게 말했다.

"완전 죄인이 된 기분이다. 내가 나쁜 년이야. 그치?"

"말이라고. 내가 그날 하도 기가 막혀서 말이 다 안 나오더라고. 하여간에 고은돌이 하는 짓치고 어디 돌 같지 않은 게 있어야 말이지."

"아이, 난 왜 이렇게 멍청하지? 좀 참지. 왜 생각도 안 해 보고 콱 내질러서⋯⋯."

뒤늦게 후회의 쓰나미가 몰려와 은수는 가슴을 치며 괴로워했다.

그래 봐야 아무 소용이 없는 일이었지만.

"가자!"

체크아웃을 마친 은준이 저만치에서 손을 흔들고 있었다.

이제 공항으로 가면 이곳과도 이별이었다. 그리고 비록 잠시지만 루카스와도. 어젯밤의 고백에 힘입어 은수는 결국 그를 찾아가기로 작심을 한 상태였다. 집에 들러 별로 할 것도 없는 주변 정리를 한

다음 큰오빠에게 사정을 설명하고 곧 그가 있는 곳으로 떠날 예정
이다.

다행히 작은오빠도 나서서 막지는 않겠다니 그것만으로도 반은
해결을 한 셈이라 마음도 한결 가벼웠다. 아직 잘살 수 있다는 자
신감은 좀 없는 상태지만.

"그런데……."

천천히 걸음을 옮기면서 은수가 무심히 입을 열었다.

"혹시 아심은 어떻게 되었는지 알아?"

"뭐, 뭐어? 아, 아심은 왜?"

애심은 화들짝 놀라 은수를 바라보았다.

은수는 여전히 맹한 얼굴이었다. 그래서 얘가 뭘 알고 묻는 건가
아니면 정말로 몰라서 묻는 건가 구분이 가지 않았다. 그러다 혹시
나 싶어 그녀는 또 슬쩍 떠 보았다.

"설마 기, 기억이 난 거야?"

"……조금."

"헉! 어, 어떻게 해."

애심이 한 손으로 입을 가리며 울상을 지었다.

어쩌면 오랫동안 기억하지 못할 수 있다고 해서 그냥 그러려니
믿은 게 실수였다. 돌아가서 상담을 받으면서 아주 천천히 기억해
내거나 차라리 평생 기억해 내지 않는 게 어쩌면 더 나을지도 모른
다는 생각도 했다. 그런데 이렇게 갑자기, 아무런 예고도 없이 불
쑥 기억이 다 나 버렸단다.

"은수야, 너 괜찮아?"

금방이라도 눈물을 쏟을 듯한 기분이 되어 애심은 은수를 바라보았다. 그녀는 모든 것을 다 기억해 낸 사람답지 않게 지나치게 평온한 모습이었다.

"대체 언제, 어떻게 기억이 난 거야? 어디까지? 응? 말 좀 해봐."

"낙타 세 마리."

"응? 그, 그게 뭐?"

"아심이 그랬잖아. 낙타 세 마리 줄 테니까 두 번째 부인이 되어 달라고. 그 사람 아버지가 두 번째 부인이 되라고 말하는 순간, 갑자기 그 낙타 세 마리가 떠오르더라. 그리고는……."

낙타 세 마리를 떠올리자 자연스럽게 아심이 떠올랐다.

어쩌다 마주친 '하찮은 거시기' 하나 가지고 순결 운운하며 결혼을 요구하던 당돌한 놈. 문제는 아심을 떠올리면서부터였다. 그를 생각해 내는 순간 은수는 머리가 깨어질 듯이 아파 왔다. 그리고 내내 희미하던 것이 갑자기 선명해진 것처럼 그날 호텔 앞에서 아심을 만난 일이 떠올랐다.

"다 기억나는 건 아니야. 그냥 그날 호텔 앞에서 무슨 일이 있었구나 하는 정도지. 바로 정신을 잃었던 것도 같고."

"그 뒤의 일은 생각 안 나고?"

"응. 그냥 계속 정신이 없었던 것 같아. 아니면 약에 취해서 잠들어 있었거나."

축축하게 젖은 무언가에 의해 입이 꽉 틀어막히던 기억이 선명했다. 뒤에서부터 불쑥 나타나던 아심의 그 까무잡잡한 손도. 그 손을 기억해 내기가 무섭게 속이 울렁거렸다. 무언가 끔찍한 일이 벌어졌었다는 본능적인 깨달음과 함께. 사실은 그래서 토한 거다. 루카스의 아버지 때문이 아니라.

"미안……하고 그랬던 것 같아, 아심이."

은수는 조금 씁쓸하게 말했다.

"미안하다면서 왜 그랬는지는 모르겠지만."

"왜긴 왜야? 보나 마나 돈 때문이지 뭐. 돈에 눈이 멀어서 사람까지 납치할 생각을 하다니. 나쁜 놈. 그런 놈 따윈 잊어버려. 하여간에 그런 나쁜 놈은 그냥 싹 잊어버리는 게 나아."

"으응. 그래야지. 그냥, 마지막이라고 생각하니까 갑자기 궁금해진 거야. 왜 그랬는지 물어보고도 싶고. 아심은 어떻게 됐어?"

은수가 조금 끈질기게 물었다.

"설마 오빠가 어떻게 한 건 아니겠지?"

"……그럴 시간도 없었지."

"뭐? 그게 무슨 소리야?"

"이 말을 해 줘도 되는 건지……."

"말해. 네가 말 안 해도 어차피 다 알게 되어 있어. 뭔데? 어떻게 된 건데?"

아무래도 심상치 않아 은수는 더 애심에게 매달렸다.

바로 그때, 애심이 문득 화들짝 놀라더니 은수의 옆구리를 쿡 찔렀다.

"차 왔다. 가자."

은준이 어느새 가까이 다가와 있었다.

"오, 오빠."

"오빠, 아심이 어떻게 됐는지 알아?"

애심이 뭐라 운을 떼기도 전에 은수가 불쑥 물었다.

그 말에 마치 설명을 바라듯 은준이 잠시 애심을 바라보았다. 애심이 발발 떨면서 말했다.

"기, 기억이 났대요, 오빠."

"……정말이야?"

"조금."

아무렇지도 않게 대답하고 은수는 먼저 뚜벅뚜벅 걸어가 기다리고 있는 차에 올라탔다. 뒤이어 애심이 후다닥 달려왔다. 마지막으로 은준까지 오자 마침내 차가 출발했다.

"어디까지 기억이 난 건데?"

차는 물에 잠긴 지역을 피해 천천히 움직이고 있었다.

반듯반듯하게 지어진 높은 빌딩들 사이를 지나고 있을 때 은준이 더 참지 못하고 물었다.

"전부 다 기억난 거냐?"

"대강. ……그냥 궁금해서 물어본 거야. 아심은 어쩌고 있는지, 내가 뭘 잘못했기에 나한테 그런 짓을 했는지 많이 궁금해서. 오빠는 알고 있지?"

"몰라."

"거짓말. 설마, 오빠가 또 사막에다가 버리고 온 거 아니니?"

"내가 왜 그런 짓을 해, 인마? 누가 들으면 나는 만날 사막에다 뭘 버리고 오는 사람인 줄 알겠다? 쓰레기 불법 투기하는 것도 아니고."

차라리 쓰레기 불법 투기하는 게 백배는 더 귀엽겠다.

김 대리가 사막에서 구조되었다는데도 시치미를 뚝 떼는 것 좀 보라지. 은수는 앙칼지게 눈을 부라렸다.

"그런데 왜 거짓말을 해? 알고 있는 거 다 아는데!"

"아, 모른다니까. 아심이라는 놈이 대체 뭐하는 놈이야? 아, 아니다. 안다. 너 지난번에 전화로 그랬었지? 낙타 세 마리 받고 그놈한테 시집간다고. 그때 그놈 맞지?"

"……누, 누가 진짜로 시집간대? 열 받아서 그냥 한번 해 본 소리 가지고."

"그래그래, 또 생각 없이 내지른 소리였겠지. 때마다 오빠한테 걱정도 끼치고 아주 귀여워 죽겠다, 고은돌. 으응?"

은준이 팔짱까지 척 끼고 앉아 비아냥거렸다.

자기 실수엔 너그럽고 관대하면서 남의 사소한 실수는 작은 것 하나까지 놓치지 않는 치사한 인간이다, 고은준은. 은수의 입이 댓 발이나 툭 튀어나왔다.

"말 안 해 주면 큰오빠한테 다 이를 거야."

그녀가 엄중하게 경고했다.

"김 대리 사막에다가 버리고 온 거랑 나 방치해서 납치당하게 했다고 죄다 일러 줄 거야."

"고은돌, 너어! 그러기만 해. 이번엔 아예 엎어 놓고 엉덩이를 두드려 줄 줄 알아."

"얼씨구, 어디 한번 해 보시지. 그것까지 다 일러 줄 거다."

당장 머리채라도 잡을 듯 두 남매가 으르렁거리기 시작했다. 그 모습을 보던 애심의 입에서 저절로 한숨이 새어 나왔다. 유치원에 다니는 애들도 저렇게 유치하게 싸우진 않을 것 같았다.

차가 공항에 도착할 때까지 그들의 싸움은 계속 이어졌다.

적어도 애심이 먼저 도착해 있는 루카스의 차를 발견하기 전까지는 그랬던 것 같다.

"어, 그 남자 차다."

공항에 도착해 차에서 내리기가 무섭게 애심은 그것을 발견했다.

금장을 한 검은색 리무진. 하도 엄청난 차라 몰라보려야 도저히 몰라볼 수가 없었다. 금덩이를 모래 속에 감춘다고 그게 눈에 안 띄던?

"은수야, 루카스가 왔나 봐."

"어? 진짜네. 못 온다고 했으면서."

그는 아버지에게 호출을 당했다. 그래서 잠시 그를 만나 본 다음 출국 준비를 해야 해서 배웅은 나오지 못한다고 했었다. 그런데 이렇게 먼저 공항에 와 있다니. 이게 웬 횡재지? 안 그러려고 하는데도 자꾸만 실실 웃음이 새어 나온다. 은수는 다다다 뛰어갔다. 그때, 기사가 열어 주는 문으로 누군가가 내려섰다.

"어? 당신은……."

그가 아니었다.

어째 좀 어색해 보이는, 말쑥한 정장을 차려입은 자말이 불쑥 나타나 그녀 앞으로 다가와 서고 있었다. 조금 실망한 그녀가 그의 뒤를 흘끔거리면서 물었다.

[루카스는요?]

[주인님께서는 방금 전 아부다비의 궁으로 드셨습니다. 오늘 저녁까지 나오기가 힘드실 겁니다.]

[아아, 네. 그런다고 듣긴 했어요.]

실망으로 어깨가 축 늘어졌다.

이렇게 헤어지고 나면 언제 다시 볼지 모르는데…….

[근데 당신이 여긴 웬일이에요?]

얼떨결에 같이 뛰어온 애심이 마음에 안 든다는 듯 인상을 획 쓰면서 물었다.

[난 또 그 콧수염 기른 영감님 따라간 줄 알았는데 아직도 루카스 곁에 있었나 봐요?]

[저야 언제나 주인님의 그림자처럼 살 뿐이지요. 허허.]

[그러니까 그림자 노릇 안 하고 여긴 왜 왔냐고요.]

[당연히 주인님의 명을 이행하기 위해 왔습니다.]

자말은 진지한 태도로 말했다.

[이제부터 제가 '마님'을 모시겠습니다.]

[에? 그게 무슨 말이에요? 설마 한국으로 같이 가겠다는 말은 아니죠?]

[당연히 같이 갑니다. 마님을 따라가 모시다가 때가 되면 주인님께 모시고 갈 생각입니다. 주인님께서 그렇게 명령하셨습니다. 특히 단 하루라도 연락이 끊어지는 일이 없도록 하라고 강조하셨지요.]

그 말에 모두의 입이 벌어졌다.

은수는 아예 눈이랑 코까지 크게 뜨고 있었다. 대체 이걸 어떻게 하면 좋은 건가. 당장 제 이름으로 된 집 한 칸이 없어서 오빠 집에 얹혀사는데 거기에 군식구를 하나 더 달고 있어야 하다니. 그것도 노예를 자처하는 아랍 남자를. 큰오빠한테는 뭐라고 설명해야 하지?

[꼭 같이 가야 한다고요?]

그녀가 얼떨떨하게 묻자 자말은 또 가차 없이 고개를 끄덕여 그녀에게 실망을 안겨 주었다. 어떻게 해도 생각을 바꿀 수는 없다는 듯 비행기표까지 척 꺼내 보여 주면서. 어떻게 안 건지, 그녀가 타고 가는 비행기하고도 자그마치 같은 클래스이기까지 하다.

[걱정 마십시오. 벌써 숙소까지 구해 놨습니다.]

하느님 맙소사다.

[주인님께서 한국말도 배워 놓으라고 하셨습니다. 그래서 어학원에도 등록할까 합니다.]

[거 좋은 생각이군.]

"오빠!"

뜯어말려도 시원치 않을 판에 은준이 더 하라고 부채질까지 하고 나섰다. 그러더니 한술 더 떠 자말의 어깨에 팔을 척 두르고 나란히 걸음을 옮기면서 말했다.

[쟤는 어디로 튈지 모르는 계집애이기 때문에 누군가의 철저한 관리감독이 필요하긴 하지. 자세한 이야긴 비행기 타고 가면서 하기로 할까?]

[그러시죠.]

[뭐 도움이 필요하면 내게 말하고.]

[아이구, 감사하기도 해라.]

갑자기 친해진 모습을 은수가 멍하니 바라보고 있었다.

그런 그녀를 향해 애심이 말했다.

"들었냐? 마님이란다."

"뭐?"

"마님. 루카스의 부인으로 대우해 주겠다는 소리지. 어이구, 복도 많은 년. 옷 한 벌 사 내라잉."

어깨를 툭 두드려 주고 그녀가 먼저 앞장을 선다.

마님이라고라. 그렇다면 너는 마당쇠이더냐?

멍하니 서서 은수는 한참이나 그 말만 중얼거리고 있었다. 근데 왜 자꾸 또 실실 웃음이 나지? 아이, 좋아하고 그러는 거 아닌데. 헤헤헤.

—사랑해, 은수.

전화기 너머에서 그가 속삭였다.

그냥 전화기를 귀에 대고 있을 뿐인데 또 오른쪽 다리가 움찔거리려고 한다. 아, 이 망할 놈의 다리를 어떻게든 해야 하는데.

[보고 싶을 거예요.]

누구 하나 녹여 죽일 듯 부드럽고 간드러지는 목소리로 은수가 말했다.

[나 갈 때까지 건강 조심해야 해요. 바쁘더라도 밥도 잘 챙겨 먹고요.]

—응. 은수도. 빨리 와야 하는 거 알지?

　[알아요. 금방 갈게요.]

　—그래, 예쁘다. 벌써부터 보고 싶어서 어떻게 하지? 은수가 없으면 잠도 안 올 것 같은데.

　[나도 그래요.]

　애처롭기까지 한 목소리에서 애정이 뚝뚝 떨어졌다.

　평소에도 그렇게 말하고 살았다면 모르긴 해도 그녀는 천상 여자라거나 청순가련하다고 소문이 났을 거였다. 그리곤 시집을 가도 벌써 갔겠지.

　[벌써 익숙해졌는지 혼자 누우면 막 허전한 거 있죠? 당신이 팔베개해 주는 거 좋은데.]

　—나도 벌써 가슴이 허전해. 당신을 안고 자야 잠이 잘 오는데. 가능한 한 빨리 만나는 수밖에 없겠어.

　[알아요. 오빠들한테 잘 말해서 빨리 갈게요. 그러니까 얌전히 잘 기다리고 있어야 해요?]

　아이, 정말 좋은 거 아닌데 말끝이 자꾸 하늘로 솟는다.

　꿀처럼 달달하고 부드러운 목소리로 그녀는 살살 그를 달랬다.

　[당신 피곤해서 어떻게 해. 아버님께서 많이 힘들게 하지 않았으면 좋겠어요.]

　사실, 하고 싶은 말은 그것이 아니다.

　밤새도록 그 짓을 하고도 힘이 팔팔 남아도는 인간이 피곤은 무슨. 양큼한 고은돌이는 다만 확인이 필요했다. '마님'이라는 소리까지 들었는데 혹시라도 아버지의 강압에 못 이겨 그가 덜컥 다른 여자를 받아들이면 어쩐단 말인가. 그래서 모르는 척 은수는 슬쩍 덧붙였다.

[있잖아요, 혹시 아버님이 그 어리고 예쁜 여자랑 결혼하라고 하면 어떻게 할 거예요?]

—하하. 은수만큼 어리고 예쁜 여자가 또 있었어?

[아이참, 그건 나도 알지만 아버님이 보기에 어리고 예쁜 여자가 또 있다고 하잖아요.]

—음, 그럼 그 여자는 아버지가 결혼해 데리고 살라고 하지 뭐. 난 은수 하나도 감당하기 힘들다고.

[정말요? 정말 그렇게 말할 거예요?]

—응. 나는 은수만 사랑하니까.

은수만 사랑하니까!

순간 짜릿한 감각이 척추를 타고 머리 꼭대기까지 확 뻗쳤다. 섹스를 할 때보다도 더 큰 강도의 쾌감이 몰려와 저도 모르게 부르르 몸을 떨었다. 아이, 뭐 당연한 걸 가지고.

[나도.]

은수가 수줍게 고백했다.

나긋나긋하고 부드러운 목소리로 애교도 떨었다.

[나도 많이 좋아해요. 당신만 좋아해요. 그러니까 나 기다리고 있어야 해요?]

—그래. 기다릴게. 사랑해, 은수.

달콤한 한마디를 끝으로 전화가 끊어졌다.

"하아."

끊어진 전화기를 붙잡고 은수는 긴 한숨을 내쉬었다.

아아, 왜 이렇게 온몸이 짜릿하지? 이것이 정녕 사랑이련가?

애심과 은준이 경악스럽다는 표정을 감추지도 않은 채 그녀를 빤히 바라보고 있었다.

"네가 진짜 고은돌이 맞냐?"

애심이 기가 막히다는 듯 중얼거렸다.

"너 누구냐?"

은준은 아예 그녀를 향해 의심스러운 눈빛을 보내고 있었다.

자말이야 그저 흐뭇한 얼굴이었고.

"흥, 가소로운 것들. 그래도 난 절대 부끄러워하지 않겠어."

왜냐하면 그가 '은수만 사랑하니까' 라고 말해 주었으니까.

콧대가 한껏 높아져 은수는 자신만만하게 말했다.

"난 소중하니까."

새침한 대답에 주변 사람들이 일제히 토할 것 같다는 표정을 지었다. 그래도 은수는 눈 하나 깜짝하지 않았다.

비행기가 떴다.

공항에 발을 딛기가 무섭게 은수는 정말로 사막을 벗어났다는 사실을 깨달았다.

그것은 공항 특유의 분위기라거나 그곳을 오가고 있는 과반수의 인종과 아무런 관계가 없었다. 그녀가 '아, 마침내 나는 돌아왔구나' 라고 깨달은 것은 허락도 없이 갑자기 와락 쳐들어와 뼛속까지 땡땡 얼려 놓는 시린 공기 때문이었다.

"추, 추워."

한겨울, 한국 땅에선 눈보라가 쌩쌩 불고 있었다.

공항 밖으로 딱 한 걸음 나섰다가 은수는 쏟아지는 눈을 왕창 맞고 도로 후다닥 돌아왔다. 그리곤 개 떨듯이 달달 떨다가 짐을 몽땅 뒤집어 떠날 때 입고 갔던 커다란 패딩을 꺼내 머리끝까지 둘둘 휘감고서야 아찔한 동사의 위기감에서 살짝 벗어날 수 있었다.

"뭔 놈의 날씨가 이 모양이라니? 떠날 때도 안 이랬는데!"

모자까지 뒤집어쓰고 그녀가 공연히 신경질을 부렸다.

"날씨가 미친 거 아냐?"

"미치긴 이게 정상이지. 우리나라 겨울이야 원래 이렇게 추워야 제 맛 아니겠어? 이야, 지금쯤 스키장 가면 딱 좋겠네. 오호호호, 가야지."

"출근은 안 하고?"

"흥, 이 언니는 주말까지 휴가니라. 돌아온 기념으로 온 동네 순회공연을 펼치고 말겠어. 그리고 복귀하면…… 장 실장, 넌 이제 디졌음이야. 음하하하."

"아주 살판이 나셨구먼."

은수는 쯧쯧 혀를 찼다.

저 인간이 돌아왔으니 한동안 주변 사람들이 좀 괴로울 것이다. 타국에서 개고생하다 돌아왔다는 핑계로 한바탕 거한 술판을 벌일 테니까. 술 좋아하는 아버지 밑에서 큰 애심은 술자리를 꽤 좋아했다. 술을 좋아해서가 아니라 맛있는 안주가 많아서. 모르긴 해도 안주가 넘치는 지인들과의 술판이 족히 보름은 계속 이어지지 않을까 싶다.

"그래, 환영해 줄 사람 많아서 참 좋겠다."

은수는 조금 쓸쓸하게 중얼거렸다.

근 보름 만에 돌아왔는데 환영인파 하나 없어서 삐쳤냐고? 아니다. 천하의 고은돌이를 뭘로 보고. 그녀는 그냥 기분이 조금 이상한 것뿐이었다. 20년이 넘는 세월 동안 주구장창 살아온 이 땅이 갑자기 너무 낯설어서. 그리고 이상하게 가슴이 휑하게 빈 듯 많이 허전했다. 아니, 허전한 것을 넘어 쓸쓸하기까지 하다.

이제 막 돌아왔는데 은수는 견딜 수 없이 그가 보고 싶었다.

이대로 돌아서서 다시 비행기를 타고 싶을 만큼 간절히. 그의 얼굴이 눈앞에서 자꾸만 어른거린다. 그도 그럴까? 그녀가 그런 것처럼 그도 그녀가 보고 싶어서 가슴이 자꾸 조여 오고 있을까?

그녀의 시선이 다시 밖으로 향했다.

휭휭거리며 몰아치는 칼바람과 하얀 눈발이 컴컴하게 어두워지고 있는 세상을 온통 지배하고 있었다. 거리에도, 차에도, 그리고 사람들도 눈을 잔뜩 뒤집어쓴 채 종종걸음을 치고 있다. 그런 모습조차도 이상하게 낯설어서 은수는 마치 전혀 낯선 곳에 떨어진 듯한 착각마저 느낄 지경이었다.

'거긴 지금도 비가 내리고 있으려나?'

문득 비가 내리던 그 사막이 떠올랐다.

아무것도 없고 빌어먹게 추웠지만 묘하게 아름다웠던 그 황량한 땅이 순식간에 눈앞을 스쳐 간다. 땅이 쿵쿵 울리도록 요란하게 떨어 울리는 천둥이랑 먼 곳에서부터 이동해 오던 하얀 번개, 그리고 마침내 쏟아지는 비와 그 사람.

뜨겁게 달아오른 몸으로 매번마다 격하게 안아 오던 그 사람의 품이 너무 그리워 그녀는 울컥 눈물이 날 것만 같았다. 마치 그곳에 그 사람만 두고 온 것처럼 가슴이 온통 애틋함으로 물들면서 눈가가 금방 뜨겁게 달아올랐다.

'이러지 말자. 곧 만날 수 있을 텐데 뭐하러 벌써부터 보고 싶어 안달을 하고 그래? 너무 좋아하고 그러면 금방 질리니까 이제부터라도 좀 아껴야지.'

애써 생각하며 은수는 어렵사리 문을 나섰다.

큰오빠가 보낸 차가 도착했는지 은준 오빠가 유리창 너머에서 그녀들을 향해 손짓을 하고 있었다. 은수는 고개를 푹 숙이고 다다다 뛰어갔다.

휘잉!

문을 나서자마자 다시 눈보라가 휘몰아쳐 모자를 홀딱 넘기고 머리칼을 온통 헤집어 놓았다.

"아아악, 추워!"

그녀는 비명까지 질러 대며 눈보라를 뚫고 잠시 뛰었다. 그리고 차에 오르자마자 긴 안도의 한숨을 내쉬었다. 눈가엔 어느새 작은 물방울이 맺혀 있었다. 그녀는 이제 막 사막에서 벗어났다.

11. 유언(遺言)

"흐윽…… 윽…… 끄윽…… 아아악!"

미친 듯이 소리치며 은수는 벌떡 일어났다.

일어나고도 한동안 정신을 차리지 못하고 그녀는 공포 어린 시선으로 허겁지겁 주위를 둘러보았다. 그러다 한참 만에야 꿈이었다는 사실을 깨닫고 간신히 안도의 한숨을 내쉴 수 있었다. 식은땀으로 흠뻑 젖은 몸이 바람에 나부끼는 이파리처럼 가늘게 떨렸다.

그녀는 마치 떨어지듯 침대 위에서 내려왔다. 그리곤 엉금엉금 기어 협탁과 벽 사이의 작은 공간으로 숨어 들어가 잔뜩 쪼그리고 앉았다. 두 팔로 무릎을 끌어안고 그녀는 잠시 거친 호흡을 골랐다. 끔찍했던 꿈의 여운 탓인지 당장이라도 무언가가 덮쳐들지도 모른다는 생각이 들어 자꾸만 손발이 떨리고 몸이 안으로 움츠러들었다.

"흐윽…… 히이이잉……."

숨죽인 울음소리가 입술 사이로 희미하게 새어 나왔다.

은수는 무릎에 얼굴을 묻고 한동안 철철 울었다. 사막에서, 그의 품에서 잘 땐 괜찮았기에 정말로 다 나은 줄 알았는데 아니었나 보다. 아무 걱정 없이 잠든 그녀를 비웃기라도 하듯 기억도 나지 않는 꿈은 또다시 찾아와 그녀의 목을 조르고 있었다.

'미안해…… 이러고 싶지 않았어…….'

은수는 두 손으로 귀를 꽉 틀어막았다.

환청 같은 아심의 목소리가 아직도 귓전을 맴돌며 서럽게 소리치고 있었다. 억울한 건 그녀인데, 마치 제가 피해자인 것처럼 사뭇 당당한 목소리였다. 눈앞에 있다면 당장 멱살이라도 잡고 달달 흔들면서 고래고래 소리를 쳐 주고 싶은 심정이었다.

왜 그랬느냐고, 대체 무슨 짓을 한 거냐고!

"나쁜 놈. 소리치지 마. 사라져. 가 버려. 흐윽……."

눈물을 뚝뚝 떨어뜨리며 은수는 계속 중얼거렸다.

귀를 막은 손에 점점 더 힘이 들어가고 있었지만 그조차도 깨닫지 못한 채 그녀는 끊임없이 찾아드는 어두운 그림자와 힘겨운 싸움을 이어 나갔다. 유난히 먼 새벽이 찾아올 때까지.

펄럭!

뽀얀 천이 몇 번인가 펄럭이다 곧 탁자 위에 넓게 펼쳐졌다. 긴 팔에 박스형으로 디자인 된 흰색의 원피스다. 남자용의.

"이게 아랍의 전통 의상이래요. 디쉬다샤라고도 하고 토브라고도 한대요."

은수는 신이 나서 떠들고 있었다.

"이거 입고 안에다 바지 입는 거예요. 그리고…… 짜잔! 신발도 사 왔어요. 아랍 스타일 슬리퍼."

"신발은 그렇다 치고. 설마 이걸 나보고 입으라고? 진짜로?"

디쉬다샤를 받아 든 은준이 기겁한 얼굴로 물었다.

옆에선 똑같은 것을 받아 든 은후가 무슨 생각을 하고 있는지 알 수 없는, 표정 없는 얼굴로 가만히 옷을 내려다보고 있었다. 은수가 당연하다는 듯이 말했다.

"고생해서 사 온 건데 당연히 입어야지. 그럼 설마 걸레로 쓰라고 사 왔겠니?"

"……그냥 도로 가져가서 물러 와."

"미쳤니? 잔말 말고 입어. 그리고 신발도 신고. 신발은 애심이가 골랐어요, 큰오빠. 예쁘죠?"

은후는 말없이 고개를 끄덕였다.

그러다 옷과 신발을 잠시 바라보더니 자리에서 일어나 셔츠 위로 디쉬다샤를 입고 신발을 신는 거다. 흰 디쉬다샤가 무릎까지 내려왔다. 덕분에 단단한 체구가 살짝 가려지면서 묵직한 분위기가 조금 부드러워졌다. 짙은 회색 바짓단 아래로 코가 뾰족하게 올라간 신발이 보였다.

"우와, 잘 어울린다. 멋있어요, 오빠."

은수가 박수를 쳤다.

그런 그녀에게 살짝 웃어 주고 그가 주저앉았다. 그리곤 인상을 잔뜩 찡그리고 있는 은준에게 말했다.

"입어라."

"혀, 형!"

은준이 기겁을 해서 바라보았지만 언제나 그렇듯 그는 꿈쩍도 하지 않았다. 그러거나 말거나 신이 난 은수는 올케언니들 몫의 선물까지 하나씩 꺼내 놓았다.

"언니들 신발도 있어요. 아, 이건 목걸이에요. 그리고 이건 스카프고 이건 헤나, 작은 벽걸이용 카펫도 샀어요. 예쁘죠?"

"정말 예뻐요, 아가씨. 세상에 이 무늬 좀 봐."

"아가씨, 제 거는요?"

"헤헤, 여기요. 이거 다 손으로 짠 거래요. 대단하지 않아요?"

"우와, 충분히 대단해요. 이거 아마 엄청 비싼 걸 거야. 은준 씨, 우리 이거 거실에다 걸까요?"

큰올케인 미숙과 작은올케 선주가 열광적으로 호응을 하고 나섰다. 아닌 게 아니라 정말로 마음에 드는지 그들은 손으로 자꾸만 카펫을 훑어 내리고 있었다. 물론, 신발은 벌써 신고 있었고.

"우리 은수, 여행이 즐거웠던 거구나?"

은후가 문득 물었다.

"힘들지는 않았니?"

"네. 하나도 힘들지 않았어요. 다니면서 볼 것도 많았고요, 낙타도 타 봤어요. 그리고 별 보러 사막에도 다녀왔고요."

"그래, 잘했다. 그런데 감기 때문에 많이 아팠니? 볼이 조금 야윈 것 같다."

"에이, 하나도 안 아팠어요. 기침도 안 나는데 공연히 병원에 간 거라니까요? 감기 같은 건 그냥 약만 먹어도 낫는 건데 은준 오빠 때문에 괜히……."

은준이 노려보는 것도 무시하고 그녀가 입술을 삐죽이면서 투덜거렸다. 큰오빠가 있으니 고은준 따위는 두렵지 않다. 천상천하 유아독존이니라. 간이 빵빵하게 커져서 그녀는 마음껏 떠들었다.

"아프지도 않은데 공연히 병원에서 돈 낭비만 했다니까요. 난 병원이 정말 싫더라."

"그래도 조심해야지."

은후가 손을 뻗어 그녀의 이마를 척 짚어 보면서 말했다.

"열은 없지만 병원 가서 다시 검사를 받아 보는 건 어떨까?"

"에에? 싫어요. 나 병원 싫어하는 거 알면서!"

"싫긴 뭐가 싫다는 거야? 너 아직 덜 나았어. 갑자기 추운 곳으로 와서 더 나빠질 수 있다고 의사도 말했다고. 아무튼 내일 당장 병원 가자."

은준이 쏙 끼어들어 소리쳤다.

"좋은 말로 할 때 말 들어. 더 심해져서 골골 앓다가 병원으로 실려 가지 말고. 내일 병원 데리고 갈게요, 형. 아무래도 그러는 게 좋겠지?"

"그래. 엄 박사한테 연락해 두마."

"아, 아니, 엄 박사님 말고 그냥 내가 알아서 할게요. 우리 장인 봐주는 분이 계셔서. 그리고 한의원에 들러 보약도 한 재 짓고. 요즘 쟤 얼굴 꼴이 말이 아니잖아?"

당황한 은준이 황급히 말길을 돌렸다.

엄 박사는 집안의 주치의였다. 그런 이유로 그에게는 절대로 자세한 진료를 받을 수 없다. 뭐가 나오든 간에 바로 형에게 보고가 들어갈 테니까. 은준은 조금 긴장해서 잠시 은후의 눈치를 살피다 잽싸게 말했다.

"그나저나 은수가 이번에 거기서 연애질을 시작했다는 거 압니까, 형?"

"헉! 오, 오빠!"

갑작스러운 폭로에 은수가 화들짝 놀라 소리쳤다. 그러나 이미 들을 사람은 다 듣고 난 후였다. 이게 웬 이천 년 만의 빅뉴스냐고 묻듯 휘둥그레진 눈으로 모두들 그녀를 바라보고 있었다. 은수의 얼굴이 순식간에 새빨갛게 달아올랐다.

"연애?"

신기하다는 기색마저 내비치며 은후가 그녀를 돌아보았다.

"은수, 연애했니? 누구랑?"

"그, 그게 아니라요……."

"아니긴 뭐가 아냐. 좋아 죽는 거 다 봤다, 고은돌. 그놈도 너 당장 데려가지 못해서 안달을 하더구먼, 뭘."

"조, 좋아 죽기는 누가? 오빠는 왜 자꾸 쓸데없는 얘기를 꺼내고 그래?"

은수가 입술을 깨물며 소리쳤다.

안 그래도 언젠가 밝힐 생각이긴 했지만 이런 식으로는 아니었다. 좀 더 차분하고 진지한 분위기 속에서 고해성사하듯 차근차근 털어놓을 예정이었는데, 이건 마치 범죄 사실을 추궁받는 듯한 분위기가 아닌가 말이다.

"어머, 정말인가 보네? 우리 아가씨, 정말 연애한 거예요? 누구랑요? 어떤 사람인데요?"

"설마 아랍인은 아니겠죠? 거긴 부인을 여럿씩 둔다잖아요."

올케들이 덩달아 흥분해서는 마치 하이에나처럼 달려들었다.

그에 은수는 점점 더 코너로 몰리는 듯한 기분을 느껴야 했다. 이게 아닌데. 아, 현기증이 몰려온다.

"은수야."

보다 못한 은후가 차분한 동작으로 그녀를 잡아당겨 앞에 앉혔다. 그리곤 시선을 마주하고 물었다.

"좋은 사람이니?"

"네."

"은수도 그 사람이 좋고?"

"……네."

은수는 냉큼 고개를 끄덕였다.

"그 사람이요, 저한테 참 잘해요. 제가 제일 예쁘대요. 오빠들 말고 저한테 예쁘다고 해 준 사람은 처음이잖아요. 그래서 눈이 나쁜 줄 알았는데 아니었어요. 정말 예뻐해 줬어요."

"……."

"말도 없이 집 나간 건 죄송해요, 큰오빠. 제가 잘못한 거 알아요. 그치만 저 그 사람한테 가고 싶어요. 가도…… 되는 거죠?"

약간의 걱정과 그보다 조금 더 큰 두려움 속에서 은수가 물었다.

두근두근. 가슴이 사정없이 벌렁거리고 있었다. 마음의 준비도 없이 불쑥 시작된 일이라 멈출 수가 없어서 아예 스스로 멍석을 깔았지만 그래도 후회는 없었다.

"오빠?"

"……일단은 오빠가 그 사람을 한번 만나 봐야겠다. 누구인지도 잘 모르는 사람에게 소중한 여동생을 시집보낼 수는 없으니까. 괜찮지?"

"네."

"내 생각은 그렇다. 일간 한번 시간을 내서 같이 식사라도 하면서 자세한 이야기를 하는 게 어떨까……."

"어, 그건 좀 어렵겠는데요, 형?"

은준이 또 브레이크를 걸었다.

얄밉게 손까지 번쩍 들고 그가 마치 비리를 폭로하듯 툭 말했다.

"우리나라 사람이 아니야."

"예에? 그럼 진짜 아랍인?"

"어머 어머!"

"순수 아랍인은 아니고 영국계더라고요. 영국에서 사는 건 당연한 거고. 알아보니까 이름만 대면 알 만한 집 자식이던데?"

아아, 저 처죽일 고은준 같으니라고.

그런 사실은 후에 만나서 따로 얘기해 줘도 되는 거 아닌가. 왜 꼭 이 자리에서 다 까발리고 지랄이지?

저렇게 왕창 털어놓았다가 혹시 큰오빠가 반대를 하면 어쩌나 싶어 은수는 간이 콱 쪼그라들었다. 오빠가 반대하면 아무리 좋아도 은수는 마음대로 그에게 갈 수 없을 것이다. 결국 간다고 해도 아버지의 말 어긴 것처럼 심한 죄책감을 느낄지도 모른다. 긴장으로 손에 땀이 다 맺히고 있었다.

"돈도 많고. 하여간에 잘나기는 엄청 잘난 놈입니다. 한마디로, 우리 은돌이가 로또를 맞은 셈이지."

"고만해라잉."

"어쭈, 은돌이 눈빛 좀 봐라. 잘하면 잡아먹겠다? 이건 널 위해서 하는 말인데, 오빠에겐 아직 무기가 많다는 사실을 잊지 마라, 고은돌."

은준의 얄미운 행동에 은수는 정말로 화가 나려고 들었다. 그래서 있는 대로 씩씩거리는데 또 치사하게 협박을 하는 거다. 큰오빠만 없다면 그냥 콱 물어 주고 싶은 인간이었다.

"그래도 만나 보긴 해야겠지."

은후가 단호하게 말했다.

"그 일은 직접 만나 보고 나서 결정하기로 하자. 급하게 서두를 만한 일도 아니고, 무엇보다 지금은 그보다 더 중요한 문제도 있으니까."

"아, 참! 그랬지."

"중요한 문제라뇨, 큰오빠?"

은수가 눈을 동그랗게 뜨고 은후를 바라보았다.

보아하니 다른 사람은 다 아는 이야기 같은데, 그 중요하다는 일에 대해 그녀는 전혀 아는 바가 없었다.

"주초에 차 변호사가 다녀갔다."

"차 변호사? 그게 누군데요?"

"······오빠 일을 봐주는 사람이다. 그 사람이 그러는데 할머니가 은수한테 따로 남긴 것이 있다더구나."

"예에? 하, 할머니가요?"

갑자기 정신이 번쩍 들었다.

마지막까지 그녀를 들들 볶아 대다 죽은 노인네가 뭘 남겼다는 거지? 그녀의 눈동자에 진한 의문이 찾아들었다.

"저녁에 들어오라고 했다. 아무래도 같이 보는 게 좋겠다고 했으니 그렇게 알고······."

"네에."

"그리고 네가 좋다는 사람의 일은 그 뒤에 다시 이야기하자. 괜찮겠지?"

은수는 말없이 고개를 끄덕였다.

할머니가 뭘 남겼다는 소리를 들은 뒤라 뒤의 얘기는 아예 귀에도 들어오지 않았다.

'설마하니 재산을 남겼을 리는 없는데.'

은수는 혼자 고개를 갸웃거렸다.

그녀가 아는 한 할머니의 재산은 그 다 쓰러져 가는 밥집이 전부였다. 팔아 봤자 작은 아파트 한 채 못 살 만큼 저렴하고 시끄러운. 그러니 재산은 아닐 거였다. 그럼 대체 뭘 남긴 거지? 의문이 꼬리에 꼬리를 물고 길게 이어지고 있었다.

온 식구가 둘러앉은 가운데 비디오가 켜졌다.

전원이 들어오고 단 삼 초도 지나지 않아 커다란 TV 화면 위로 지나치게 생생하고 깔끔한 영상이 떴다. 아무래도 전문가의 손길이 느껴지는 부분이었다. 할머니는 저런 고화질의 CD 영상은 물론이고 비디오 하나 돌릴 줄도 모르는 양반이었으니까.

꿀꺽.

은수는 조금 긴장해 숨 쉬는 것조차 잊고 뚫어져라 화면을 주시했다. 곧 희끗희끗한 것이 아래에서부터 두둥 떠올랐다. 그냥 누군가의 손가락 같은 거라고 생각했는데 다음 순간 마치 장난처럼 흰 머리가 불쑥 나타났다. 할머니였다.

—잘 돌아가고 있는 건가아.

오른쪽 반신이 마비되는 바람에 조금 삐뚤어진 자세로 앉은 채 할머니가 누군가를 향해 묻고 있었다.

—제대로 되고 있는 겨?

—예, 할머니. 이제 말씀하시면 돼요.

—기냥 말 허라고? 여 보고(여기 보고)?

—예, 시작하세요.

처음 대하는 비디오가 어색한지 할머니는 자꾸 이리 기웃 저리 기웃하며 쉽사리 입을 열지 못하고 있었다. 그러다 문득 반듯하게 앉더니 거창하게 목을 가다듬고 마침내 말했다.

—크흠, 은수는 보거라. 이것은 할매의 유언이다. 크흠, 어째 좀 어색한디? 다시 하자잉.

—그냥 말씀하시면 돼요.

—그려? 크흠, 그러면은 거시기…… 이년아!

깜짝!

평소 할머니가 부르던 소리가 들리자 은수는 저도 모르게 깜짝 놀라며 어깨를 떨었다. 갑자기 귀가 쫑긋 섰다.

—이제부터 할매가 하는 소리 잘 듣거라잉. 이것은 할매의 마지막 유언이여. 유언이라는 게 머여. 죽은 사람 소원 아닌가베. 그러니 너는 잔말 말고 할매의 소원을 꼭 들어주어야 하는 것이다.

은수는 고개를 끄덕였다.

하긴 유언이란 것이 중요하긴 해서 법정에서도 효과가 있다고 했던 것 같다. 그런데 무슨 말을 하려고 초장부터 이렇게 무게를 잡는 건가. 은수는 어쩐지 점점 더 겁이 나려고 했다.

—할매의 소원은…… 이년아, 미련 고만 떨고 밥집서 나가라잉. 또 미련 궁상질을 떨고 앉아 있을까 봐, 나 죽거들랑 밥집이고 뭐고 다 치우라고 너그 오라비들한테 미리 말해 뒀다.

"뭐, 뭐어?"

말문이 콱 막혔다.

오빠들이 마음대로 밥집을 폐업 처리했다고 온갖 성질을 다 부려 대고 가출까지 했는데 그게 사실은 할머니의 당부였단다. 대체 왜? 그게 그렇게도 아깝던? 슬그머니 배신감이 몰려오려고 들었다. 대소변 받아 내며 칠 년 병수발을 한 대가가 겨우 이렇게 돌아오나 싶어서.

—썩을 년, 나야 무식허고 박복해서 그러고 살았다지만 너는 젊디젊은 것이 왜 그러고 사는 겨? 내가 진즉부터 이 말을 꼭 하고 잡았었다. 이년아, 엄니는 안 와. 그러니께 거기 있지 말어.

"……!"

—올 사람 같았으면 벌써 왔겠지. 그런 사람 기다린다고 청춘을 푹푹 썩히는 꼴을 볼 때마다 내가 아주 속이 답답했었다. 세상에 존 것이 얼마나 많은디. 가 볼 데도 많고, 좋은 사람은 또 얼마나 많을 겨. 그런 거, 아무것도 모르고 그냥 그대로 썩을 겨?

　"썩기는 누가."

　저도 모르게 대꾸하다 은수는 다시 입을 꾹 다물었다.

　보는 사람이 답답할 만큼 미련을 떨었다는 건 안다. 하지만 그녀라고 왜 안 답답했을까. 떠나고 싶지 않아서 떠나지 않은 게 아니다. 뒤꼭지가 당겨서 차마 그럴 수가 없어서였을 뿐.

　—은수야, 아가. 제발 할매 말 들어라잉. 엄니는 안 온다. 그러니께 거서 고만 나와라. 미련한 짓은 그만두고 더 넓고 존 데로 나비처럼 훨훨 날아가야지.

　"……."

　—내가 빨리 죽어야 하는디. 내가 너만 생각하면 눈이 안 감긴다잉. 노상 걱정이여. 이년아, 너는 내 애기여. 세상에서 젤로 존 것만 해 입히고 먹여도 모자라는 내 새끼여. 내 손으로 키웠고만. 그러니께 할매 말 들어라잉. 거서 나와. 그라고 죽을 때까정 다시는 찾지 말어라.

　갑자기 눈가가 뜨거워졌다.

　은수는 가만히 고개를 숙였다. 살아 있을 땐 만날 이년아, 저년아, 했으면서 죽을 때가 되니까 괜히 헛소리다.

　—인제부터는 하고 잡은 것만 하면서 살어. 존 것만 보고, 존 데만 다니고……. 너 애껴 주는 놈 만나 새끼 낳고 알콩달콩 그래 살

어. 인제는 그래도 되는 거여. 세상에서 젤로 행복하게, 날마다 웃기만 하면서……. 내가 지켜볼 거구만. 우리 애기, 할매 말 잘 듣는지 내가 보고 있을 거여.

"귀, 귀신인가? 보긴 뭘 본대?"

─잘 살어라잉. 할매 몫까지 잘 살아야 헌다.

그게 끝이었다.

예고도 없이 화면은 멎었고 곧 까맣게 어두워졌다. 그래도 은수는 고개를 들 수 없었다.

"흑! 으흑…… 으어엉……."

갑자기 울음이 터져 나왔다.

할머니가 숨을 멈추고, 사망선고가 떨어지고, 장례를 치를 때조차 나오지 않던 눈물이 마치 폭포처럼 철철 흘러넘쳐 무릎 위로 뚝뚝 떨어졌다.

"은수야."

엎어져서 엉엉 우는 그녀를 은후가 품에 안고 가만히 등을 쓸어주었다. 앞섶이 금방 축축하게 젖어들었다.

"오빠, 오빠…… 할매가, 할매가……."

"그래, 그래."

"할매가 죽었어요. 으허엉……. 나 이제 어떻게 해."

이제야 처음으로 할머니의 죽음을 목격한 사람처럼 은수는 숨이 넘어가도록 울었다.

왜 더 잘하지 못했을까. 만날 성질만 부려서 미안하다고 말해야 했는데. 사실은 미워한 거 아니라고 말해 줬었더라면…….

너무 울음이 북받쳐서 숨 쉬는 것마저 힘에 겨울 정도로 그녀는 울고 또 울었다. 은수는 스스로가 미워서 견딜 수가 없었다. 미련 떨지 말고 떠나라던 말을 그냥 섭섭하게만 받아들인 멍청이다, 고은돌이는. 할머니에게까지 버림받는 것만 같아 때마다 툴툴 성질만 부린 못된 년이다.

이런 바보는 몇 대쯤 맞아도 싸다.

꺽꺽거리며 은수는 눈이 벌겋게 붓도록 울었다. 만날 이리저리 들들 볶아 대기만 해서 정말 데리고 살기 싫은가 보다 생각하며 가방을 숨겨 두고 살았는데 사실은 그게 아니었단다. 그렇다면 미리 좀 말해 주지. 안 그래도 된다고, 안심해도 된다고 말 좀 해 주지.

"으어엉, 내가 잘못했어. 내가 잘못했어요."

은수는 서럽게 엉엉 울었다.

세상이 떠나가라 울어 젖히다 결국 한참 뒤에야 기절하듯 잠이 들었다. 그때까지 은후는 그녀를 안고 품에서 놓지 않았다.

"노인네, 많이도 남겼네."

차 변호사가 꺼내 놓은 작은 함을 뒤적이며 은준이 말했다.

땅문서, 열 개도 넘는 통장, 몇 가지 적금, 보험, 심지어는 주식에 펀드까지. 이 많은 게 대체 어디에서, 어떻게 나온 건지 알 수 없을 정도였다.

"젠장, 내가 불려 준다고 그렇게 말을 해도 안 들어 먹더니 결국은 나 몰래 딴 놈한테 맡겨서 만들어 놓은 거야. 이 코 묻은 걸 가로챌까 봐."

"그래서 아깝냐?"

"아깝긴 아깝지. 내가 맡았으면 열 배는 더 불렸을 텐데 고작 이게 뭐냐고. 이걸로 애 시집이나 제대로 보낼 수 있겠어요?"

"걱정 마라. 더 있으니까."

"더, 더 있다고? 어디에?"

은준의 눈이 휘둥그레졌다.

"설마 형이…… . 어디에, 얼마나 있는데요? 아, 혀엉!"

"우리 은수 하고 싶은 것만 하면서 살 수 있을 만큼."

"꿀꺽. 그게 얼마야? 설마, 내가 준비한 것보다도 더 많나?"

"홋. 너도 따로 해 둔 게 있었냐?"

"그야, 그렇게라도 안 하면 이 기집앨 누가 데려가나 싶어서 해 둔 거지. 난들 좋아서 했겠어요?"

잠든 은수를 흘겨보며 은준이 투덜거렸다.

말은 그렇게 하고 있지만, 사실은 돈을 벌기 시작하면서 제일 먼저 한 일이 은수 앞으로 딴주머니를 만들어 두는 일이었다. 고등학생도 되기 전에 은수는 시장판에서 밥을 나르며 살고 있었다.

그 모습이 너무 아려서 그들 형제는 어느새 동생 고생시키지 않기 위해서라도 돈을 벌어야 한다고 생각했던 것 같다. 그리고 정말로 닥치는 대로 벌어 돈을 산처럼 쌓아 두었는데 그러고도 별로 도움이 되지는 못했다. 다 커서는 돈이 아니라 다른 문제가 은수의 발목을 잡고 있었으니까.

"노인네, 미안하긴 했나 보네. 손자들 제쳐 두고 은수한테만 한 몫 챙겨 둔 걸 보면."

"당연한 일이다."

"나도 알아요. 이렇게라도 안 하면 사람도 아니지. 그 고생을 시켜 놓고는……."

은준은 고개를 끄덕였다.

남들은 이해하지 못하겠지만 정말 하나도 섭섭하지 않다. 아니, 고작 이것뿐이라는 게 미안할 지경이었다. 해 주려거든 살아 있을 때부터 잘 해 줄 것이지 죽어서 이게 뭔가 싶기도 하고. 은준은 손을 뻗어 잠든 은수의 손을 만지작거렸다.

"어떤 날, 용돈이 모자라다고 할매랑 싸우고 나갔다 새벽에 들어오는데 이 기집애가 새벽시장에 배달을 나갔다 오는 거야. 난 그때까지 쪼매난 기집애가 일을 하는 줄도 모르고 있었는데, 반찬 국물에 다 젖은 꼴로 들어오다가 나를 보더니 하루 일해서 용돈 받았다고 웃으면서 그 돈을 쥐어 주더라고. 고작 초등학교 6학년짜리 기집애가."

얼마나 기가 막혔는지 은준은 한동안 움직일 수도 없었다.

꼬깃꼬깃해진 5천 원짜리 지폐 한 장이 왜 그렇게 무거웠는지 정말 한참이나 손을 펴지도 못했다. 애를 그렇게 부려먹는 할매도 미웠고 아무것도 해 주지 못하는 스스로는 더 미웠었다.

"그 사람 이야기 좀 해 봐라."

가만히 듣고 있던 은후가 불쑥 말했다.

"넌 직접 보고 왔을 테니 어떤 사람인지 알 것 아니냐."

"알기야 하지. 뭐, 제법 괜찮은 녀석이에요. 돈 많고 주먹도 쓸만하고 은수도 많이 아끼는 것 같고……."

"더 자세히."

은준은 고개를 끄덕였다.

은수와 관련된 일이라면 그들 형제는 언제나 지나치게 깐깐해졌다. 따지고 또 따지고 정말 위험이 없다고 판단되는 사람만 골라 받아들일 정도로 철저하다. 이번에도 예외는 없었다. 더구나 그냥 사람도 아니고 자그마치 연인이라지 않는가.

당연히 은준은 조사를 할 만큼 다 해 놓은 상태였다.

대강 알고 있는 것과 문서로 확인받는 것에는 확실히 차이가 있으니까. 그 이야기를 은후는 듣고 싶어 했고 은준은 당연히 다 털어놓았다. 굳이 비밀로 해야 할 이유가 없었다.

"으으으……."

이야기가 거의 끝나 가고 있을 때였다.

그때까지 은후의 품에서 잠들어 있던 은수가 갑자기 작게 신음 소리를 흘리기 시작했다.

"흐윽…… 시, 싫어…… 오지 마…… 안 돼……."

"은수야?"

"끄윽……. 허억, 허억……!"

"은수야! 왜 이러는 거지? 은수야, 눈 떠."

너무 울다 잠들어서 가위에 눌리는 건가 싶어 은후는 조심스럽게 그녀를 흔들어 깨우려고 했다. 그런데 갑자기 숨을 이상하게 쉬기 시작하더니 부들부들 떨면서 몸부림을 치기 시작하는 거다. 거기에 영문 모를 헛소리까지. 몸이 순식간에 식은땀으로 젖어들고 꼭 감은 눈에서는 또 눈물이 비처럼 쏟아지고 있었다.

"루카스…… 흐윽……. 아악, 아아악!"

그 즈음에서 은후는 탁 감을 잡았다.

가위에 눌리는 것과는 비교도 할 수 없는 반응. 이것은 가위가 아니라 발작이었다.

"고은준, 너 나한테 말하지 않은 게 있구나?"

확 붉어진 눈으로 그가 은준을 노려보고 있었다.

[호오, 여긴 꽤 볼 게 많군요.]

자말이 주위를 두리번거리면서 연방 감탄사를 날리고 있었다.

[엇, 저건 또 뭔가? 먹는 겁니까?]

[네. 떡볶이에요. 그 옆은 순대, 어묵, 튀김…… 그런데 왜 자꾸 따라오는 거예요?]

[그야, 마님께서 외출하시는데 혼자 보낼 수는 없으니까요. 주인님께서 철저히 보호하라고 명령하셨습니다.]

아니, 보호가 아니라 귀찮게 하고 있는 것 같은데!

은수는 입술을 삐죽였다.

따로 숙소를 구했다고 해서 안심했더니 말짱 다 도루묵이었다. 무슨 생각을 했는지 자말은 도착한 다음날부터 찾아와 큰오빠에게 넙죽 인사를 하고는 집 앞에 경호원을 세워 두었다. 그리고 정말 아침부터 저녁까지 하루 종일 따라다니기 시작했다. 그게 원래 그가 하는 일이라고 주장하면서. 그래 봐야 지난 보름 내내 병원에 다닌 것 말고는 딱히 움직일 일도 없었지만.

은수는 요즘 병원에 다닌다.

병원에 다닌다고 해서 주사 맞고 약 먹고 하는 건 아니었다. 그냥 옆집에 놀러 가듯이 가서 누군가와 함께 이런저런 이야기를 하거나, 그림을 그리거나, 혹은 놀이를 하는 것뿐이다. 어떤 날은 조금 재미있고 어떤 날은 지루한, 그런 일을 보름도 넘게 하고 있다 보니 그곳에 다니는 일도 이제는 그냥 그런 일상이 되어 가고 있었다.

[여기예요.]

은수가 밥집 앞에 멈추어 섰다.

허름하고 작은 가게가 금방이라도 주저앉을 듯 을씨년스럽게 서 있었다. 사람 손을 타지 않으면 멀쩡한 집도 금방 폐허가 된다더니 정말로 그랬다. 은수는 천천히 걸어가 뿌옇게 때가 낀 유리 너머로 안을 들여다보았다.

대강 치우고 닫아 버린 티를 내는 건지, 엉망이 된 안의 모습이 적나라하게 눈에 들어왔다. 매일매일 쓸고 닦으며 장사를 할 때의 깔끔한 모습은 전혀 찾아볼 수가 없을 정도다. 그나마도 곧 철거된다고 하니 실질적으로 그녀가 밥집을 보는 것은 오늘이 마지막이었다.

이곳이 없어지고 나면, 은수는 이제 기다리는 일을 멈출 것이다.

루카스를 따라가지 않고 오빠들 핑계를 대면서까지 이곳으로 굳이 돌아온 이유를 그녀는 모르지 않았다. 꼭 와야 할 이유가 있어서가 아니라 그저 '혹시나' 하는 마음에 자꾸 고개가 이쪽으로 향하는 걸 멈추지 못한 것뿐. 하지만 이제는 그것도 끝이다.

"나는 그 사람한테 갈 거니까."

은수는 단단히 작심했다. 이제 그만 질긴 미련을 끊어 내기로.

그런 결심을 굳히고 나서 은수는 어제 큰오빠에게 한 가지 부탁을 했다. 한 사람을 찾아 달라고.

'그래야 그곳을 떠날 수 있을 것 같아요, 오빠. 그냥 딱 한 번만 멀리서 보고 올게요. 어떻게 사는지, 왜 오지 않았는지 내 눈으로 확인하고 싶어서 그래요.'

찾아 나서지 않고 이제까지 기다리기만 한 데엔 이유가 있었다.

돈만 주면 사람을 찾는 것 정도는 다 해 주는 세상에서도 불가능한 일은 있었기 때문이다. 바로 정보가 너무 없을 경우였다. 너무 어린 나이에 버려져 그녀가 엄마에 대해 기억하고 있는 것은 거의 없었다. 살던 곳이나 엄마의 이름은 물론이고 스스로의 본명조차도 모르고 있으니 말 다 한 것 아닌가.

그래도 혹시 방법이 있을까 싶어 그녀는 오빠에게 부탁을 해 두었다. 큰오빠나 작은오빠는 회사도 가지고 있고, 이리저리 아는 사람도 많으니까 무언가 그럴듯한 방법을 생각해 낼지도 모른다는 희망과 함께.

[그만 가요.]

은수는 천천히 돌아섰다.

할머니의 유언이 효과가 있는 건지 다른 때와 달리 오늘은 발길이 그런대로 쉽게 떨어졌다. 반듯하게 난 길을 따라 천천히 걸으면서 그녀가 물었다.

[그 사람한테서는 아직 연락이 없어요?]

[예. 두바이 사업을 완전히 접기로 결정을 내렸다는 연락을 받은 후로는……. 아마도 잠잘 시간도 없이 바쁘게 돌아다니고 계실 겁

니다. 마님의 문안은 날마다 전해 드리고 있으니 곧 연락이 오겠지요.]

[예에.]

[연락을 기다리기 싫으시면 지금이라도 짐을 싸시지요. 제가 모시겠습니다.]

[훗, 오빠들이 당장 쫓아올걸요?]

은수는 쓸쓸하게 웃었다.

병원에 다니는 일 때문에도 그렇지만, 다른 문제가 생겨서 그녀는 당장 가방을 쌀 수 없었다. 뒤늦게 그녀가 겪은 일을 안 큰오빠가 사람을 직접 보기 전에는 어디에도 보낼 수 없다고 못을 박아 버린 것이다. 아무래도 오빠는 하마터면 그녀를 잃을 뻔했다는 사실에 충격을 받은 것 같았다.

빗속에서 죽어 가고 있는 걸 직접 데려다가 이름까지 지어 주고 손수 키운, 딸 같은 동생이 바로 은수인데 왜 안 그럴까. 버려진 충격에 정신을 놓을 뻔한 어린 것을 오빠가 두 달이나 꼬박 업고 다녀서 그나마 제대로 큰 거라고 할머니는 늘 말했었다. 그래서 은수에게도 큰오빠는 그냥 오빠가 아니라 마치 아빠처럼 느껴질 때가 많았다.

[그런데……]

은수가 문득 걸음을 멈추고 곁에서 나란히 걷고 있는 자말을 돌아보았다.

[진즉부터 묻고 싶었는데요, 그때 사막에서 자말이 날 구했다면서요? 진짜예요?]

[물론입지요. 제가 혼자서 일곱 명을 뚫고 들어가 마님을 구해 내는 데 성공했습니다. 제 일생에 길이 빛날 엄청난 공을 세운 것이지요. 하하하.]

[고마워요. 더 빨리 알았더라면 더 많이 고마워했을 거예요.]

[하하하, 별 말씀을 다 하십니다. 더 고마워하셔도 됩니다.]

자말이 어깨를 흔들면서 너스레를 떨었다.

그 모습을 보고 웃다가 은수는 다시 걸음을 옮기면서 또 농담처럼 물었다.

[근데 그때 나 어떤 상태였어요? 일곱 명은 또 어디에서 나타난 사람들이고? 설마 부풀린 건 아니죠?]

[아이구, 그럴 리가 있습니까? 정말로 딱 일곱 명이었습니다. 자세히 설명을 드릴까요?]

[네!]

은수는 정말로 알고 싶었다.

병원에 다니고 있는데도 상태가 그리 나아지지 않는 것은, 어쩌면 그녀가 진실을 모르고 있기 때문인지도 몰랐다. 그렇다고 은준 오빠나 애심이한테 물어봐야 대답이 돌아오는 것도 아니고.

'적을 알고 나를 알아야 백전백승이라고 하잖아? 그러니 이겨 내려면 알 건 다 알아야지.'

은수는 진심으로 그렇게 생각하고 있었다.

하루라도 빨리 아픈 기억을 털어 내고 그에게 가기 위해서라도 이제는 적극적인 노력이 필요한 거라고. 그래서 이런 일을 생각해 낸 것이다. 조개처럼 입을 다물고 있는 다른 사람들에 비해 자말은 상대적으로 쉽게 말을 해 줄 것 같기도 했고.

그녀의 의도는 다행히 성공적이었다.

그 길을 걸어 집으로 돌아오는 사이, 그녀는 꽤 많은 이야기를 들을 수 있었다. 아주 많은.

[네? 주, 죽어요?]

은수가 기겁을 하고 물었다.

[아, 아심이 죽었다고요?]

[그렇다니까요. 전 뭐 보지는 못했고 그저 찰리가 하는 소리를 들은 것뿐입니다만, 분명히 마님을 납치하라고 사주한 놈들이 그놈을 죽인 다음 그 자리에 버리고 갔다고 했습니다.]

[세, 세상에.]

[너무 놀라실 것 없습니다, 마님. 놈은 죽어 마땅했습니다. 그놈 때문에 마님께서도 거의 죽었다가 깨어나신 것 아닙니까? 제가 아까도 말씀드렸지만, 의사들도 회복을 장담할 수 있는 상태가 아니었습니다.]

하마터면 잠든 채로 죽을 뻔했다는 이야기를 듣기는 했다.

의사의 진단이 떨어지자마자 루카스랑 오빠가 치고 박고 싸우기도 했고, 그녀를 깨우기 위해 한바탕 소동이 벌어졌었다는 것도. 하지만 설마하니 아심이 그렇게 죽었을 줄은 몰랐다. 오빠나 루카스가 손을 쓰기는 했겠지만 적어도 죽인 것은 아닐 거라고 믿고 있었는데 어이없게도 일을 시킨 사람들 손에 죽었단다. 그 아무것도 없는 사막 한복판에서.

'겨우 그렇게 죽을 거면서 왜 나한테 그런 짓을 한 거야? 일을

벌였으면 돈이라도 왕창 받아서 멀리 도망을 쳤어야지. 나쁜 놈, 하여간에 나쁘고 멍청한 놈.'

은수는 속으로 욕을 퍼부었다.

갑자기 어깨에서 힘이 쏙 빠졌다. 그렇게 간 줄도 모르고 매일 밤 환청에 시달리면서 무서워했다니 바보 같다.

[마지드 일당도 모조리 잡아서 손을 봐줬습니다. 놈들이 사주해서 일을 벌인 거라고 제가 말씀드렸지요?]

자말이 다시 말했다.

[제가 마님을 모시고 도망치는 사이, 찰리가 놈들을 쫓아가 잡아왔습지요. 아, 그때 그 장면을 보셨어야 하는데.]

[네에. 그런데 그 사람들은 왜 나를 납치한 거예요? 하고 많은 사람 중에 왜 하필 나였대요?]

[그, 글쎄요, 왜 마님이었는지는 잘 모르겠습니다만 원래 그런 자들의 목적은 하나뿐입니다. 바로 몸값을 받기 위해서죠. 생각보다 인신매매가 쉽게 벌어지는 곳이거든요. 그런 일을 하는 상인 중에서도 놈들은 아주 질이 나쁘기로 유명하답니다.]

은수는 고개를 끄덕였다.

질 나쁜 인신매매 상인들에게 사주를 받고 아심은 그녀를 납치했다. 그리고 그는 상인들에게 죽고 상인들은 그녀의 몸값을 흥정하고 있었다. 누구와?

[나를 누가 사려고 한 건데요?]

가격을 흥정하고 있었다면, 돈을 주고 그녀를 건네받기로 한 사람이 있었다는 뜻이 된다. 그건 또 누구였을까? 얼마를 받기로 한 거였나? 납치한 건 둘째 치고 가격이 너무 저렴했다면 그건 그것대로 기분이 좀 안 좋을 것 같았다.

[그을쎄요. 그건 저도 잘…….]

이제까지 술술 잘만 말하던 자말이 문득 난감한 표정을 짓더니 돌연 입을 꾹 다물었다.

[그 일곱 명 중에 있었다면서요? 그럼 잡았을 텐데……. 대체 뭐 하는 사람이었을까?]

[하하, 그냥 나쁜 놈들이었겠지요. 아이구, 추워라. 어서 들어가시죠, 마님.]

"에? 뭐야, 모피 코트를 휘감고 있으면서 새삼 춥기는……."

은수의 눈이 가늘어졌다.

그녀는 그냥 패딩잠바를 입었는데 노예를 자처하는 자말은 그 비싼 모피 코트에 오소리 모자까지 쓰고 있었다. 그러면서 갑자기 춥다며 후다닥 집으로 들어간다.

"내가 저렇게 입었으면 속에 아무것도 안 입어도 따뜻하기만 하겠다. 노예 맞아? 진짜 이상한 사람이라니까."

말은 노예지만 사실은 그냥 노예가 아닌 게 아닐까?

은수는 그런 생각까지 했다. 무슨 놈의 노예가 밥도 못하고 입맛도 입는 것도 죄다 고급에 심지어는 경호원까지 거느리고 다니나? 누가 보면 노예가 아니라 아랍의 떼부자인 줄 알겠다.

"어? 아가씨 들어오세요?"

집으로 들어서자마자 작은올케언니가 반색을 하고 달려들었다.

언니가 온 걸 보면 고은준이 드디어 퇴원을 한 모양이다. 지난번 할머니의 유언이 공개되던 날 오빠는 원인 모를 이유로 병원에 실려 갔었다. 말은 그렇지만 사실 이유를 모르는 사람은 없다.

보나 마나 또 까불다가 큰오빠한테 맞은 게지.

"오빠는요?"

은수가 물었다.

"몸은 이제 좀 괜찮대요?"

"헤헤, 네. 뭐 병원까지 갈 건 아니었는데, 혹시 뼈가 상했을까 봐."

"후우, 그러게 왜 큰오빠 성질을 건드려서……. 작은오빠는 언제 철이 들려나 몰라요."

"에이, 너무 그러지 마세요. 그래도 아가씨한테는 얼마나 끔찍한데요? 가끔 보면 나한테보다 더 잘하는 것 같아서 샘나는걸요."

"치이, 말도 안 돼. 그럼 오빠는 언니하고도 머리끄덩이 잡고 싸운단 말이에요?"

"뭐, 그건 절대 아니죠."

싸우기는커녕 아예 머리칼 하나 안 잡혀 줄 남자다.

응응을 할 때라면 혹시 모를까. 어머, 민망하게 무슨 소리니.

선주는 혼자 얼굴을 붉히며 또 헤헤 웃었다.

"너 또 거기서 내 욕하고 있는 거지?"

은준이 삐죽 내다보면서 소리쳤다.

"내 욕하고 다니느라고 이제 기어 들어오는 거냐, 고은돌?"

"흥, 또 무슨 말도 안 되는 트집이야?"

"너무 늦잖아. 날도 추운데 이 시간까지 돌아다닐 일이 대체 뭐냐고! 너 바람났어?"

하여간에 말본새하고는.

이미 님까지 있는 사람한테 그런 소리가 나오냐, 화상아.

은수는 입술을 삐죽 내밀고 그를 잠시 노려보았다.

"큰오빠한테 이른다?"

"그러기만 해. 그놈 소식 절대 안 전해 줄 테니까."

"어? 연락이 왔었어? 그 사람한테?"

눈이 동그래져서 은수가 후다닥 달려들었다.

"뭐라고 하는데? 응? 어디에 있대?"

"쯧쯧, 병원에 있는 오라비 걱정은 안 하고 만날 그놈 생각만 하고 있었군. 이래서 계집애는 키워 봐야 아무 소용이 없다고 하는 거야."

"아이, 누가 그런 소리 하래? 그 사람이 뭐라고 했냐니까?"

"뭐라긴? 고은돌이가 바람 안 나고 잘 있느냐고 묻지. 형이 보자고 했다니까 곧 얼굴 보여 주러 온다고 하더라. 또 전화한다고. 새끼, 몸이 달아서 죽을 지경인 게 틀림없다니까."

킬킬 웃으며 은준이 사정없이 약을 올렸다.

은수는 또 그가 너무 보고 싶어져서 눈물이 날 것 같은데 은준은 그런 그녀를 놀리느라 바쁘다. 고은준이 얄미워서라도 그냥 이 길로 확 가출을 해 버릴까 보다.

"저, 정말 온대?"

"그렇다니까."

"언제?"

"그거야 아직 모르지. 또 두바이로 가는 모양이던데…… 아무튼 그렇게 알고 이거나 풀어 봐."

은준이 문득 보따리를 하나 내밀었다.

"뭔데?"

"돈."

"돈? 웬 돈?"

놀란 눈으로 그녀가 케이크 상자만 한 크기의 보따리를 바라보았다. 설마 이 안에 만 원짜리 지폐가 차곡차곡 쌓여 있다는 소리? 웬 횡재인가 싶어 그녀는 허겁지겁 그것을 풀어 놓았다.

"어? 이게 뭐야? 통장?"

"할매 유산을 싹 정리했다. 땅도, 통장에 든 돈도 다 네 거야. 너 빌딩도 있다. 그건 내가 해 주는 거야."

"빌딩은 무슨…… 억? 오, 오빠, 이게 정말 다 내 거라고? 이렇게 큰돈이?"

통장을 든 손을 달달 떨면서 은수가 물었다.

많아도 너무 많아서 그녀는 좋다기보다 오히려 덜컥 겁이 났다. 그녀는 태어나 그렇게 큰 액수가 찍힌 통장은 처음 보았다. 아니, 그만한 돈이 실제로 얼마나 되는지 상상도 해 본 적이 없었다. 통장에서부터 질려서 나머지는 아예 볼 엄두도 나지 않았다.

"이, 이거 그냥 도로 가져가."

은수가 보따리를 도로 밀어냈다.

"너무 많아서 무서워. 내 거 아니야. 나보고 어떻게 하라고 그런 걸 주니?"

"어떻게 하긴? 하고 싶은 거 하고 먹고 싶은 거 먹으면 되는 거지. 할매가 그랬잖아. 하고 잡은 거 다 하고 살라고. 유언은 꼭 들어줘야 하는 거라고 안 하던?"

"그, 그거야……."

"그냥 오빠 말대로 하세요, 아가씨. 결혼도 해야 하고, 앞으로 돈 들어갈 일이 얼마나 많겠어요? 게다가 영국이면 물가도 많이 비쌀 텐데."

선주의 말에 은수는 멍하니 고개를 끄덕였다.

하긴, 돈 한 푼 없이 가기엔 좀 무리다. 용돈을 모은 통장에 돈이 조금 있긴 하지만 말 그대로 코 묻은 돈이라 그걸 다 털어도 자말이 입고 있는 코트 하나 사지 못할 것이고.

"그나저나 우리 아가씨 이제 재벌인데 나 맛있는 것 좀 안 사 주려나?"

"넌 내가 사육하고 있는데도 모자라는 거니?"

"아이, 그럴 리가. 그냥 아가씨한테 얻어먹는 밥은 더 맛있을 것 같아서 그러죠. 오호호호."

간드러지는 올케언니의 웃음소리를 들으며 은수는 보따리를 들고 비틀비틀 일어섰다.

방으로 돌아와 그걸 침대 위에 휙 던져 놓고 옆에 주저앉아 한숨을 푹 내쉬었다. 그러다 옆으로 푹 자빠지면서 중얼거렸다. 그가 온단다. 그 사람이 온다.

"아아, 어떻게 해. 왜 이렇게 가슴이 뛰지?"

몸이 멀어지면 마음도 멀어진다고 하던데 어떻게 된 일인지 그녀는 정반대였다.

날이 갈수록, 시간이 지날수록 점점 더 보고 싶어지고 그리워져 가끔은 숨이 막힐 지경이었다. 밤에 혼자 누우면 곁이 허전하고 때때로 등도 시렸다. 어떤 날은 등 뒤에 누워 긴 팔다리로 온몸을 칭칭 휘감아 오던 그 뜨거운 체온이 너무 그리워 얼마나 울었는지 모른다.

혹시 다른 여자랑 있는 게 아닐까 하는 생각이 들 땐 까닭 없이 열이 올라서 밤새도록 안절부절못하기도 하고, 두바이에 있다고 할 때마다 그 고양이처럼 도도한 여자가 떠올라 혼자 불안으로 가슴을 떨기도 했었다.

덕분에 요즘 고은돌이의 가슴은 넝마처럼 점점 더 너덜너덜해져 가고 있는 중이었다. 이러다가 온통 엉망이 되어 무너지는 것은 아닐까 무서울 정도였다. 그 생각을 하다가 갑자기 그녀가 벌떡 몸을 일으켰다.

"따라가야지! 이번에 오면 그냥 따라가 버려야지."

은수는 입술을 깨물며 중얼거렸다.

"결혼이고 뭐고 안 해도 괜찮아. 오빠들이 반대해도, 그 사람 아버지가 반대해도 상관없어. 난 그 사람이 좋고, 그 사람도 나 좋다는데 어쩔 거야?"

설마 입에 재갈 채우고 꽁꽁 묶어서 방에 가두기야 할까.

아니, 그러기만 하라지? 자말한테 또 네 명을 뚫고 구하러 오라고 하면 그만이다. 일곱 명을 뚫은 적도 있다는데 까짓 네 명쯤이야 껌도 아니겠지?

은수는 자신만만하게 고개를 끄덕였다.

그리곤 달력 위 오늘 날짜에다 빨간색 동그라미를 하나 그려 넣었다. 그가 그녀에게로 올 때까지 동그라미는 앞으로도 계속 늘어날 예정이었다.

"은돌아, 노올자아~"

대문을 벌컥 열어젖히고 애심이 보무도 당당하게 놀러 왔다.

"은돌아, 언니 왔다."

"미국으로 비행 나갔다더니 언제 돌아왔대?"

"어제. 자, 선물이다."

"어, 이거 뭐야? 화과자?"

"오냐. 나오다가 공항에서 샀지. 우리 은돌이는 아직 어려서 단 걸 좋아하잖아? 이거 먹고 많이 커라앙?"

어리기는 누가?

입술을 삐죽이면서도 은수는 냉큼 화과자를 받아 들었다. 알록달록 모양도 다양하고 색깔도 예쁜 화과자가 자그마치 스물네 개나 된다. 오메, 환장하게 예쁜 거.

"너무 예쁘다. 아까워서 어떻게 먹지?"

"그냥 막 먹어. 그러다 떨어지면 또 사다 먹으면 되지."

"야아, 이게 얼마짜린데 막 사 먹어?"

"막 사 먹어도 돼."

애심이 단호하게 말했다. 그러더니 공연히 음흉한 웃음을 머금고 또 슬며시 묻는 거다.

"은돌아, 언니가 소문을 다 듣고 왔단다. 우리 은돌 씨, 재벌 됐다면서요?"

"그거야 뭐…… 응."

"오호호호호, 내 그럴 줄 알았어. 가끔 TV 보면 김밥 파는 할머니가 5억이니 10억이니 기부했다고 나오잖아? 그러니까 은돌이네 밥집 할매도 딴주머니 하나 정도는 감추어 놓았을지도 모른다고 딱 감을 잡았더란 말이지."

정말?

은수의 눈이 동그래졌다. 이 계집애가 진짜 신내림이라도 받으려고 이러나? 같이 산 고은돌이는 꿈에도 몰랐던 일을 애심이는 애초부터 탁 감까지 잡고 있었단다. 기가 막혀서.

"어머, 애심 씨 왔어요?"

안에 있던 큰올케가 나란히 들어오는 둘을 현관 앞에서 맞이했다.

그런 그녀를 발견하자마자 애심은 당연히 까칠해졌다.

"안녕하세요, 아. 줌. 마. 우리 화과자 먹게 차 좀 주세요."

"호호, 그러세요."

아아, 천사 같은 올케언니.

까칠하고 싸가지 없는 애심이에게도 방긋방긋 잘도 웃어 주며 손님 대접을 해 준다. 그녀였다면 그냥 뜨끈한 숭늉 한 사발 퍼 주고 내쫓았을 텐데.

"그래서 얼마나 남겨 주셨디? 5억? 10억?"

자리에 앉기가 무섭게 애심이 집요하게 물었다.

"강남에 아파트 한 채 살 정도는 남겨 주셨겠지?"

"치이, 그 정도 가지고 무슨 재벌이야?"

"헉! 설마, 그것보다 더 많다고?"

"당연하지. 내 이름으로 된 빌딩도 있다 뭐."

"아악, 정말?"

"그렇다니까."

은수는 마구마구 잘난 척을 했다.

불과 얼마 전까지만 해도 돈만 보면 손을 발발 떨었는데 이젠 아무렇지도 않다는 듯 여유만만하게 돈 자랑을 팍팍 늘어놓았다. 물론 애심이한테만.

"은수야, 너 내 친구지?"

"응? 그야 그렇지. 근데 왜?"

"아니, 내 친구가 재벌이라는 게 갑자기 너무 행복해서. 친구야, 얼마 안 있으면 내 생일이 찾아오거든? 생일 선물로 아파트 한 채만 사 주라."

"뭐야?"

"스포츠카도 괜찮아. 대신 벤츠로 해 줘. 그리고 심심하면 일등석 티켓 좀 끊어서 내 실적도 올려 주고 돌아올 때 선물은 명품 백으로 해 주라. 이 정도는 너에게 아무것도 아니겠지? 왜냐하면 우리 고은돌이는 이제……."

"재벌이니까?"

둘은 서로를 마주 보고 '음하하하' 웃었다.

한참을 자지러지게 웃다가 과자를 먹으면서 또 수다를 떨기 시작했다.

"그래, 난 이제 은준 오빠 끄나풀 그만두고 우리 고은돌이 끄나풀이나 해야겠다. 사람은 역시 빽이 있어야 돼."

"왜 또? 그 장 실장이라는 노처녀가 아직도 못살게 굴어?"

"말이라고. 아주 돌겠다. 내가 너무 빠르게 치고 올라가니까 경계심이 든 건지 요즘엔 더 노골적으로 지랄을 한다니까. 언제 한번 본때를 보여 줘야 하는 건데."

그 말을 하면서 애심은 장 실장을 씹어 먹듯 아드득 화과자를 씹었다. 꼴을 보아하니 머잖아 정말로 복수혈전을 치러 줄 것 같은 기세였다.

"그런데 넌 요즘 어때?"

과자를 씹으며 애심이 불쑥 물었다.

"아직도 꿈을 꿔?"

"응. 근데 많이 나아졌어. 예전보다는 덜 꿔. 사나흘에 한번 꼴쯤 되나 봐."

"휴우, 하여간에 아심 그놈이 죽일 놈이다. 돌아온 지 한 달이나 되었는데도 아직도 이렇게 힘들게 만들고 있다니."

은수는 씁쓸하게 웃었다.

"아심…… 죽었다며?"

"어? 아, 알았어?"

"응. 얼마 전에 자말이 다 말해 줬어. 덕분에 기억도 많이 돌아왔고 심리 치료도 더 수월해졌대."

"다행이다, 정말 다행이야. 얼른 나아야지."

애심이 손까지 잡고 달달 흔들면서 좋아했다. 정말로 좋은지 괜히 눈물까지 글썽이고 그런다. 덩달아 기분 이상해지게시리.

"이 언니가 얼마나 걱정했는지 너는 모를 것이다."

"치이, 나도 알아."

"흥, 알긴 개뿔. 그걸 알면 니가 고은돌이가 아니지. 그나저나 그 남자는 왜 아직 안 오는 거라니? 오빠들한테 인사하러 온다고 했다면서. 바람난 거 아냐?"

네 이년!

한참 좋았던 기분이 싹 가시게 그 무슨 귀신 생고사리 씹어 먹는 소리란 말이냐. 은수의 눈초리가 홱 가늘어졌다.

"바람은 무슨! 절대 그런 거 아냐."

"그럼 한 달이나 되도록 왜 안 오는데?"

"바쁘대. 두바이서 철수하느라고."

"흐응, 핑계는 그럴듯한데 어째 냄새가 나는구먼."

"무, 무슨 냄새?"

어쩐지 의미심장한 애심의 어조에 고은돌이의 얇은 귀가 또 사정없이 팔랑거렸다.

"아니, 남자들은 몸이 한창 달아 있을 땐 시간을 뛰어넘지는 못해도 거리 정도는 우습게 뛰어넘는 종족들인데, 그 남자는 잘도 버티는 게 넘 신기하잖아."

"그, 그래서?"

"이 경우엔 바람이 난 거거나, 뭔가 알리고 싶지 않은 비밀 내지는 사연이 있다는 뜻이지."

"비밀? 무슨 비밀?"

"그러니까 굳이 예를 들자면 말이지, 예전에 우리 아빠가 건강검진을 받았다가 대장암일지도 모른다는 진단이 나왔을 때 엄마 걱정한다고 끝까지 비밀로 한 적이 있었거든. 그리곤 재검사 받을 때까지 엄청 유쾌하게 지내는 척했었지. 물론 화장실에 숨어서 울다가 들키긴 했지만."

그럼 루카스도 건강에 문제가 생겼다는 말인가? 그래서 죽어라 전화만 하고 오지는 않는 거라고?

"그러고 보니 전화 목소리가 유난히 밝았던 것도 같아."

"그치, 그치? 내 그럴 줄 알았어. 뭔가 감추는 게 있는 거야. 틀림없다니까."

"……근데 너희 아버지가 대장암이셨어?"

"아아, 그거? 그냥 변비였어. 우리 아빠, 그날 숙변 제거 한번 화끈하게 했었지."

"……!"

괜히 물었다.

아저씨가 여전히 마트에서 잘 지내고 계시다는 걸 알면서도 혹시나 했던 게 바보다.

"감추고 있는 비밀이라……."

은수는 루카스를 떠올렸다.

그 남자에게 비밀이 있다면 그건 어떤 종류의 것일까? 설마 대장암을 아닐 테고, 그럼 사업이 죄다 망해 먹었나? 뭐가 되었든, 어쩐지 스케일이 그리 작지만은 않을 듯한 예감이 든다.

"그런데 그 노예 아저씨는 여전히 잘 지내나?"

다리를 쭉 뻗으며 소파에 축 늘어진 꼴로 애심이 물었다.

"응. 나보다 더 잘 지내는 것 같아. 완전 적응해서 막 날아다녀. 등록한 어학원도 곧 개강한다는 것 같더라."

"흐응, 그럼 사업이 망해 먹은 건 아닌 것 같고. 건강 문제도 아니야. 주인이 그 지경인데 노예 주제에 감히 팔팔하게 나댈 수는 없을 테니까."

"그건 그렇지?"

은수가 냉큼 물었다.

바로 그때 전화벨이 울렸다. 뭔가 더 말을 하려다 말고 은수가 반사적으로 수화기를 집어 들었다.

─마님!

문제의 노예 아저씨, 자말이었다.

하여간에 이래서 뭐 욕을 못해요. 호랑이도 아니면서 제 말만 하면 툭 나타난다니까.

─마님이십니까?

[네, 왜요?]

─조금 있다가 집 전화가 울리거든 절대로 받지 마십시오.

[네? 그게 무슨 말이에요? 조금 있다가 우리 집에 전화가 올 건데 그걸 받지 말라고요? 왜요? 누가 거는 전화인데요?]

─지, 지금은 말씀드릴 수 없습니다. 제가 곧 가서 설명을 드릴 테니 제발 제 말대로 해 주십시오. 절대로 전화를 받으시면 안 됩니다. 아셨죠?

[아, 알았어요.]

은수는 잠시 멍한 표정을 지었다.

그냥 넘기기엔 너무 진지한 분위기라 이유를 더 물을 생각도 못하고 넙죽 고개를 끄덕일 수밖에 없었다. 하지만 궁금한 건 궁금한 거라, 고개가 자꾸 갸웃 돌아갔다.

"대체 뭔 일이지?"

"왜, 왜? 자말이 뭐라고 하는데?"

"조금 있다가 전화가 올 건데 받지 말래."

"왜?"

"난들 아나."

"수상하네."

암만, 수상하고말고.

은수는 가만히 고개를 끄덕였다. 한 번도 없었던 일이라 더 수상하다. 덜컥 의심도 들었다. 설마 이 양반이 어디서 사고를 치고 우리 집 전화번호를 가르쳐 준 거 아냐?

"카드 값이 연체되어서 독촉 전화를 받고 있나?"

애심이 멍하니 중얼거렸다.

이년아, 자말이 너냐?

직후, 정말로 전화벨이 울리기 시작했다. 뚜르르르…… 뚜르르르……. 상황이 심상치 않아 그런지 어째 벨 소리조차 오늘따라 더 묵직하게 들리는 것 같았다.

"아가씨, 전화 좀……."

"쉿!"

벨이 계속 울리자 큰올케가 거실로 나왔다.

그녀를 보자마자 은수와 애심은 누가 먼저랄 것도 없이 홱 돌아보며 손가락을 입술에 대고 조용히 하라는 신호를 보냈다.

"왜, 왜요? 뭔데요? 뭔데요, 아가씨?"

언니가 슬금슬금 다가와 목소리까지 작게 낮추고 물었다.

그 사이에도 전화는 계속해서 울었다. 결코 멈출 생각이 없다고 말하듯 전화기는 울고 또 울고. 그녀들은 일제히 숨을 죽인 채 그것을 바라보다……

"아악, 짜증나!"

참지 못한 애심이 벌컥 일어나 수화기를 잡아챘다.

"야, 너 누구야?"

갑자기 긴장이 확 풀어졌다.

아아, 망할 년. 도대체가 인내심이라는 게 없어요.

[네? 그, 그런데요? 누구신지?]

엥? 애심이가 갑자기 영어로 말하기 시작했다. 다시 긴장감이 몰려온다. 은수는 엉금엉금 기어 애심이의 곁으로 다가갔다. 그리곤 혹시 들릴까 싶어 귀를 쫑긋 세우고 전화기에 달라붙는데 애심이 불쑥 그걸 그녀에게 내미는 거다.

"너 바꾸랜다."

"누, 누군데?"

"……그 사람 아버지."

"헉!"

그 사람 아버지가 왜?

놀라고 당황해서 은수는 조금 굳었다. 이래서 받지 말라고 했구나. 뒤늦은 깨달음이 찾아왔다. 그러나 후회는 후회고 전화는 전화였다. 무슨 일인지 궁금해서라도 그녀는 전화를 받아야만 했다. 결국 은수는 달달 떨면서 수화기를 받아 들었다.

[여, 여보세요?]

—나를 기억하고 있을 게다.

[네. 안녕하세요.]

—안녕 못하다.

[네?]

—네가 무슨 수작을 부렸는지는 모르겠다만, 네 뜻대로 되지는 않을 것이다. 난 마음을 바꾸었다. 고작 너 하나 때문에 사이드는 제 동생인 막튬을 거의 죽여 놓기까지 했다. 그것으로 네 일은 묻어 두겠다. 하지만 더 이상은 안 돼. 내 아들은 마이타와 결혼한다. 이후로, 내가 너를 받아들이는 일은 결코 없을 게다.

뚝!

전화는 갑자기 뚝 끊겼다.

끊긴 전화기를 들고 은수는 한동안 멍하니 서 있었다. 대체 무슨 소리를 들은 건지⋯⋯. 노해서 버럭버럭 소리치는 목소리가 아직도 전화기 속에서 흘러나오고 있는 것만 같아 귀가 다 멍멍했다. 한참 뒤에야 은수는 천천히 전화기를 내려놓았다.

"뭐, 뭐라고 하니?"

애심이 바짝 다가들면서 물었다.

"기분 엄청 나빠 보이던데. 뭐라고 하시디?"

"……그분 아들이 마이타랑 결혼한대."

"뭐어? 그, 그게 무슨 소리야?"

"나도 몰라. 사이드는 또 누구지? 동생이라는 막툼은 또 누구고? 사이드가 막툼을 거의 죽여 놓았다는데 그건 또 무슨 소리인지 모르겠어."

"사이드는 루카스를 말하는 것 같은데?"

"그럼 루카스가 나 때문에 자기 동생인 막툼을 거의 죽여 놓고 마이타랑 결혼한다는 소리란 말이야?"

은수는 열심히 머리를 굴렸다.

루카스가 사이드라면 그는 일단 어떤 이유 때문에 자기 동생을 거의 죽여 놓았다. 그리고 그건 어쩌면 그녀 때문이라고 그의 아버지는 믿고 있는 것 같다. 그래서 화가 난 그 양반은 루카스를 마이타랑 결혼시키고 그녀는 내팽개치기로 결정을 했다.

"루카스는 왜 막툼이라는 사람을 거의 죽여 놓은 거지? 아니, 그게 나랑 무슨 상관이라고 나한테 화를 내? 난 그 사람 이름도 오늘 처음 들었는데."

"아, 저기 그게……."

"왜? 애심아, 너는 그 막툼이라는 사람을 알아?"

"아마도?"

"어떻게 아는데?"

"어, 어떻게 아느냐 하면…… 그게 그러니까……."

더듬더듬 무언가를 말할 듯 말 듯 한참이나 어물거리던 애심이 갑자기 은수의 손을 꼭 쥐었다. 그리곤 빠르게 말했다.

"그저 내가 죄인이다. 받지 말라는 걸 기어이 받아서 왜 이 사단을 불러왔는지, 할 수만 있다면 그냥 손모가지를 콱 끊어 내고 싶은 심정이야."

"그래서 어떻게 아는 건데?"

"……그건 은준 오빠한테 물어봐. 아니면 자말이나. 그럼 난 이만 간다잉."

"뭐, 뭐? 야!"

누가 잡을세라 애심은 신발을 주워 들고 후다닥 사라졌다.

덜렁 남겨진 그녀에게 올케언니가 영문을 모르겠다는 시선을 보내고 있었다. 따뜻한 실내로 찬바람이 휭 불어오고 있는 것만 같은 상황이었다. 그런 때에 마침내 자말이 헐떡거리며 뛰어 들어왔다.

[마, 마님, 전화는…….]

머리에 수영 모자를 쓰고 나타난 자말이 허겁지겁 물었다.

하루 종일 안 보이더니 그새 수영장에 다니고 있었나 보다. 어쨌거나 은수는 그를 잠시 동안 빤히 바라보았다. 그러다 마치 모든 것을 다 알게 되었다는 듯 담담한 얼굴로 말했다.

[나 때문에 루카스가 곤란하게 되었나 봐요.]

[네? 그, 그게 무슨……?]

[휴우, 막툼이라는 동생을 거의 죽여 놨잖아요. 다 알아요. 그 사람이죠? 날 납치하라고 사주한 사람.]

[기, 기억이 나신 겁니까?]

[……아니요.]

아직도 기억나는 것은 없다.

다만 안 굴러가는 머리를 간신히 한번 굴려 본 것뿐이다. '너 때문'이라고 소리치던 그의 아버지의 말과 루카스의 행동 사이에 공통점은 단 하나뿐이었다. 언젠가 그녀의 병실로 찾아온 그 양반이 '그런 일'까지 겪었다고 하지 않았던가.

그것은 곧 그녀가 겪은 '그런 일' 때문에 루카스는 막둥을 거의 죽여 놓았다는 뜻이고, 그가 갑자기 그런 일을 한 데에는 분명히 이유가 있을 거였다. 그리고 지금 은수는 그 이유를 깨달았다. 바로 그 사람이었다. 루카스의 동생이 그녀를 납치하라고 사주한 진짜 범인이었다.

전혀 기억이 나지 않아서인지 딱히 화가 나지는 않았다.

아니, 화가 나긴 했지만 그녀를 화나게 한 것은 막둥이 아니었다. 바로 그의 아버지였다. '고작' 너 하나 때문이라니. 왜 고은수가 '고작'이라는 말을 들어야 한단 말인가. 속에서 불이 확 치솟았다. 이 영감님이 정말 보자 보자 하니까…….

"죽었다가 간신히 살아난 일은 '그런 일'이고, 고은수는 '고작'이라고? 우리 할매는 세상에서 젤로 존 것만 입히고 먹여도 모자라다고 했는데 그런 내가 왜 고작이야?"

[마, 마님?]

"고작 그런 나쁜 놈 하나 때문에 내가 왜 이런 꼴을 당해야 해? 앞뒤 분간 못하고 사람이나 죽이려고 든 그런 쓰레기 같은 놈 때문에 내가 왜……! 나도 절대 인정 못해. 그 사람의 아버지건 뭐건 다 필요 없어. 마이타인지 뭔지 하는 년이랑 결혼을 하고 싶으면 하라고 해."

분노에 사로잡혀 은수는 또 막 내지르고 있었다.

너무 화가 나서 머리까지 어찌 된 것처럼 온통 부글부글 끓어올랐다. 속에서 용암이 폭발하고 있는 것처럼 몸이 막 뜨겁기까지 했다.

[그 사람에게 전화 걸어요.]

은수가 자말에게 명령했다.

[네? 하, 하지만 지금은…….]

[밤이건 새벽이건 다 필요 없으니까 당장 걸어요!]

[네, 넵!]

바짝 질린 자말이 황급히 전화를 잡았다.

그때까지도 은수는 씩씩거리며 버튼을 누르고 있는 자말의 손가락을 물어뜯을 듯이 노려보고 있었다. 한참 만에야 그녀의 손에 전화기가 건네졌다.

[나 안 가요!]

전화를 받자마자 그녀가 소리쳤다.

그의 목소리는 아직 들리지도 않는데 소리부터 쳐 놓고 그녀는 빠르게 쏘아붙였다.

[당신이 막툼을 아예 죽여 버리든, 마이타랑 결혼을 하든 말든 상관하지 않겠어요. 난 안 가요.]

—으, 은수?

[당신이 이곳에 오는 건 막지 않겠어요. 하지만 난 안 가요. 그러니까 기다리지 말아요. 당신 아버지에게도 꼭 전하세요. 고은수는 절대로 '고작' 인 여자가 아니라고. 한 번만 더 그딴 전화하면 나도

가만히 있지 않겠어요. 날 물로 보지 말란 말이야!]

앙칼지게 소리쳐 놓고 은수는 전화를 홱 끊어 버렸다.

모처럼 듣는 그의 목소리가 너무 반가워서 순간 왈칵 울음이 날 뻔했지만 너무 화가 나서 미처 눈물을 흘릴 정신도 없었다. 은수는 잠시 거칠어진 호흡을 고르며 천천히 주저앉았다. 그런 그녀의 곁으로 미숙이 다급히 다가들면서 물었다.

"아, 아가씨, 괜찮아요?"

"……아니요."

"어, 어떻게 해. 오빠 부를까요?"

"아니요. 언니, 나 토할 것 같아요."

그리고 그녀는 그대로 기절했다.

속이 울렁거리고 토할 것 같았는데 토악질이 나는 대신 이상하게도 몸이 옆으로 무너졌다. 눈앞이 순식간에 아찔하게 물들고 있었다.

"아가씨!"

짧은 비명 소리가 마지막으로 그녀의 귓전에서 맴돌았다.

그날 아침, 반짝 눈을 떴을 때 은수는 문득 그녀에게 찾아온 어떤 운명을 예감했다.

근거가 있는 것도 아니었고 누군가의 확인도 없었지만 마치 그렇게 될 거라는 사실을 이미 알고 있었던 것처럼 저절로 깨달아졌다. 그것은 생각보다 굉장히 많이 당혹스럽고 동시에 기쁘기도 한 일이었다. 그래서 은수는 오전 내내 누워 그 이상한 기분을 한껏 만끽했던 것이다.

"집을 구하겠다고?"

은후가 조금 놀란 얼굴로 물었다.

느지막이 일어나 간신히 점심을 깨작거리는 은수의 모습을 그는 곁에서 내내 지켜보고 있었다. 그런데 밥을 다 먹고 난 그녀가 문득 한다는 말이 집을 구하겠단다.

"마당이 넓은 집이었으면 좋겠어요. 그네도 달고 텃밭도 가꿀 수 있을 만큼. 그리고 가까운 곳에 산책로나 공원이 있으면 더 좋고요."

"그게 대체 무슨 소리야? 너, 그놈한테 정말 안 간다고?"

보다 못한 은준이 툭 끼어들었다.

"지난번에 그 전화 때문에 그래? 그거 그놈 뜻이 아니라고 하잖아. 요즘에도 하루에도 몇 번씩 전화가 오던데, 그 자식을 아주 말려 죽이려고 그래?"

"그래서 오빠는 시아버지가 반대하는 집에 나 보내고 싶다는 소리니? 또 시동생한테 테러라도 당하라고?"

"그건 아니지만. 어차피 같은 집도 아니고 하다못해 같은 나라에서 사는 것도 아니잖아."

"그래서 '고작' 그런 여자랑 같이 산다는 소리나 듣게 하라고?"

"……고작? 그 영감이 그러던? 고작 그런 여자라고?"

언제 편을 들어 주었냐는 듯 은준이 벌컥 소리쳤다.

그저 짜증나는 전화 한 통 때문에 공연히 심술을 부리는 거라고만 생각하고 있었는데 그제야 그냥 짜증만 나는 전화가 아니었다는 사실을 깨달은 거다.

"또, 또 뭐라고 했는데? 엉? 그 영감이 뭐라고 하던?"

"기억 안 나. 암튼, 난 안 가. 그 사람이 오는 건 어쩔 수 없지만 난 안 갈 거야. 다른 여자랑 결혼하면 아예 오지도 못하게 해 줄 거야."

"당연하지. 그냥 콱 물어 버려."

"절대 용서 못해. 막툼이라는 놈도 용서 못하고, 그 영감님도 용서 안 해. 어차피 수작이나 부리는 되바라진 여자로 찍혔으니 진짜 수작 부리는 게 어떤 건지 보여 주고 말겠어."

"지화자, 잘한다. 그래, 고은돌이를 건드리면 어떻게 되는지 꼭 보여 줘."

단순무식한 두 남매의 의견이 오늘따라 착착 맞아 돌아간다.

그에 용기백배한 은수는 사과를 우적우적 씹으며 아예 올 봄 안으로 이사를 하겠다고 선언해 버렸다.

"그런데 굳이 이사를 나가는 이유가 있는 거니?"

가만히 듣고 있던 은후가 문득 물었다.

"안 온다고 해도 그렇지만, 그 사람이 온다고 해도 여기서 함께 산다는 보장이 없는데 왜 갑자기?"

"난 안 갈 거니까요."

"음?"

"그 사람이 와서 같이 가자고 해도 나 안 가요. 그 사람이 여기서 나랑 같이 살아 준다고 한다면 혹시 같이 살지도 모르겠지만, 아마도 따라나서는 일은 없을 것 같아요. 그래서 이제라도 독립해서 스스로 살아 보려고요."

"스스로?"

"네. 이제부터는 공부도 할 거고 하고 싶은 일도 찾아서 할 거예요. 그리고 내 집도 잘 가꾸겠어요. 누가 봐도 따뜻한 가정을 만들 거예요."

은수는 단호하게 말했다.

"이건 그 사람이랑은 전혀 관계없는 일이에요. 내 인생에 대한 문제니까 다른 누구한테도 선택권을 줄 수 없어요. 그 사람에게도. 그리고……."

"그리고?"

"전 책임을 져야 할 사람이 생겼어요."

뜻 모를 소리에 은후의 눈이 조금 움찔거렸다.

은준이나 올케들조차도 무슨 소리인지 전혀 이해를 하지 못한 눈치였다. 은수가 조금 주저하면서 다시 말을 이었다.

"어쩌면 실망할지도 모르지만……. 오빠, 저는 아기를 가졌어요."

"뭐?"

"쿨룩!"

"어머!"

폭탄이 떨어진 듯 충격파가 확 퍼지면서 잠시 정적이 맴돌았다.

"아기를?"

한참 만에야 은후가 물었다.

"그 사람의 아이겠구나."

"네."

"그런데도 그에게 가지 않겠다고?"

"안 가요. 하지만 오는 것까지는 막지 않겠어요."

"결혼은?"

"청혼 받은 적도 없는걸요?"

다시 정적이 흘렀다.

그제야 충격에서 벗어난 은준이 갑자기 벌떡 일어서더니 그녀의 앞을 왔다 갔다 하다가 어느 순간 우뚝 멈춰 서면서 물었다.

"확실해?"

"뭐가?"

"아, 아이."

"병원엔 아직 안 가 봤어."

"그럼 가자. 가서 확실하게 확인을 받고 나서 얘기하자."

"그럼 뭐가 달라지는데?"

"그거야……."

잔뜩 당황해서 어쩔 줄 모르는 그를 은수는 말간 눈으로 보고만 있었다. 천하의 고은준이 저렇게 당황하는 꼴은 그녀도 처음 보았다. 자기가 애를 낳을 것도 아니면서 왜 저렇게 안절부절못하는지 모르겠다.

"내 결정은 달라지지 않아. 난 독립을 할 거야. 그리고 혼자서 아이를 키우겠어."

"혼자서 애 키우는 게 쉬운 일인지 알아?"

"쉽진 않겠지. 하지만 죽을 만큼 힘들지도 않을 거라고 생각해. 남들도 다 하는 일인걸."

"사람들이 뭐라고 수군거릴 거냔 말이야."

"애 아빠를 모르는 건 아니니까 가끔 다녀가라고 하지 뭐. 그럼 주말부부인 줄 알겠지."

"너, 너는 그런 소리가 그렇게 쉽게 나오냐? 결혼도 안 하겠다, 따라가지도 않겠다. 처음이야 괜찮겠지. 그러다 애가 커서 '우리는 왜 같이 안 살아요?' 라고 물으면 어쩔래? 아니, 그 자식에게 다른 여자가 생기면?"

은수는 질끈 입술을 깨물었다.

그런 생각을 안 해 본 것이 아니다. 그녀는 하루에도 수십 번씩 다른 여자랑 결혼하는 그를 상상한다. 그때마다 가슴이 무너지고 절망이 엄습하는 것을 느끼면서도 상상하는 것을 멈출 수 없었다. 절망의 크기가 너무 커서 몸까지 아파 올 정도였다. 그럼에도 불구하고 그녀는 그에게 가지 않겠다고 결정을 내렸다.

"있잖아, 있는지 없는지 아직 확실하게 느껴지지도 않지만 난 이 애가 너무 소중해. 그래서 만일 누군가가 이 애한테 '고작 그런 애' 라는 소리를 하면 못 견딜 것 같아. 그게 가족이라면 더더욱."

"……"

"할머니가 하고 싶은 대로 하면서 살라고 했으니까 난 하고 싶은 대로 할 거야. 세상에서 제일 소중하게 대해 주지 않으면 나는 아무에게도 안 가. 절대로 안 따라가. '고작' 이라고 말하는 사람들을 가족으로 받아들이지도 않겠어."

피를 토하듯 그녀가 선언했다.

"사랑하니까 여자인 네가 다 감수하고 희생하라는 말 따위는 하지도 마. 그런 희생 별로 하고 싶지 않아. 이기적이라고 해도 상관

없어. 난 내 사랑에 책임을 질 거고, 이 애를 지킬 거야. 많이 사랑해 줄 거야. 단 한 순간이라도 절대로 버려두지 않겠어."

은수는 입술을 꼭 다물고 잠시 호흡을 골랐다.

그런 그녀를 은후가 말없이 안아 주었다. 달래듯 등을 가볍게 두드려 주면서 말했다.

"우리 은수가 다 컸다."

"흑, 벌써 스물여섯 살이나 되었는데요 뭐."

"그래. 은수는 분명히 좋은 엄마가 될 거다. 하지만 그에게도 좋은 아빠가 될 수 있는 기회를 좀 주렴."

"훌쩍. 생각해 보고요. 지금은 너무 미워서 와도 별로 안 반가울 것 같아요."

반가운 게 다 뭔가.

그런 꼴을 당하게 만든 대가로 꽉 물어뜯어 줘도 시원치 않을 것 같다. 훌쩍거리는 그녀를 향해 은후가 다시 말했다.

"아기 가진 것 축하한다. 우리 은수 닮아서 틀림없이 착한 녀석일 거다."

"흑, 으흑…… 우에에엥."

그리고 고은돌이는 또 울음보가 터지고 말았다.

"휴우, 아니면 울보가 나오거나."

은준의 한숨 섞인 말이 뒤를 잇고 있었다.

고은돌이는 또라이일 뿐만 아니라 사실은 엄청 간사한 마음의 소유자이기도 하다.

와도 별로 안 반가울 거라고 그렇게 큰소리를 쳤는데 사실은 말짱 헛소리였다. 안 간다는 말은 왜 그렇게 자신만만하게 했을까. 다른 여자랑 결혼을 하거나 말거나 신경도 안 쓸 듯이 군 건 또 어떻고? 그녀가 생각해도 그건 조금 심했다.

'어쩌면 상처받아서 내가 조금 미워졌을지도 몰라.'

미워졌거나 정이 떨어졌거나, 어느 쪽이 되었든 어쨌거나 다 그녀의 탓이요, 죄였다. 아니다, 벌써부터 이런 자학은 하지 말자.

은수는 입을 살짝 벌리고 심호흡을 했다.

그림자도 아니고 그저 그 사람이 타고 다니는 차를 발견한 것뿐인데, 심장이 벌써부터 오두방정을 떨고 가슴이 터질 듯이 부풀어 올라 자꾸만 숨이 가빴다. 아, 이러다 숨이 넘어가면 안 되는데.

[은수!]

마침내 그가 차에서 내려서며 그녀를 부르고 있었다.

한동안 뜸하던 자말이 그녀를 찾아온 것은 오늘 아침이었다. 그때 은수는 이사 갈 집의 내부 공사와 인테리어 작업 의뢰를 마친 다음 막 외출을 하려던 참이었다. 그런데 갑자기 불쑥 찾아온 그가 루카스가 서울에 도착했다는 소식을 전해 온 것이다.

그때부터였다, 가슴이 터질 듯이 두근거리기 시작한 것은.

동시에 어딘가에 잠복하고 있던 애정이 갑자기 깨어나 그녀를 사정없이 흔들어 대기 시작했다. 그래서 은수는 그가 도착할 때까지 아무것도 하지 못하고 대문만 바라보고 있었다.

아니, 대문만 보고 있다고 생각했는데 어느새 밖에까지 나와 골목 끝에다 시선을 꽉 박아 둔 채였다. 그리고 마침내 그가 왔다. 짙은 회색 정장을 입은 그는 여전히 크고 강해 보였다. 많이 피곤한 듯 얼굴이 조금 해쓱해 보이긴 했지만 그것조차도 매력으로 보일 만큼 멋있었다. 너무 멋있어서 다시 한 번 반할 것만 같았다.

'아이, 왜 이렇게 떨리지? 너무 좋아하는 티를 내면 안 되는데.'

손이 자꾸만 발발 떨리는 것 같아 은수는 치맛자락을 꼭 움켜쥐었다.

[은수!]

왈칵!

성큼 다가온 그가 팔을 뻗어 오도카니 서 있는 그녀를 와락 끌어안았다. 고통이 느껴질 만큼 격정적으로 끌어안고 잠시 거칠어진 호흡을 골랐다. 그리고 은수는 숨을 멈추었다.

'아아, 정말로 왔구나.'

순식간에 와 닿는 그의 체온과 향기를 그녀는 온몸으로 마셨다.

갑자기 깊은 안도의 한숨이 쏟아졌다. 위험한 곳에 혼자 서 있다가 마침내 세상에서 가장 안전해진 사람처럼 긴장이 확 풀렸다.

[나 왔어.]

그가 귓가에 입술을 대고 말했다.

[내가 이렇게 달려올 줄 알고 있었지?]

[네.]

[사실은 기다리고 있었던 거지?]

[네.]

[보고 싶었지?]

[……네.]

[얼마만큼?]

[많이. 아주 많이요.]

순순히 인정하자 기분 좋은 듯 그가 웃었다. 그리곤 두 손으로 그녀의 볼을 감싸고 조심스럽게, 하지만 격정적으로 입을 맞추었다. 말캉한 입술이 그의 입술 사이에서 강하게 빨리고 있었다. 간을 보듯 혀로 스윽 핥으며 두드리고 살며시 물고 잡아당기다 곧 강하게 내리 눌렀다.

입안으로 그의 혀가 스며들었다. 깊숙이 파고들어 그녀의 작은 혀를 살살 희롱하다 쪽 빨아 먹는다. 너무 오랜만이라 그것만으로도 견딜 수 없는 쾌감이 몰려와 몸이 부르르 떨렸다. 그런 그녀를 그가 다시 꽉 끌어안았다. 그리곤 목덜미에 코를 박으면서 말했다.

[아아, 은수다. 은수 냄새다. 진짜 은수.]

[그, 그럼 진짜지. 가짜 은수도 있단 말이에요?]

[응, 있어. 만지려고 들면 사라지고 꿈에만 나오는 나쁜 은수.]

[피이, 그게 뭐야.]

[하아, 보고 싶어서 죽는 줄 알았어.]

루카스가 절절하게 고백했다.

정말이지 딱 죽는 줄만 알았다. 매일 봐도, 어떤 때는 보고 있어도 그리운 여자를 두 달 가까이 못 본 채로 지내려니 거짓말 안 보태고 정말로 돌아 버리는 줄 알았다. 매 순간순간 그녀에게로 달려오는 상상만 했다. 심지어는 벌건 대낮에 은수의 환영까지 보았을 정도였다.

그 모든 것을 다 참아 냈다는 사실이 그는 아직도 믿어지지 않았다.

당장 비행기를 타고 오면서도 이게 또 꿈이면 어쩌나 걱정하느라 도저히 느긋하게 먹고 잘 수가 없었다. 땅에 내려서는 대책 없이 심장까지 뛰기 시작해서 그는 여기까지 오는 동안 뭘 봤는지도 잘 기억나지 않았다. 대체 무슨 정신으로 버텨 냈던 것일까.

[그런 사람이 여기까지 오는 데 두 달이나 걸렸단 말이에요?]

은수가 조그맣게 투덜거렸다.

[별로 안 보고 싶었던 게 틀림없어.]

[그런 소리 마. 정말 죽을 뻔했다고. 난 지금 잠도 모자라고, 배도 고프고, 은수는 더 고파. 그게 다 두 달 동안 제대로 하지 못한 것들이야.]

그 말을 하는 동안에도 그의 입술은 계속해서 은수의 얼굴 여기저기에 가볍게 입 맞추고 있었다. 두 볼과 눈꺼풀, 콧잔등과 귀, 그리고 입술과 목덜미까지 꼼꼼하게 만지고 확인했다. 손으로 등에서부터 허리 라인까지 천천히 쓰다듬으면서 그가 벌써 후끈 달아오른 몸을 비벼 왔다. 아이, 너무 좋아하는 건 알지만 그래도 길바닥에서 이러면 안 되는데. 부끄럽게.

[다른 사람들이 본단 말이에요.]

은수는 아예 이 자리에서 엎어질 듯 구는 그를 살짝 밀어내고 치맛자락을 탁탁 털었다. 그가 비벼 대는 바람에 살짝 주름이 가긴 했지만 아직 괜찮았다. 그런 그녀의 손을 잡고 그가 강하게 당겨 안았다.

[가자.]

[어, 어디로요?]

[호텔.]

그가 단호하게 말했다.

그리곤 절대로 이의 따윈 접수하지 않겠다는 듯이 앞장서서 성큼성큼 걸어갔다. 그녀가 다다다 뒤를 쫓고 있었다.

"아! 아앗, 흐읍!"

한껏 거칠어진 숨을 토해 내며 은수는 몸부림을 쳤다.

그의 허리가 들썩일 때마다 그녀의 몸이 붕 떠오르며 사정없이 떨려 왔다. 은수는 팔을 뻗어 그의 목을 끌어안았다. 척추를 타고 올라오는 치열한 쾌감이 그녀를 점점 더 절박하게 몰아세우는 것이 느껴졌다.

"으흑! 아!"

벽에 기대 세워진 채 그녀는 힘겹게 그를 받아들이고 있었다.

루카스의 허리가 다시 출렁였다. 허겁지겁 차에 올라 호텔까지 오는 시간이 얼마나 길게 느껴졌었는지 모른다. 그들은 엘리베이터에서부터 엉켜들었다. 침대까지 갈 시간도 없어 문이 닫히기가 무섭게 그는 그녀를 벽에 세워 두고 치마 속에 손을 넣어 팬티만 젖힌 다음 단번에 그녀의 여성을 꿰뚫었다.

무섭게 흥분해 커질 대로 커진 것이 이미 촉촉하게 젖은 그녀의 꽃샘 안으로 파고들자 강한 쾌감이 일어나 척추를 타고 머리 꼭대기까지 시원하게 관통했다. 살과 살이 맞닿는 순간, 그렇게 정신적인 절정이 먼저 찾아왔다.

[음!]

짜릿한 쾌감에 몸을 떨며 루카스는 두 손으로 그녀의 엉덩이를 꽉 움켜쥐었다. 그의 움직임이 점점 더 빨라지고 있었다.

"앗!"

빠르게 허리를 들썩이며 그가 고개를 숙여 은수의 블라우스 옷자락 사이로 드러난 가슴 한쪽을 크게 베어 물었다. 허리를 튕겨 올릴 때마다 그녀의 가슴도 잔뜩 헝클어진 옷자락 사이에서 공처럼 같이 튀어 올랐다.

"아아! 루카스!"

그가 예민해진 유두를 물고 쪽 빨아 당기자 은수는 진저리를 쳤다. 전과 달리 그녀는 더 빨리 흥분을 하고 있었다. 너무 오랜만이라 그런지 그를 받아들이는 것이 숨이 막히게 벅차면서도 불쑥 와 닿는 쾌감의 강도가 지나치게 커서 거의 정신을 잃을 것만 같았다.

죽을 듯이 그에게 매달리며 은수는 쾌감으로 점점 더 아찔하게 물들어 가는 몽롱한 눈동자로 그를 바라보았다. 작게 입을 벌리고 가만히 눈을 내리감은 채 움직이고 있는 그의 얼굴에선 감출 수 없는 쾌락의 불씨가 어른거리고 있었다. 그 모습을 보자 갑자기 흥분의 강도가 불쑥 커졌다.

"아아! 루카스, 제발!"

[으음!]

그녀가 쾌감에 겨워 부들부들 떨기 시작하자 루카스는 낮은 신음을 내뱉었다. 그러더니 곧 간신히 땅에 닿아 있는 그녀의 한쪽 다리마저 위로 번쩍 들어 올려 허리에 감았다.

다리가 확 벌어지면서 그의 남성이 더 깊숙이 파고들었다.

아랫도리를 꽉 채우고도 넘쳐 자궁 끝까지 밀고 들어오는 듯한 느낌에 전율하며 은수는 두 눈을 꼭 감고 도리질을 쳤다. 허벅지 근육이 푸들푸들 떨리고 있었다. 그가 두 손으로 통통한 그녀의 엉덩이를 꽉 움켜쥐고 미친 듯이 움직이기 시작했다.

"으흐윽! 아앗!"

[아, 좋아. 은수, 은수!]

앓는 듯한 신음 소리와 살끼리 부딪치는 격렬한 소리가 뒤섞이면서 폭발할 듯 거세게 요동을 쳤다. 은수의 고개가 점점 더 뒤로 젖혀지고 허리가 활처럼 휘었다. 그녀의 뒤통수가 다시 벽에 닿았다. 멋대로 허리가 뒤틀렸다. 그러자 더 자극을 받은 그가 꿈틀대는 남성을 더 강하게 밀어 넣으면서 깊숙이 입을 맞춰 왔다.

이미 몇 번이나 빨려 빨갛게 부어오른 입술을 루카스가 다시 달게 빨아 마셨다. 그러다 곧 벌어진 입술 사이로 그의 혀가 찾아들었다. 순식간에 숨결이 뒤엉키고 혀와 혀가 얽혔다. 그의 강한 남성이 아래로 거칠게 짓쳐드는 순간, 그가 세차게 혀를 빨아 당겼다. 견디지 못하고 터져 나온 그녀의 신음 소리가 그의 입안으로 삼켜졌다.

순간, 그의 움직임이 믿을 수 없을 만큼 빨라졌다.

살끼리 부딪치는 소리가 점점 더 커지고 서로의 입에서 새어 나오는 신음 소리는 하늘 높은 줄 모르고 자꾸 높아져 가고 있었다.

"아아앗!"

마침내 은수가 허리를 한껏 휘며 비명을 내질렀다.

부르르 온몸을 떨며 경련을 일으켰다.

[크윽!]

루카스도 강한 신음과 함께 빳빳하게 몸을 굳히고 있었다.

어느 때보다도 강하고 긴 절정이 찾아왔다. 죽을 듯이 몸을 떨며 그는 은수를 꽉 끌어안고 느릿하게 허리를 흔들었다. 짧지만 격렬한 섹스였다. 지나치게 강렬한 절정 덕분에 그만 혼이 쏙 빠진 듯 온몸에서 힘이 빠져나갔다. 생각해 보니 그는 지난 사흘 동안 잠을 자지 못했다.

그제야 눈앞이 핑 도는 것을 느끼며 그는 은수를 안고 천천히 침대를 향해 움직였다. 그리곤 시트에 무릎이 닿기가 무섭게 그대로 무너졌다.

[루카스?]

[으음, 자자, 은수. 이대로 조금만…… 자자.]

[……그래요. 자요.]

그의 곁에 누우며 은수가 나직하게 속삭였다.

빠르게 곯아떨어지면서도 그는 기어이 팔을 뻗어 그녀를 품 안으로 끌어당기고 있었다.

[결혼하자, 은수.]

[……!]

[같이 살자.]

완전히 잠에 빠지는 듯하던 그가 그렇게 중얼거렸다. 그러더니 마침 무언가가 생각났다는 듯 갑자기 벌떡 몸을 일으켰다. 뭘 찾는지 잠시 두리번거리다 그는 곧 가방을 찾아 그 안을 뒤적였다.

눈엔 졸음이 한가득 맺혀 있는데도 그 일은 꼭 하고 자야 한다는 듯 거의 필사적이기까지 한 행동이었다. 잠시 가방을 뒤지던 그가 마침내 원하는 것을 찾아 들고 휘청휘청 은수에게 다가왔다. 그리고 별안간 턱! 기사처럼 그녀 앞에 한쪽 무릎을 꿇더니 무언가를 내밀었다.

"음. 사, 사랑입니다."

엉? 그의 입에서 한국말이 흘러나왔다. 누군가의 어깨 너머로 배운 듯 아주 많이 어색한. 설마 자말에게서 배운 거? 은수의 눈이 휘둥그레졌다. 그의 손엔 반짝 빛을 뿌리는 다이아몬드 반지가 자랑스럽게 들려 있었다.

"사랑……입니다. 은수, 나랑 겨어……론 합니다."

사랑한다. 결혼하자?

"내 아를 낳아도."

애까지 낳아 줘야 하고?

이어 그가 한 손을 쫙 펴서 그녀의 눈앞에 대고 흔들었다. 그리고 말했다.

"5마리!"

다섯 마리씩이나!

은수는 이제 입도 쩍 벌리고 있었다.

거의 꾸벅꾸벅 졸면서 그가 그녀의 손에 기어이 반지를 끼워 넣었다. 그리곤 그녀의 무릎 위로 엎어져 그대로 잠들어 버렸다.

12. 내 낙타를 받아 주세요

약속대로 루카스가 인사를 하러 오기로 한 날.

호기심으로 똘똘 무장한 모든 가족들이 한자리에 모여 앉았다. 그래 봐야 머릿수는 단출하기 그지없어서 오빠 내외와 은수가 다였지만.

"근데 넌 왜 온 거야?"

은수가 애심을 향해 물었다.

가족도 아닌 주제에, 더구나 부르지도 않았는데 애심은 때맞춰 잘도 나타나 그들 사이에 쏙 끼어 앉아 있었다.

"어떻게 알고 왔대?"

"어허, 다 아는 수가 있지. 우리가 남이가? 아아, 긴장할 필요 없어. 고은돌이가 남자를 데려오는 장면은 내 꼭 보아 두기로 유치원 시절부터 단단히 결심을 하고 있었거든. 오호호호. 아, 이 사과 맛있네."

"망할 년."

은수가 눈을 가늘게 뜨고 그녀를 노려보았다.

애심은 마치 제가 시누이라도 된 것처럼 올케언니들을 마구 부려먹으며 오빠들 사이에 앉아 늘어져 있었다. 사람은 아직 오지도 않는데 벌써부터 과일을 축내고 있어서 다시 깎아 놓느라 언니들이 고생을 하는 중이었다.

"정 뭐하면 너도 나 결혼한다고 남자 데려오는 날 우리 집에 놀러 오시든지."

"흥, 꼭 갈 거다. 어떤 남자를 데려오는지 아저씨, 아줌마 옆에서 눈 시퍼렇게 뜨고 봐 줄 거야."

"오냐. 꼭 와서 보려무나. 오빠들도 와야 하는 거 알죠?"

애심이 뻔뻔하게 오빠들까지 끌어들였다.

"난 외동딸이라 얼마나 쓸쓸한데. 꼴랑 세 식구뿐이라 아마 엄청 썰렁할 거야. 좋은 남자인지 어떤지 미리 봐 줄 사람도 없고. 올 거죠?"

"당연히 가야지. 남자는 남자가 잘 아는 법이야. 어떤 놈이 애심이를 데려가는지 가서 잘 봐 줘야지."

은준이 넙죽 고개를 끄덕였다.

그에 탄력을 받은 애심이 이번엔 은후에게 착 달라붙었다.

"큰오빠도 오실 거죠?"

"후후, 그래."

"아아, 다행이다. 이제 나를 무시할 놈은 없어. 자그마치 재벌 친구에 오빠들까지 있는데 어떤 놈이 감히 나를 무시하겠어. 음하하하."

"얼씨구, 아주 살판이 났다니까."

은수가 쯧쯧 혀를 찼다.

"과일 좀 그만 처먹어, 이년아. 비싼 것만 골라 먹고 있어."

"야, 고재벌. 너 인생 자꾸 쪼잔하게 살고 그러지 마. 이까짓 과일이 얼마나 한다고 그러냐?"

"돈이 문제가 아니야. 너 때문에 언니들이 쉬지도 못하고 계속 과일만 깎고 있잖아?"

은수의 말에 애심은 갑자기 눈을 착 내리깔더니 두 올케언니들을 슥 돌아보았다.

"그래서 그만 먹어야 한다고요?"

"어머, 아니에요. 잘 먹어서 보기 좋은데요, 뭘. 과일도 애심 씨가 다 가져온 거고. 더 먹어요."

"그럼요. 더 먹어도 괜찮아요. 아가씨도 좀 드세요. 그래야 더 예뻐지지."

"흐응, 그렇다네?"

아아, 저 얄미운 계집애.

다시 늘어져서 과일을 쏙쏙 집어 먹는 애심이 은수는 진정 얄미워 죽을 것 같았다. 박복하기도 하지. 어쩌다가 저런 계집애랑 친구가 되어서 이런 꼴을 겪나. 생각할수록 서러웠다.

[오셨습니다.]

"어, 왔다!"

현관 쪽에서 자말이 소리치고 있었다.

애심이 먼저 벌떡 일어섰다. 그러더니 이제껏 과일 한 조각 먹은 적이 없다는 듯 말끔한 얼굴로 강아지처럼 쪼르르 나가 서는 거다. 그 옆에서 은수는 입을 툭 내밀고 서 있었다.

곧 커다란 꽃다발을 한 아름 안고 루카스가 들어왔다.

겨울이라는 사실을 잠시 잊을 만큼 갖은 색깔의 꽃이 들어간 풍성하고 화려한 꽃다발이었다.

[안녕하십니까? 루카스 B. 윈스턴입니다.]

정중하게 인사하며 루카스는 들고 온 꽃다발을 두 여인네에게 건넸다. 애심이와 은수가 아니라 오빠들 곁에 서 있던 두 언니들이었다. 은수에게 미리 들은 말이 있어 그는 일부러 그녀들이 좋아하는 꽃을 특별히 주문해서 가져왔다.

"어, 어머, 저희들에게요?"

"이거 받아도 되나?"

"일부러 준비해 온 건데 그냥 받으세요."

어색하게 꽃다발을 받아 들며 눈치를 살피는 언니들에게 은수가 말했다.

"난 엄마가 없으니까 언니들이 대신이지 뭐."

"아가씨……."

"아이, 난 눈물 날 것 같애. 고마워서 어떻게 해요."

두 언니가 눈물까지 글썽이며 은수를 끌어안았다. 잠시 감동의 쓰나미가 몰려왔다.

[내 거는요?]

감동의 쓰나미를 헤치고 애심이 톡 끼어들었다.

[난 왜 없어요? 차별하는 거예요?]

[그럴 리가.]

픽 웃으며 루카스가 한걸음 옆으로 비켜섰다. 그러자 자말의 지휘 아래 경호원들이 산더미 같은 보따리들을 차곡차곡 들여오고 있는 것이 보였다.

[우와, 저게 다 뭐래? 누구네 마트라도 다 털어 온 거 아냐?]

[자, 여기.]

불쑥. 눈앞으로 꽃이 한 송이 나타났다.

노랗고 커다란 꽃. 찰리가 해바라기를 쑥 내밀고 있었다. 애심의 미간이 확 일그러졌다.

[됐거든요? 이런 꽃은 너나 가지세요. 다 익거들랑 술안주로 해바라기씨도 까시고.]

톡 쏘아 주고 애심은 안으로 확 들어가 버렸다. 그리곤 또 주저앉아 과일을 우적우적 먹어 대기 시작했다.

"저게 웬 변덕이래? 그날인가?"

은수는 진심으로 의심하고 있었다. 뭐, 원래도 저 모양이긴 했지만.

"어서 안으로 들어오세요. 아니, 그냥 오시지 뭘 이렇게 많이 가져오셨대."

초장부터 그에게 홀딱 반한 두 언니들이 서둘러 자리를 보았다. 그리하여 마침내 그들이 한자리에 빙 둘러앉을 수 있게 된 것이다.

[그러니까 데려가고 싶다고?]

은후가 진지한 얼굴로 묻고 있었다.

[우리 은수는 안 가겠다고 하는데?]

[설득할 자신 있습니다.]

[결혼을 하는 것도 아니고 그냥 데려가겠다는 말인가?]

[그럴 리가 있겠습니까?]

자신만만하게 대답하며 루카스는 한 손으로 은수의 손을 찾아 꼭 쥐었다. 그녀의 손가락엔 어제 그가 끼워 놓은 반지가 떡하니 자리 잡고 있었다.

얼마 전 새벽에 그녀가 갑자기 전화를 해서는 '나 안 가요!' 라고 소리친 날, 루카스는 불현듯 심장이 쿵 떨어지면서 불길한 예감이 엄습하는 것을 느꼈었다. 그래서 다음날 바로 이 반지를 샀다. 그녀가 그에 대해 아직 확신하지 못하고 있다면 이렇게 증거라도 달아 놓아야겠다고 생각했던 것이다.

그리고 어제 잠에서 깨자마자 그는 그녀에게 다시 청혼했다.

세상에서 가장 아름다운 그만의 공주가 되어 달라고 무릎까지 꿇었는데 무슨 생각인지 은수는 대답하지 않았다. 결혼은 안 한다며 앵무새처럼 따라갈 수 없다는 말만 반복할 뿐이었다.

[우와, 다이아몬드 사이즈 한번 크다. 엄청 비싸겠네.]

애심이 그제야 반지를 발견하고 눈을 크게 떴다.

병아리를 낚아채는 수리처럼 은수의 손을 쏙 낚아채더니 반지를 눈앞에 딱 붙인 채 뚫어지게 바라보며 물었다.

[5캐럿? 7캐럿?]

[9캐럿.]

[우와아. 가격이?]

[하하, 백만 달러.]

애심의 입이 쩍 벌어졌다.

그녀는 조용히 은수의 손을 놓았다. 그리고는 한숨을 푹 내쉬면서 돌아앉아 또 과일만 먹었다. 가끔 이해할 수 없는 팔자타령도 해 주면서. 진짜 왜 저러지? 갱년기 우울증인가?

"은수 생각은 어떠니?"

은후가 은수를 돌아보면서 물었다.

"아직도 그 생각은 변함이 없는 거니?"

"네, 큰오빠. 전 여기 있을래요."

"결혼할 생각도 없고?"

"네, 아직은요."

은수는 고개를 끄덕였다.

쪼잔하고 소심한 고은돌의 마인드는 아직도 그의 가족을 용서하지 못하고 있었다. 물론 받아들일 수도 없었다. 그를 사랑하지만 그것이 그의 가족까지 용서하고 받아들일 만한 이유는 되지 못하는 것 같았다. 그래서 은수는 그를 따라나서지 않기로 결정한 것이다. 아기를 보호하기 위해서라도.

[우리 은수는 자네를 따라나설 생각이 없다고 하네.]

은후가 루카스를 향해 마치 경고처럼 말했다.

[결혼도 아직은 할 생각이 없고.]

[은수가 왜 그런 결정을 내렸는지 알고 있습니다. 그래서 곧 마음을 바꾸게 될 거라고 확신할 수 있는 겁니다.]

보나 마나 지난번 아버지의 전화 때문일 것이다.

자세한 내용은 잘 모르지만 그 때문에 은수가 굉장히 화가 나서 새벽에 그에게 전화를 걸었을 정도니까.

루카스는 내심 쓴웃음을 짓고 말았다.

[은수를 위해 가족까지 버리겠다는 건가?]

[원래도 그리 왕래가 잦은 건 아니었습니다. 가족이라고 부르기도 민망합니다. 물론 핏줄을 강제로 끊어 내겠다는 말은 할 수 없습니다. 그런다고 근본이 달라지는 것은 아니니까. 다만, 한 가지 약속을 드릴 수는 있습니다. 절대로, 다시는 은수가 상처받지 않도록 잘 지키겠습니다.]

그 말을 하면서 루카스는 은수를 돌아보았다.

이곳으로 오는 길이 늦어진 건 원래 쌓인 일이 많기도 했지만 사실은 아버지와 정리할 일이 있었기 때문이기도 했다. 부름을 받고 그가 거의 반강제로 아부다비의 궁을 찾았을 때, 아버지는 웬 고양이 같은 여자를 보여 주었다.

딱 보는 순간, 그는 '저 여자가 바로 은수가 말하던 마이타구나'라는 사실을 깨달았다. 그리고 그 뒤에 나올 말도. 아버지는 아주 당연하다는 듯 그에게 마이타와의 정략결혼을 제안했다. 그러면 막툼의 일도 묻어 두고, 딱히 마음에 드는 건 아니지만 은수 정도는 두 번째 부인으로 들이는 걸 허락해 주겠다고 하면서.

'죽어도 그 말을 따르는 일은 없을 겁니다. 내게 여자는 은수 하나뿐입니다. 겨우 이만한 일로 다시는 불러들이지 마세요. 그리고 난 윈스턴 가의 후계자입니다. 막툼이 바라는 게 많은 것 같으니 그놈에게 가문을 잇게 하시죠.'

그 말을 하자 아버지는 정말 불같이 화를 냈다.

덕분에 그는 본의 아니게 궁에서 며칠간 갇혀 지내기까지 했다. 찰리가 구해 주지 않았다면 아마 지금쯤 사랑의 묘약이나 그 비슷한 것들에 잔뜩 취해서 그 여자를 안았을지도 모른다.

둘의 시선이 공중에서 딱 마주쳤다.

[사랑해, 은수. 내 곁으로 와 줘.]

[……미안해요. 난 아직 갈 수 없어요.]

[대체 왜? 나를 사랑하지 않는 거야?]

[당신을 사랑해요. 하지만 역시 아직은 갈 수 없어요.]

은수가 끝내 고집을 부리고 있었다.

이렇게까지 매달리는데 정말 이러기야?

마치 존재 자체가 거부당한 듯 루카스는 너무 슬프고 답답해져서 그녀를 품에 안고 달달 흔들고라도 싶을 지경이었다. 이렇게 숨이 막히도록 사랑하는데 어떻게 이렇게 번번이 외면할 수 있는지, 그에게로 온다며 얼굴을 발갛게 물들이면서 수줍게 속삭이던 그녀가 왜 이렇게 극단적으로 마음을 바꾸어 먹었는지 궁금해서 미칠 것 같았다. 사랑한다면서! 어제도 그렇게 열정적으로 타올랐으면서!

[나, 기억이 많이 돌아왔어요.]

은수는 그렇게 운을 뗐다.

그가 흠칫 몸을 굳혔다.

[어떤 일을 겪었는지, 누가 그랬는지, 왜 그랬는지 이제는 다 알아요. 그런데 나 아직은 다 이겨 내지 못했어요. 그래서 갈 수 없어요. '겨우' 그만한 일로 '고작' 이런 여자를 위해 자신의 금쪽같은

아들을 해쳤다며 분노하는 그분을 아직 용서할 수 없어요.]

[…….]

[미안해요. 정말 미안하지만 나에게 시간을 좀 주었으면 좋겠어요.]

[은수!]

그랬던가? 아버지는 전화로 그런 말을 했던 건가?

가슴이 온통 무너져 내리는 기분을 느끼며 루카스는 그녀를 꽉 끌어안았다. 이제야 사실을 안 것에 대한 당혹스러움과 미칠 듯한 분노로 눈앞이 다 아찔해졌다.

설마하니 그런 말을 했을 줄은 몰랐다. 전화를 받았다는 사실은 알았지만 그렇게까지 모진 말을 했을 줄은 미처 모르고 있었다. 그날의 일을 많이 기억해 냈다는 보고도 들었으나 모든 사실을 깨닫고 극복해 내기 위해 혼자서 애를 쓰고 있다는 사실까지는 정말 몰랐다.

루카스는 거의 절망과도 같은 분노에 사로잡혀 부들부들 손을 떨었다. 견딜 수 없는 비참함이 모래 폭풍처럼 휘몰아쳤다.

은수를 향한 애처로움이 온통 가슴을 점령하고 밖으로 흘러넘쳤다. 동시에 막둠과 아버지를 향한 분노가 그만큼 더 커지기도 했다. 루카스는 이를 악물고 스스로를 원망했다. 빨리 올 생각만 하느라 일만 했지, 정작 중요한 것은 지키지 못했다는 후회가 뼛속 깊은 곳까지 스며들고 있었다.

조금 더 철저히 살폈더라면 이런 일은 없었을 거였다.

아니, 차라리 애초부터 모든 사실을 고백하고 그녀가 받아들일 수 있도록 시간을 주는 것이 더 나았다. 그랬더라면, 그랬더라면 지금에 와서야 기억해 내고 고통스러워하는 모습은 보지 않아도 되었을 테니까. 이렇게 거부당하는 일도 없었을 테니까.

[미안해. 미안해, 은수.]

그가 처절하게 부르짖었다.

[날 원망해. 내가 어리석었어.]

[당신이 왜요? 나 때문에 동생이랑 아버지에게까지 미움을 샀는데 내가 더 미안하죠.]

[아니야. 그딴 건 아무래도 괜찮아. 나에겐 은수가 가장 소중하니까.]

은수가 가장 소중하니까!

그 말이 떨어지자 갑자기 몸 깊은 곳에서부터 찌르르 전기가 일었다. 가슴이 벅차고 짜릿하다. 그의 품에 얼굴을 묻고 은수는 남몰래 씩 웃었다. 갑자기 너무 행복해서 이대로 덜컥 '결혼하자'는 말이 터져 나올 것만 같았다. 아이, 난 너무 소중해서 큰일 났다니까. 고은돌이의 코는 이제 하늘을 찌르는 일만 남았다.

[기다릴게. 은수가 이겨 내고 내게로 올 때까지 곁에서 지킬게.]

[고마워요.]

그들이 다시 서로를 꼭 끌어안았다.

그런데 무언가가 마음에 들지 않았던 것일까? 그 모습을 가만히 보고 있었던 은후가 문득 입을 열었다.

[그런데 자네 우리나라의 결혼 풍습에 대해서는 알고 있나?]

결혼 풍습? 그냥 결혼만 하면 되는 거 아니었나?

루카스가 약간 긴장한 채 그를 돌아보았다.

[지금은 아니겠지만 언젠가 결혼을 할지도 모르고, 어차피 은수는 아이 낳을 때까지 여기에서 머무른다니 아무래도 미리 알아 두는 게 좋을 것 같아서 하는 말이네만⋯⋯.]

[⋯⋯?]

[우리나라엔⋯⋯ 남녀가 성혼을 허락받으면 일단 처가 내에 작은 집을 짓고 아이를 낳으며 살다가 아이가 다 크면 본가로 돌아가는 풍습이 있다네.]

"쿨럭! 혀, 형, 그건 고구려 때 서옥제⋯⋯."

내내 잠자코 있던 은준이 화들짝 놀라 소리쳤다.

천 년도 더 전의, 고리짝 시절의 결혼 풍습이 여기서 왜 나오나. 아니, 그걸 정말로 믿으면 어쩌나 싶어 순간 걱정이 왈칵 몰려오면서 저도 모르게 그만 입이 터졌다.

"설마 그대로 하라고⋯⋯?"

"안 되는 이유라도 있는 거냐?"

안 되는 이유야 없다. 그저 데릴사위가 아닌 이상 아무도 그렇게 살지 않는 것뿐이다. 혹은 아이 교육에 목숨을 걸고 스스로 떨어지는 것을 선택한 기러기부부나. 그런데도 은후는 여전히 진지한 자세로 고구려 시대의 서옥제에 대해 설명을 하고 있었다.

마치 그러한 유서 깊은 전통 풍속이 있으니 잔말 말고 반드시 그렇게 살아 줘야겠다고 말하듯이. '봐라, 결혼도 안 하고 따라가지도 않겠단다. 그러니 너는 고은돌이가 친정에서 애를 낳고 그 애가 다 클 때까지 지극정성으로 살피기는 하되 데려갈 생각은 말거라'

하는 소리가 당연스레 흘러나왔다. 그의 해박하고도 깊이 있는 설명은 애심이 방바닥을 두드리며 자지러지게 웃다가 헐떡일 때까지 꾸준히 이어졌다.

[오늘은 갈 데가 있어요.]

은수는 그렇게 말했다.

하루 종일 함께 지낼 생각으로 이런저런 계획을 세워 두었던 그에겐 진정 실망스러운 말이었다. 하지만 루카스는 포기하지 않았다. 그는 마치 한 몸 안의 꼬리처럼 그녀를 졸졸 따라나섰다.

[아이참, 혼자 가야 한다니까요?]

[글쎄, 혼자 어딜 가는 거냐니까?]

[있어요, 그런 데.]

[안 돼, 못 보내. 혼자 내보냈다가 도망가면 난 어쩌라고?]

[아니, 내가 왜? 내가 왜 도망을 친다는 거예요?]

[음, 형님한테 다 들었어. 은수, 사실은 몰래 가출한 거라며?]

헉! 아아, 망할 고은준.

어제 갑자기 쿵짝이 맞아서 술판을 벌이더니 고작 비싼 술 한 병에 기어이 있는 소리, 없는 소리까지 다 폭로해 버렸구나. 신비주의를 고수하고 있던 고은돌이의 컨셉을 폭삭 깨 버렸어야?

부끄러움과 민망함이 사무쳐 은수는 벌겋게 얼굴을 붉혔다.

'사실은 네가 오해하고 있는 겁니다. 그것은 가출이 아니라 독립운동이었습니다'라고 외치고 싶었지만 믿어 주지 않을 것 같아서 차마 말을 못하겠다.

[아무튼 난 오늘 갈 곳이 있어요. 꼭 가야 하는 곳이에요.]

은수는 고집을 부렸다. 그러자 루카스가 그녀의 손을 꼭 잡더니 또 아주 당연하게 말했다.

[그럼 가자.]

[아이, 혼자 가야 한다니까요?]

[혼자는 못 보내. 같이 가자니까.]

[정말 이럴 거예요?]

[응. 꼭 따라갈 거야. 난 앞으로 은수를 절대로 혼자 두지 않겠다고 결심했거든. 너무 예뻐서 다른 놈이 집적댈까 봐 안심을 할 수가 없어.]

도대체 누가 집적댄다고!

물론 그녀가 예쁜 것은 사실이었다. 요즘 잘 먹고 잘 자고 있어서 얼굴도 더 뽀얘지고 피부엔 윤기가 흘렀다. 아무튼 예쁜 것은 사실이지만 그렇다고 보는 사람마다 다 탐을 낼 정도는 아니었다. 그 정도였다면 고은돌이의 코는 벌써 하늘을 찔렀겠지.

[휴우, 알았어요. 같이 가요.]

은수는 결국 항복을 선언하고 말았다.

어떻게 해도 그의 고집을 꺾을 수 없다는 사실을 바로 깨달은 것이다.

[대신 한 가지만 약속해요.]

[무슨?]

[이따가 말이에요, 상황이 이해가 가지 않아도 내가 먼저 말을 꺼낼 때까지 아무것도 묻지 말아 주세요. 알았죠?]

[좋아. 약속하지.]

그가 넙죽 고개를 끄덕였다.

직후, 그들은 나란히 차에 올랐다. 차를 타고 함께 가면서 루카스는 은수를 가만히 관찰했다. 거의 맨 얼굴로 다니던 그녀인데 오늘은 엷게 화장을 하고 있었다. 제일 좋아하는 원피스를 꺼내 입고 꽤 좋아 보이는 부츠도 신었다. 그리고 가진 것 중 제일 비싼 옷이라던 하얀 모직 코트와 같은 재질의 작은 모자도 썼다.

오빠가 사 주었다는 진주 목걸이와 귀걸이까지 보이자 그녀는 마치 어느 대단한 집의 귀한 공주님처럼 보였다. 그가 끼워 준 반지가 손가락 위에서 화려하게 반짝이고 있었다. 그런데 작은 핸드백을 꼭 쥐고 있는 손이 가늘게 떨리고 있다. 그렇게 꽁꽁 완전무장을 하고 나서고도 긴장을 다 떨치지 못하겠는지 그녀는 자꾸 손을 떨고 입술을 깨물었다.

'대체 어딜 가는 것이기에.'

루카스는 문득 궁금해졌다. 하지만 약속을 했으니 물을 수는 없었다. 아마도 돌아오는 길엔 그녀가 다 설명해 주리라.

[저, 저기…….]

그녀가 문득 입을 열었다.

[나 괜찮아 보여요?]

[음. 예뻐.]

[아이, 그런 거 말고. 제대로 잘 자란 것처럼 보여요?]

[물론이지. 귀한 집의 공주님 같아. 예쁘고 귀엽고 단정하고 우아해. 그리고 곧 귀한 집의 왕비님이 될 것처럼 보여.]

그 말에 은수가 방긋 웃었다. 마치 그제야 안심했다는 듯.

차는 한참을 달렸다.

가다가 꽃집 앞에 잠깐 멈춰서 은수는 빨간 카네이션 한 다발을 샀다. 그러고도 다시 좀 더 달리고서야 마침내 목적지에 도착했다.

그것은 꽤 규모가 큰 한식당이었다.

기와를 얹은 외관을 하고 있었는데, 넓은 홀에 방까지 있고 안쪽으로는 마당도 보였다. 기합을 잔뜩 넣고 은수는 식당 안으로 들어섰다.

그들의 거한 일행이 들어서자 식당 사장으로 보이는, 막 노년으로 접어든 나이 지긋한 남자가 놀라서 얼른 뛰어나왔다. 그리고는 연방 굽실거리며 그들을 가장 좋은 방으로 안내했다. 루카스와 그녀는 방에, 함께 온 경호원들은 밖의 홀에 자리를 잡았다. 점심시간이 지난 시간이라 다행이었다. 안 그랬으면 뜻밖의 일행 때문에 꽤 복잡해질 뻔했는데.

"아이구, 어디서 재벌이라도 왔나베."

"외국인인데?"

"그럼 억만장자인 모양이지. 세상에, 차 좀 봐라. 저게 얼마야? 저런 건 대통령이나 타고 다니는 거 아닌가?"

"그런가? 어디서 온 사람인가. 아주 그냥 귀티가 잘잘 흐르네. 여자도 참 곱다. 뉘 집 딸인가?"

몇몇 사람들이 그들의 방을 흘끔거리면서 수군거렸다.

못 들은 척 외면하고 은수는 잠시 살짝 열린 문틈으로 홀과 주방쪽을 유심히 살폈다. 그녀가 그쪽을 향해 목을 길게 빼고 있는 사이 갑자기 눈앞으로 누군가가 불쑥 나타났다.

"주, 주문하시겠습니까?"

오십 살쯤 되었을까?

살이 쪄서 볼이 통통한 중년 여자가 들어와 가죽으로 된 메뉴판을 내밀었다. 그녀는 짙은 화장에 아이라인을 굵게 그리고 입술엔 빨간 립스틱을 바르고 있었는데 뭘 먹다가 나왔는지 입술이 조금 번져 있었다.

쿵!

순간, 심장이 철렁 내려앉았다.

은수는 놀란 눈으로 그녀를 가만히 바라보았다. 마치 신기한 사람을 보듯 꼼꼼한 시선으로 쌍꺼풀이 진한 눈매며, 낮은 콧대는 물론이고 약간 작은 입모양까지 한눈에 훑어 내렸다. 문득 시선이 딱 마주쳤다.

'호, 혹시······.'

은수는 조금 긴장해 저도 모르게 마른 침을 꿀꺽 삼켰다. 그러나 다가오는 건 의심 어린 짜증스러운 시선뿐이었다. 결국 그녀가 간신히 목소리를 짜내어 물었다.

"여긴 뭘 제일 잘하나요?"

"한우 소불고기랑 삼계탕이요."

"그럼 그걸로 주세요. 밖에 있는 사람들 것도 양을 넉넉히 해서 따로 내주시고요."

"아이고, 네!"

제일 비싼 메뉴였는지 여자는 눈가에 자글자글한 주름까지 만들며 환하게 웃었다. 그리곤 날듯이 나가 큰소리로 주방에 주문을 넣는다. 주문을 넣은 여자는 나이 든 사장과 잠깐 웃고 떠들다 곧 접대용 미소를 머금고 다른 손님을 맞았다. 그 모습을 은수는 시선한번 떼지 않고 계속 바라보고 있었다.

음식은 금방 나왔다.

몇 가지 반찬과 푸짐하게 퍼낸 불고기, 그리고 각자의 앞으로 뚝배기에 담긴 삼계탕이 하나씩 주어졌다. 펄펄 끓는 삼계탕을 루카스가 조금 난감한 시선으로 바라보았다. 이 뜨거운 것을 대체 어떻게 먹어야 하는 건지 몰라 당황한 듯했다. 그 모습을 본 은수가 국자를 집어 들어 작은 그릇에다 죽을 퍼 주고 젓가락으로 닭고기를 발라 놓아 주었다.

[한국에서는요, 귀한 사위가 오면 씨암탉을 삶아 줘요.]

[그럼 이게……?]

[음, 비슷해요. 우리나라엔 사위 사랑은 장모라는 말이 있어요. 딸한테 잘해 달라고 사위를 극진히 대접해 주거든요. 나한테 어, 엄마가 있었다면 아마 당신에게도 닭을 삶아 줬을 거예요.]

엄마가 있었다면.

문득 눈가가 뜨거워지는 것 같아 은수는 입술을 깨물었다. 루카스가 땀을 뻘뻘 흘리며 삼계탕을 먹고 있었다. 그녀도 어렵게 숟가락을 들었지만 한창 냄새에 예민한 시기라 그런지 잘 넘어가지 않았다. 그래서 젓가락만 들고 앉아 그가 먹는 내내 시중만 들었다.

조금 시장했는지 그는 삼계탕을 말끔히 다 비우고 그녀가 직접 집어 주는 맛에 소불고기도 많이 먹었다. 천천히 이어지던 식사가 다 끝날 즈음엔 사장이 직접 식혜를 내왔다.

"어떻게 맛있게 드셨는지……."

"맛있었대요."

은수가 루카스의 말을 전해 주었다.

"삼계탕은 처음인데 맛있게 잘 먹었대요. 불고기도 고기가 부드럽고 괜찮았다고 하네요."

"아이고, 감사합니다. 하하, 언제든지 자주 찾아 주세요."

"네. 저어, 그런데……."

은수는 조금 망설이다 홀에서 왔다 갔다 하는 예의 여자를 가리키며 다시 말을 이었다.

"저분은……."

"예? 아, 우리 마누라입니다. 그런데 왜 그러시는지?"

"아, 그게…… 우리 엄마랑 많이 닮아서요."

"아, 예에."

"그게, 엄마가 돌아가셨는데……."

"저런! 그래서 그렇게 유심히 보셨구먼."

엉겁결에 거짓말을 늘어놓고 은수는 조심스럽게 카네이션 다발을 내밀었다.

"저기, 괜찮으시면 이것 좀 전해 주실래요? 엄마한테 드리려고 준비한 건데 깜빡 잊고 그냥 가져왔어요."

"쯧쯧, 귀한 아가씨가 딱하기도 하지. 이리 주시우. 내 갖다 줄게요. 꽃 좋아하는 사람이니 싫다고는 안 할 겁니다."

꽃다발을 건네는 손이 조금 떨렸다.

사장이 가져다주는 꽃을 여자는 정말로 좋아하면서 받았다. 그녀는 은수를 향해 이해심 많은 미소를 지으면서 꾸벅 고개를 숙이기까지 했다. 마주 고개를 숙여 주고 돌아앉으니 갑자기 속이 울렁거렸다.

[그만 가요.]

울 듯한 얼굴로 그녀가 말했다.

[가요.]

[그래.]

상황을 짐작한 루카스가 천천히 일어나 은수를 부축해 일으켜 세웠다. 그리곤 직접 계산을 하고 보란 듯이 밥값의 몇 배나 되는 거한 팁까지 남기자 곳곳에서 탄성이 터졌다. 그 소릴 뒤로하고 그들은 다시 차에 올라 그곳을 떠나왔다.

돌아오는 내내 은수는 말이 없었다.

긴장이 풀어진 듯 거의 늘어져 그에게 몸을 기대고 있다가 작은 공원을 지날 즈음 갑자기 차를 세우고 뛰쳐나갔다.

"우욱!"

[은수!]

은수가 허리를 구부리고 헛구역질을 하고 있었다.

갑작스러운 상황에 당황한 루카스가 황급히 수건을 내밀고 차에서 꺼내온 시원한 생수를 따서 내밀었다.

[괜찮아? 괜찮은 거야? 어디가 안 좋은 거지?]

[음, 괜찮아요. 후우, 이제 괜찮아졌어요.]

[병원에 가는 게 좋지 않을까?]

[아니에요. 괜찮아요. 나 좀 앉을래요.]

얼굴빛이 창백해진 몰골로 은수는 작게 휘청거렸다. 그리곤 그에게 기댄 채 근처의 벤치에 앉아 잠시 심호흡을 했다. 그렇게 그녀는 한참이나 멍하니 앉아만 있었다. 그러더니 어느 순간 마치 꿈을 꾸듯이 입을 열었다.

[난요, 많이 기대했었나 봐요.]

[……?]

[잊지 않았을 거라고 생각했어요. 그렇게 버리긴 했지만 절대로 잊은 건 아닐 거라고. 그래서 가는 내내 많이 떨었어요. 혹시, 날 알아보면 어떻게 해야 하나.]

[……!]

[피는 못 속인다니까 어쩌면 첫눈에 알아보고 놀랄지도 모른다고 생각했어요. 그러면, 오빠들한테는 그냥 멀리서 보고만 온다고 했지만 그래도 날 알아보면 맞다고 해 줘야지. 잘 자란 내 모습을 보여 줘야지. 그런데…….]

볼을 타고 눈물이 뚝 떨어졌다.

[끝까지 알아보지 못했어요!]

왈칵 울음이 터졌다.

알아보지 못했다. 마치 그녀와 같은 사람은 안 적도 없다는 듯 무심하게 스쳐 갔다. 오빠들의 힘으로도 한 달 만에야 어렵게 찾아냈는데, 여기까지 오는 데 자그마치 20년도 넘게 걸렸는데 엄마는 그녀를 전혀 알아보지 못했다. 그 사실이 너무 서러워 은수는 앓듯이 울었다.

내내 무언가 사정이 있을지도 모른다고 생각해 왔던 것을 비웃듯 그녀는 그냥 다 죽어 가는 남편과 은수를 버리고 나이 많은 남자를 따라 도망친 것뿐이었다. 남편은 어느 병원 영안실에, 은수는 시장 한복판에 버린 채 남편의 전 재산을 들고 떠났다. 친엄마가 아니라고 했다면 차라리 이해라도 했을 법한 그 일을 한 사람이 바로 그녀의 엄마였다.

그런 자료가 아니라도 눈빛이 마주친 순간, 은수는 저절로 깨달았다. 사실은, 처음부터 데리러 올 생각이 전혀 없었던 거였다고. 그래서 그때랑 하나도 달라지지 않은 이 눈빛조차 알아보지 못하는 거라고.

[하나도 닮지 않았어요. 엄마인데, 안 닮아서 차라리 진짜 엄마가 아니었으면 좋겠다는 생각도 했어요.]

[으음.]

[할머니 말을 안 들어서 벌 받나 봐요. 막걸리 마시고 취할 때마다 자식 버리고 간 어미는 기다리지도, 찾지도 말아야 하는 거라고 했는데 그 말을 안 들어서…….]

오죽했으면 유언까지 남겼을까.

고은돌이는 또라이다. 바보 멍청이라서 죽어라고 말을 안 듣다가 이렇게 또 쓸데없는 상처를 받고 말았다.

[제발, 울지 마, 은수.]

목 놓아 철철 우는 은수를 루카스가 품에 안고 살살 달랬다.

그런데도 쉬이 울음이 그치지 않아 그녀는 한참을 더 울어야 했다. 그러다가 울음의 끝에서 문득 그녀가 말했다.

[나는 절대로 그런 엄마가 되지 않을 거예요. 많이 사랑해 주고 아껴 줄 거예요. 세상에서 젤로 소중하게 키울 거예요. 절대로 시선을 떼지도 않을 테야.]

[그……래.]

[내 아기는 언제나 나랑 함께 있을 거예요. 항상 손을 잡고 함께 다닐 거예요. 날마다 사랑한다고 말해 주고 좋은 것만 줄 거야. 진짜예요. 난 꼭 좋은 엄마가 될 거예요.]

순간, 루카스의 눈동자가 확 커졌다.

은수는 어느새 손을 아랫배 위에 얹어 놓고 있었다. 조심스러운 동작으로 감싸 안고 살살 어르면서도 자신이 그러고 있다는 사실을 미처 깨닫지 못한 듯 먼 곳을 보며 이야기만 하고 있었다.

[은수?]

난데없이 정신이 확 깨는 듯한 느낌에 치를 떨며 루카스가 문득 그녀에게서 떨어졌다. 그리곤 벌떡 일어나 그녀를 유심히 바라보았다. 정확히는 그녀의 아랫배였다.

[아……기?]

놀란 은수가 울음을 뚝 그치고 그를 바라보았다.

[아기가…… 있어?]

[…….]

[은수! 말해. 아기가 있는 거지? 그런 거지? 내 아기…….]

그가 두 손으로 은수의 어깨를 움켜쥐고 달달 흔들었다.

얼굴은 무섭도록 굳어 있고 눈동자는 짙푸르다 못해 점점 더 새카맣게 물들고 있었다. 악다문 입술 사이로 부러져 나가도록 질근 깨물고 있는 이가 보였다.

끄덕끄덕.

너무 무서워서 은수는 바짝 굳은 채 저도 모르게 고개를 끄덕였다. 울음 따위 진즉에 쏙 들어가고 갑자기 소름이 쫙 돋을 정도로 강한 공포가 찾아왔다.

어떻게 해야 하나. 아니, 뭐라고 해야 하나. 깜빡 잊고 있었다고 말하면 믿어 주려나. 그냥 이대로 뒤도 돌아보지 않고 튀는 게 더 낫지 않을까. 아니아니, 사실은 다 말하려고 했다고 변명을 해?

발발 떨면서 은수는 필사적으로 머리를 굴렸다.

이대로 그냥 있기만 하면 그가 당장이라도 때려죽일 것만 같았다. 고은준도 그러지 않았던가. 여동생만 아니라면 그냥 콱 때려죽이고 싶을 때가 많다고. 고개도 못 들고 움직이지도 못하고 그녀는 그냥 눈을 질끈 감고 말았다. 그런 그녀의 머리 위에서 문득 그의 싸늘한 목소리가 들려왔다.

[일어나.]

[……네?]

[당장 일어나.]

왜, 왜요? 정말 때리려고?

심장이 철렁 내려앉았다. 덜덜 떨면서 은수는 주춤주춤 일어섰다. 그러자 다음 순간 몸이 붕 떠올랐다.

"악!"

그가 두 팔로 그녀를 안아 든 채 빠른 걸음으로 차로 향하고 있었다. 말도 못 붙이게 시리고 냉정한 얼굴이 바로 코앞에 있다. 갑자기 서운함이 몰려왔다. 말을 안 한 건 미안하긴 하지만 이렇게까지 화를 낼 필요는 없는 것 아닌가. 설마하니 평생 비밀로 묻어 두기야 했을까. 정말로 다 말하려고 했는데……. 덜덜 떠는 그녀를 차 안에 조심스럽게 내려놓자마자 그가 말했다.

[병원으로 가.]

은수는 질끈 눈을 감고 말았다.

"은돌아, 언니 놀러 왔……. 어? 분위기가 왜 이래?"

코끝이 빨갛게 언 꼬라지로 발발 뛰어 들어오던 애심이 순간 흠칫 굳어서 주위를 살폈다. 사람은 다 있는데 무슨 이유인지 실내는 무서우리만치 고요했다. 그녀는 손에 들고 열심히 흔들어 대던 까만 봉지를 슬그머니 품에 안고 잽싸게 이 집안의 여자들 곁으로 가 주저앉았다.

그녀의 시선이 소파 구석에 마치 죄인처럼 앉아 있는 은수에게로 향했다.

은돌아, 너 이번엔 또 무슨 짓을 한 거냐. 무슨 짓을 했기에 저 후덕한 심성을 가진 남자가 저렇게 무섭게 화를 내고 있는 거지?

눈빛으로 맹렬하게 물었지만 은수는 금방이라도 눈물을 쏟을 듯한 얼굴로 그냥 고개만 젓고 있었다. 그러자 애심의 시선이 이번엔 침통한 표정으로 앉아 있는 오빠들을 스윽 지나 그 루카스에게로 옮겨 갔다.

그는 마치 살인을 계획하고 있는 사람처럼 무서운 얼굴로 앉아 있었다. 팔짱을 끼고, 어금니를 꽉 깨물고, 거칠어진 숨을 어떻게 진정시키지도 못하고 있는 모습에서 감출 수 없는 살인 충동마저 느껴졌다. 대체 뭔 일이래.

[……당장 결혼해.]

그가 악다문 이 사이로 내뱉었다.

[우린 이달 안에 결혼을 하고 영국으로 갈 거야.]

[……마, 마, 말도 안 돼.]

은수는 덜덜 떨면서도 기어이 고개를 저었다.

그러자 순간 그가 눈에 핏줄을 확 세우더니 주먹으로 눈앞의 탁자를 쾅 내리치는 거다.

"악!"

비명을 지르며 은수가 풀쩍 뛰어올랐다.

애심도 놀라서 눈을 크게 뜨고 그를 바라보았다. 이 영문을 알 수 없는 상황에 대해 호기심이 마구마구 치솟아 올랐다. 결국 그녀는 은준을 바라보았다. 그러자 한숨을 푹 내쉰 그가 마치 변명처럼 말했다.

[우린 벌써 말한 줄 알았지. 그래서 반지까지 끼고 왔구나 했는데…….]

돕자는 건가 아니면 죽이자는 건가.

그 와중에도 은수는 도끼눈을 뜨고 그를 홱 노려보았다.

오빠가 지금 나를 밀어 죽이려는 게요?

"아니, 우린 그렇게 생각하고 있었다 그 말이지. 안 그래요, 형?"

"음. 이번 일은 은수가 실수했다."

큰오빠마저!

그렇게 모두가 그녀에게서 등을 돌렸다. 너무하는 것 아닌가. 영원히 비밀로 할 것도 아니었고 그저 말하는 걸 잠시 뒤로 미룬 것뿐인데 어째서 그녀가 이런 비난을 받아야만 한다는 건가.

은수는 슬슬 억울하다는 생각이 들기 시작했다.

병원에서의 일도 그렇다.

그녀가 산부인과를 처음 찾아간 날 했던 검사들을 모조리 다시 한 거나, 초음파 사진을 3D입체형으로 다시 찍은 건 그렇다 치자. 그런데 어째서 그가 의사와 단독으로 상담을 하고 맘대로 주치의를 정한단 말인가. 자기가 애를 낳을 것도 아니면서. 더구나 그녀가 또 다른 검사나 진료를 받을 때마다 그에게 실시간으로 보고가 들어간다고도 했다. 그건 거의 프라이버시 침해 아닌가?

[어떻게 내게 그런 짓을 할 수 있지? 당신은 감히 내 권리를 빼앗으려고 들었어.]

[이, 일부러 그런 건 아니에요.]

[그걸 믿으라고 하는 소리인가? 더 이상 긴말하고 싶지 않아. 만일 당신이 내 제안을 받아들이지 않는다면, 난 내가 할 수 있는 모든 수단과 방법을 다 동원해서라도 내 권리를 찾겠어.]

[어, 어쩌려는 건데요?]

[⋯⋯양육권을 내가 가져가겠어.]

"어라? 양육권이라니?"

무슨 이야기인지 전혀 모르고 있다가 갑자기 '양육권'이라는 말이 들리자 애심이 눈을 동그랗게 떴다.

"야, 고은돌. 너 애 가졌어?"

"흑, 히잉……."

냉정한 그의 말에 질린 은수가 고개를 끄덕이며 울먹이기 시작했다. 애심의 얼굴이 확 일그러졌다.

"고은돌, 너어어……! 이 나쁜 기집애!"

천둥 같은 고함 소리와 함께 휙! 검은 봉지가 하늘을 날았다.

소파 모서리를 맞추고 툭 떨어진 비닐봉지 속에서 탱탱한 귤이 와르르 쏟아져 나왔다. 그러거나 말거나 발딱 일어선 애심이 한쪽에 놓여 있던 쿠션을 은수에게 집어 던지더니 멀쩡히 잘 있는 탁자를 낑낑거리고 들어 확 뒤집어 놓았다.

쿠당탕!

묵직한 가구가 자빠지는 소리가 울리면서 거실이 순식간에 난장판으로 돌변했다. 애심이 발을 쿵쿵 구르면서 미친 듯이 소리쳤다.

"이 나쁜 기집애야, 니가 어떻게 나한테 이럴 수 있어? 어떻게 나한테만 말을 안 해 줄 수 있어?"

"내, 내가 뭘 어쨌다고 이래에?"

"닥쳐, 이년아. 결혼한 지 일 년도 안 된 올케들도 알고 있는 일을 내가 왜 몰라야 해? 그러고도 니가 친구야? 이 20년 세월을 날로 먹을 년아!"

"아악, 나 죽어!"

애심이 와락 달려들어 이젠 은수의 머리채를 잡고 흔들기 시작했다. 순식간에 두 사람이 소파 위에서 한데 엉켜 툭탁거렸다. 그 바람에 고씨 형제 부부는 물론이고 한창 화가 나 씩씩거리던 루카스까지도 당황해 그녀들을 말리고 나서야 했다.

[은수!]

"애, 애심 씨, 왜 이래요. 진정해요, 네?"

"다 필요 없어. 오빠들도 나쁘고 댁들도 다 나빠. 고은돌이는 더 나빠!"

루카스와 두 올케들이 달려들어 두 사람을 간신히 떼어 놓았다.

떼어 놓고 보니 은수는 루카스의 품에 코를 박은 채 엉엉 울고, 애심은 애심대로 난장판이 된 바닥에 주저앉아 엉엉 울고 있었다. 그야말로 눈 깜짝할 사이에 벌어진 일이었다.

[은수, 괜찮아?]

언제 화를 냈었냐는 듯 루카스가 다급한 표정으로 이리저리 은수를 살피면서 물었다.

"흐으으…… 히잉……."

[제발, 울지 말고 말을 해 봐. 어디가 아픈 거야? 응?]

다시 친절해진 그의 목소리가 들리자 은수는 더 펑펑 울면서 팔뚝을 보여 줬다. 애심이의 손톱에 긁혀서 벌건 줄이 나 있었다. 딱 한 개. 거길 콕 찍어 주면서 은수는 엉엉 울었다.

[아파요. 머리도 아프고 다리도 아파요. 히잉. 아기가 놀랐으면 어떻게 해.]

아기라는 말에 그가 깜짝 놀라더니 황급히 그녀를 안고 살살 달래기 시작했다. 벌건 줄이 간 팔뚝도 호호 불어 주고 헝클어진 머리도 만져 주더니 아프다고 한 다리도 주물러 주었다. 그 사이 은수는 다시 친절해진 그에게 사정없이 어리광을 부렸다. 그러다가 곧 공주님처럼 그의 품에 안겨 제 방으로 사라졌다.

그들이 방으로 모습을 감추자 엄청 서러운 꼴을 당한 양 철철 울던 애심이 갑자기 울음을 딱 그쳤다. 그러더니 아무 일도 없었던 것처럼 태연한 얼굴로 다시 소파에 주저앉아 굴러다니는 귤을 집어 들고 까는 거다.

"어, 시원하다. 역시 겨울엔 귤이 최고야."

눈물 한 방울 없는 멀끔한 얼굴로 귤을 씹으며 그녀가 중얼거렸다. 그리곤 다시 몇 개를 더 주워서 고씨 형제의 손에도 사이좋게 하나씩 쥐어 주었다.

"오빠, 귤 드세요. 맛있어요."

"하여간에 한애심이 잔머리 굴리는 실력은 알아줘야 해."

"음, 그래도 탁자를 뒤집은 건 좀 심했다."

"어머! 여, 연기였어요?"

"후아, 놀랐다."

그제야 사실을 깨달은 두 여자가 안도의 한숨을 내쉬며 바닥에 철푸덕 주저앉았다. 그 모습을 보고 애심은 또 우헤헤 웃었다.

"내가 연기를 좀 하긴 하지. 우헤헤헤."

"정말요. 난 진짜인 줄 알고 엄청 놀랐잖아요. 세상에나."

"그래도 루카스가 금방 화를 풀어서 다행이에요. 보니까, 우리 아가씨 어떻게 될까 봐 엄청 걱정하더라고요."

미숙과 선주가 애심을 보고 허탈하게 중얼거렸다. 그러다 문득 큰올케인 미숙이 말했다.

"진짜 잘됐어요. 아까는 정말 무서워서 엄청 쫄았다고요. 다 애심 씨 덕분이에요."

"흥, 알면 이제부터라도 과일 좀 비싼 거 사 먹어요. 만날 사과
만 사다 놓지 말고. 누가 과수원집 딸 아니랄까 봐."

"후후, 네."

그리고 그들은 사이좋게 웃으며 귤을 깠다.

[이제 좀 괜찮아?]

루카스가 은수의 이마에 얼음주머니를 대 주며 다정하게 물었다.

어지간히 놀랐는지 은수는 창백해진 얼굴로 축 늘어져 있었다.
홀몸도 아닌 사람이 하마터면 크게(?) 다칠 뻔했다고 생각하니 다
시 생각해도 가슴이 철렁했다.

[다리 주물러 줄까?]

[아니, 다리는 이제 괜찮아요.]

[그럼 또 뭘 해 줄까? 응?]

뭘 더 해 주지 못해 안달난 사람처럼 묻자 그녀가 픽 웃었다. 그
리곤 작은 손으로 제 옆자리를 툭툭 두드렸다.

[여기에 누워요. 그리고 나 팔베개해 줘요.]

[그래.]

말 잘 듣는 강아지처럼 그가 냉큼 누워 그녀를 품에 끌어안았다.

아담하고 여린 몸이 품에 쏙 들어왔다. 저도 모르게 긴 안도의
한숨이 새어 나왔다. 그런 그의 품에 코를 박고 은수는 가만히 눈
을 감았다.

[은수, 피곤한 거야?]

[조금.]

[그런데 애심이 왜 그렇게 화를 낸 거지?]

[……내가 아기 가졌다는 말을 안 해 줘서요.]

[애심도 모르고 있었단 말이야?]

[네.]

그녀가 작게 대답했다.

그냥 어쩌다 보니 빠진 거지 말을 안 해 주려고 작정을 해서 그렇게 된 건 아니었다. 더구나 그 싸움질이 사실은 애심이의 생쇼라는 걸 이 자리에서 고백할 수도 없었다. 그래서 은수는 입을 꾹 다물었다. 그러다 한참 만에야 어물어물 다시 말했다.

[있잖아요, 사실은 당신에게 제일 먼저 알려 주고 싶었어요. 내가 기쁘니까 당신도 기뻐할 거라고 생각했어요. 그런데 막상 전화를 하려니까 갑자기 겁이 나는 거예요.]

[왜?]

[당신이 아기를 원하지 않으면 어쩌나…….]

[그럴 리가 없잖아! 왜 그런 바보 같은 생각을 한 거지? 우리 아기인데. 나한테 은수가 얼마나 소중한 사람인지 알아? 그런 은수와 나의 아기인데 소중하지 않을 리가 없잖아.]

[혹시 당신 아버지가 소식을 듣고 아기한테 해코지를 하거나 빼앗아 가려고 하면 어떻게 해요?]

[그런 일은 절대로 없어! 내가 그냥 두고 보지 않아. 은수, 당신과 아기는 내가 지켜. 이번엔 절대로 방심하지 않겠어.]

진심을 다해 고백하며 루카스는 두 손으로 은수의 얼굴을 보듬어 안았다.

[사랑해. 당신을 너무 사랑해서 난 가끔 미친 것만 같아. 그러니 이제 그만 나를 믿고 받아들여 줘. 나에게 이 이상 잔인한 짓은 하지 마, 제발.]

[흑, 내가 잘못했어요. 내가 바보라서 그래요. 정말 미안해요. 다시는 상처 주지 않을게요.]

[그래. 고마워, 은수. 사랑해. 그럼 이제 나랑 결혼하는 거지?]

[그, 그건…….]

은수의 얼굴이 도로 시무룩해졌다.

그와 아기를 위해서라면 당연히 그래야 한다는 것을 그녀도 안다. 결혼을 하고 아기를 낳고. 그게 모두가 거치는 당연한 순서라는 것도. 하지만 소심한 고은돌이는 아무래도 내질러 놓은 말이 마음에 걸리는 거다.

[저기요, 내가 지난번에 당신 아버지에게 한 말이 있거든요?]

[무슨 말……?]

[그, 그러니까…… 저기, 절대로 화내지 않는다고 약속해 주면 말할게요.]

[음?]

그의 짙은 눈썹이 작게 꿈틀거렸다.

[좋아. 화내지 않을게. 말해 봐.]

[저, 정말이죠?]

[그렇다니까.]

[크흠. 그럼, 저기…… 사실은요, 그때 내가 너무 화가 났었거든

요? 그래서 나도 모르게 '더럽고 치사해서 결혼 안 한다'고 했어요. '나도 영감님이 마음에 안 들어서 결혼은 절대 안 한다'고도 하고요. 미, 미안해요.]

[……알아.]

[네. 네에? 어, 어떻게요?]

가볍기 그지없는 그의 고백에 은수의 눈이 도리어 동그래졌다.

아, 설마 자말이 그런 것까지 낱낱이 일러바친 거? 에라, 이 고자질을 주업으로 삼아 백 년을 우려먹고도 남을 망할 노예 아저씨 같으니라고.

[미안해요.]

은수는 고개를 푹 숙였다.

[아무튼 그런 이유로 당신과 결혼은 할 수 없어요. 아버님이 '제발 내 아들과 결혼해다오'라고 하면서 싹싹 빌 때까지.]

[후우, 그럼 같이 가는 건?]

[그게, 아기 때문에…….]

처음과 전혀 달라지지 않은 이야기가 마음에 안 든다는 듯 그가 입을 꾹 다물었다. 그에 은수가 황급히 덧붙였다.

[사, 사실은 아기랑 같이 살 집을 구했어요.]

[은수!]

[당신 방도 있어요! 아직 공사 중이지만.]

그 말에 다행히 그의 표정이 조금 풀어졌다. 그런데 곧이어 이상한 표정을 짓더니 조심스럽게 물었다.

[설마 당신 오빠 말이 맞는 건가?]

[무슨 말이요?]

[그 결혼 풍습 말이야. 결혼하면 처가에서 아이가 다 클 때까지 살아야 한다던…….]

루카스는 은수가 따로 살 집을 구했다는 말을 듣는 순간, 저도 모르게 은후의 말을 떠올렸다.

사실, 내용은 전혀 납득이 가지 않지만 문제는 그 말을 한 사람에게 있었다. 은후는 동생인 은준과는 전혀 다른 타입이었다. 형제이니만치 크고 듬직한 체형이야 엇비슷하다지만 성격은 같은 듯하면서도 전혀 딴판이다.

은준이 화를 바로 그 자리에서 터뜨리는 불꽃같은 성격이라면 은후는 안에서 불꽃을 점점 더 키우다 한번 터지면 마침내 모든 것을 하얗게 불태워 버리는 백염과 같았다. 그런 사람은 쉽게 화를 내지도 않지만 한번 화를 내면 쉽게 멈추지도 못한다. 그래서일까? 그의 태도는 매 순간순간마다 진지하고 신중했다. 그래서 그가 그 이상한 결혼 풍습에 대해 말을 꺼냈을 때, 루카스는 어쩐지 말이 안 되는 이야기라는 생각을 하면서도 순간 '진짜인가?' 라는 생각도 동시에 했던 것이다.

[은수도 그러고 싶은 거야? 그 결혼 풍습대로 아이가 다 클 때까지…….]

완전히 낚인 줄도 모르고 그가 물었다.

이럴 땐 뭐라고 대답을 해 줘야 하는 것일까. 사실 그건 천 년도 더 전에 유행했던 결혼 방식이며, 요즘 시대엔 씨도 안 먹힐 이야기라고 말을 해야 하나? 하면 큰오빠가 공연히 실없는 소리를 한 사람이 되고 말 텐데?

[꼬, 꼭 그렇지는 않지만…….]

은수는 조심스럽게 말했다.

[나는요, 그냥 익숙한 곳에서 태교하고 아기를 낳고 싶은 거예요. 아기 낳고 산후 조리도 해야 하고, 또 이대로 낯선 곳에 갔다가 우울증 걸리면 어떻게 해요?]

[음, 그럼 아기 낳으면 함께 가는 거야?]

[……네.]

[정말?]

은수는 고개를 끄덕였다.

결혼을 양보했으니 그녀도 그 문제는 한걸음 물러서는 것이 나을 것 같았다. 그를 속상하게 하지도 않고, 실속도 챙기고. 일석이조다. 내지른 대로, 결혼만 안 하면 되는 거니까.

[사랑해, 은수!]

[사랑해요.]

둘은 또 서로를 왈칵 끌어안았다.

꼭 안고 누워 애틋한 시선을 나누고 손끝을 나누다 살짝 입을 맞추었다. 처음엔 가볍게 쪼듯이 입술을 맛보다 곧 혀와 혀가 얽혀드는 진한 키스로 이어졌다.

"아!"

스멀거리고 일어나는 짜릿한 감각에 집중하는 사이 루카스가 은수의 옷 속으로 손을 넣어 가슴을 꽉 움켜쥐었다. 그새 아랫도리를 천천히 비벼 오는 것을 보니 그는 벌써 흥분을 하기 시작한 게 틀림없었다. 깨닫자마자 은수가 잽싸게 그를 밀어냈다.

[아, 안 돼요.]

[왜? 오빠들 때문에?]

[아이, 그게 아니라 아기 때문에요. 초기엔 조심해야 한다고 그랬잖아요. 지난번에도 그렇고, 당신은 만날 거칠게 해서……]

[음, 그럼 천천히 할게. 아주 조심스럽게.]

[속을 줄 알고? 그래도 안 돼요.]

[으음, 나 힘들어. 은수야아. 응?]

아이, 이 남자가 왜 갑자기 애교를 떨고 그러지?

콧소리를 내며 '은수야아' 하고 부르는 모습이 그답지 않게 너무 귀여워서 은수는 살짝 마음이 흔들리고 말았다. 그가 은근히 한 손을 잡고는 다른 손으로는 그녀의 입술을 만지작거린다. 그러면서 잡은 손을 슬그머니 자신의 아랫도리 위에 가져다 놓는 거다.

[해 줘. 응?]

이것은 그러니까 입으로 받아 달라는 뜻이렷다?

은수의 얼굴이 확 붉어졌다. 사실, 입으로 해 본 것은 딱 한 번뿐이었다. 그리고 그땐 이리저리 굴려지다 아파서 더는 못한다고 애원을 하다가 그리 된 것이고.

[은수야아.]

아이, 큰일 났네. 왜 이렇게 자꾸 달콤하게 부르는 거람.

애심이는 바나나 물고 야한 비디오 보다가 마침 등장한 입으로 하는 장면에 충격을 받아 이후 다시는 바나나를 못 먹게 되었는데, 그녀는 아예 맨 정신으로 실습을 하게 생겼다.

은수는 난감한 얼굴로 망설이는 척했다. 그러나 손은 이미 바지 속으로 들어가 실한 그의 거시기를 살살 어루만지고 있었다. 잔뜩 성이 나 벌써부터 딱딱해진 놈이 마치 환영하듯 손안에서 꿈틀 용틀임을 한다. 언제 그렇게 흥분한 건지, 그의 남성은 이미 한 손으로 쥐기에도 벅찰 만큼 잔뜩 발기한 상태였다.

지퍼를 열자마자 기다렸다는 듯 그것이 불쑥 튀어나왔다.

은수의 눈이 순간 쟁반만 해졌다.

'이, 이걸 입으로 받아야 한다고라. 그때는 이렇게 안 컸던 것 같은데…….'

바야흐로, 고은돌이의 입이 찢어지게 생긴 순간이었다.

햇볕 따스한 5월, 은수는 마침내 이사를 했다.

오빠와 언니가 마지막까지 붙잡았지만 인테리어 공사까지 다 끝난 집은 포기하기엔 너무 예뻤다.

"작은 집이라더니?"

넓은 마당 안쪽에 자리 잡은 2층짜리 건물을 보며 애심이 투덜거렸다.

"저게 작으면 우리 애심마트는 마트가 아니라 그냥 동네 구멍가게겠다?"

"어쩔 수 없었어. 루카스가 와 보더니 너무 좁다고 한 층을 더 올리고 뒤에다 별채까지 지었는걸. 별채는 우리 아기 낳고 산후 조리할 때 쓰다가 나중에 음악회 하는 용도로 사용할 거래."

"그럼 별채 앞에다 파고 있는 저 큰 구덩이는 뭔데?"

"수영장. 없으면 허전하다고."

"그, 그럼 저 2층 계단이랑 연결된 유리건물은?"

"온실. 내가 텃밭 가꾸는 걸 좋아한다고 했더니."

"그럼 이제 루카스한테 한마디만 더 해. '애심이도 여기서 같이 살았으면 좋겠어요' 라고."

이년아, 내가 돌았냐?

방이 팽팽 남아돌아도 은수는 그 소리만은 절대로 하지 않을 생각이었다. 왜냐하면······.

"넌 안 불러도 올 거잖아."

"그거야 당연하지. 멀기나 해? 고작 오빠네 옆집으로 이사 온 주제에."

그랬다.

은수가 기껏 찾은 집은 큰오빠네 바로 옆집이었다. 그렇다고 해서 담이 딱 붙어 있는 것은 절대 아니다. 오빠네 집이 원래 한옥인데다 워낙 넓고 또 집 옆으로 넓은 주차장도 만들어 두어서 옆집이라고는 해도 제법 걸어야 했다.

"우와아, 뭔 거실이 이렇게 넓어? 완전 운동장이구만."

현관문을 획 열어젖히고 집안으로 들어선 애심이 마치 애처럼 탄성을 내질렀다. 그러더니 별안간 얼굴에 심술을 덕지덕지 붙인 채 물었다.

"나 여기서 야구 좀 해도 돼?"

"안 될걸?"

"왜?"

"1층은 그 사람이 주로 일하는 용도로 쓴대. 자말도 1층에서 지낼 거고, 비서진들도 왔다 갔다 할 거라고."

"하이고, 그래 봐야 뭐 며칠이나 지낸다고? 한 달이면 대강 보름은 사나?"

"아마도."

은수가 아기를 낳을 때까지 움직이지 않겠다고 선언한 덕분에 루카스는 어쩔 수 없이 한 달의 반은 영국에서, 나머지는 이곳에서 지내는 방법을 선택했다. 물론, 자말은 아예 여기에서 상주할 예정이었다. 노예 대신 집사라는 이름을 달고.

지난번, 은수가 기어이 아버지의 전화를 받게 했다며 루카스는 한동안 자말을 벼르고 있었다. 그러다 최근에 좋은 방법을 생각해 냈는데, 그건 바로 태어날 아기에게 자말을 선물로 물려주는 것이었다. 과연 자말이 순순히 자신의 새로운 운명을 받아들일지는 모르겠지만.

"그래서 이번엔 언제 가는 거라니?"

애심이 나무늘보처럼 소파 위에 철푸덕 엎어지면서 물었다.

"다음 달?"

"아니, 다음 주."

"으응. 곧 쓸쓸해지겠구먼. 근데 넌 왜 아직도 배가 안 나와?"

"아니야. 많이 나온 거야."

은수가 자랑스럽게 배를 슥 내밀었다.

이제 겨우 4개월을 꽉 채운 참이라 그리 크지는 않지만, 그래도 임산부 티가 날 만큼은 된다. 그래서 요즘 그녀는 작은 프릴이 달린 귀여운 임부복을 입고 발을 편하게 해 준다는 낮은 신발을 신고 다녔다.

"은돌아, 아무래도 이 언니가 어젯밤에 태몽을 꾼 것 같다."

소파 위에서 뒹굴거리던 애심이 문득 말했다.

은수의 귀가 쫑긋 섰다.

"저, 정말? 무슨 꿈인데?"

"그게 말이지, 니가 사막에 서 있더라고."

"사, 사막?"

"응. 밤이었는데 하늘에 흐릿한 달이 떠 있고 모래는 엄청 붉었어. 그리고 니가 거길 걷고 있는데 갑자기 어딘가에서 커다란 낙타가 한 마리 나타나더라."

어라? 이것은 어쩐지 상당히 많이 낯이 익은 이야기가 아니냐?

설마 봤나? 은수의 눈이 동그래졌다.

"낙타란 말이지? 혹시 거기에 누가 타고 있지 않던?"

"아니. 그냥 그 커다란 낙타가 너한테 다가가서는 비비고 애교를 떨더라고. 마치 엄마 찾은 새끼처럼. 그래서 '아, 이것은 고은돌이를 위한 태몽이구나' 했지."

그, 그런가?

은수는 고개를 갸웃거렸다.

"근데 낙타라면, 아들인가 딸인가?"

그녀는 그것이 알고 싶었다. 아기가 태어날 때까지 성별 문제는 일부러 확인하지 않기로 했기 때문에 그녀는 아직 아기의 성별에 대해서는 아는 바가 없었다.

"낙타라면 속눈썹이 예쁜데, 그럼 딸인가?"

볼록 나온 배를 가만히 어루만지며 그녀는 잠시 그런 생각을 하고 있었다.

"은수! 자기야!"

마침, 어눌한 한국말로 그녀를 소리쳐 부르며 루카스가 들어왔다.

[다녀왔어.]

[어머, 빨리 왔네요?]

[물론이지. 자, 이거.]

그가 손에 들고 들어온 여러 개의 까만 비닐봉지를 내밀었다.

잘생긴 데다 품위가 철철 흘러넘치는 그와는 결코 어울리지 않는 물건이었지만, 그래도 별수 있나. 마나님께서 간절히 원하시는 것인데.

[아, 이거 너무 먹고 싶었어요.]

은수가 비닐봉지 안에 든 것들을 주욱 늘어놓으며 입맛을 다셨다.

거실의 비싼 테이블 위로 떡볶이, 순대, 어묵, 튀김 따위들이 줄지어 등장했다. 은수는 허겁지겁 젓가락을 집어 들었다.

[천천히 먹어, 은수. 그러다 또 다 토할라. 자, 물.]

[으음, 알았어요. 너무 맛있어.]

그가 내미는 물을 받아 한 모금 마신 은수가 떡볶이 국물에 흠뻑 적신 순대를 입에 넣고 행복한 표정을 지었다. 마치 세상을 다 가진 듯한 표정이었다. 그 모습을 보던 애심이 왠지 측은한 시선으로 루카스를 한번 보고는 말했다.

"간 큰 고은돌, 저 잘생긴 억만장자에게 너는 떡볶이 심부름을 시키고 싶던? 그것도 지가 먹고 큰 시장표를?"

"어우야, 그래도 먹고 싶은 걸 어떻게 해. 아기가 아빠가 사다 주는 거 먹고 싶다고 했어."

"애걔, 그짓말. 속일 걸 속여야지."

애심은 가차 없이 그녀를 비웃었다. 그러거나 말거나 은수는 꿋꿋했다. 요즘 그녀는 먹고 싶은 것이 너무 많아져서 때마다 루카스에게 이것저것 먹을거리를 주문하고는 했다. 그래서 한번은 새벽에 자다 말고 그가 직접 차를 몰고 시장까지 다녀오기도 했었다. 순대 사러.

그때도 은수는 그에게 '아기가 아빠가 사다 준 거 먹고 싶어 한다'고 말했다. 그리고 그는 그 말을 철석같이 믿었다. 오빠가 사다 주는 순대를 먹으면 입덧을 하는데 그가 사다 주는 건 아무리 먹어도 멀쩡하다는 사실 때문이었다. 물론, 너무 급하게 먹어서 체한 적은 있지만.

아무튼 그 일 때문에 요즘 시장엔 그에 대한 소문이 돌고 있었다.

새벽마다 리무진 타고 순대랑 떡볶이 사러 오는 웬 잘생긴 외국인이 있다고.

[뭐, 더 먹고 싶은 건 없어?]

옆에서 간을 챙겨 주며 그가 물었다.

[딸기 사다 줄까?]

[음, 아니. 오늘은 그만. 나 이거 먹고 낮잠 잘래요. 팔베개해 줘요. 응?]

[알았어. 자장가도 불러 줄게. 자, 아~]

루카스가 아예 젓가락을 잡고 은수에게 하나하나 먹여 주기 시작했다. 물론 은수는 제비새끼처럼 넙죽 잘도 받아먹었다.

그가 사 온 것들을 모조리 해치우고 잠시 소화를 시킨 다음 은수는 예정대로 침대에 누웠다. 곁엔 루카스가 누워서 팔베개를 해 주고 있었다. 그녀의 시선이 침대 맞은편의 벽난로로 향했다. 벽난로 위엔 여러 개의 작은 액자가 진열되어 있었는데, 그중에서도 가장 한복판의 액자엔 100달러짜리 지폐가 한 장 들어가 있었다.

그 사막에서 첫날밤을 보낸 뒤에 그녀가 그에게 준 것이다.

그는 잊지 않고 그 돈을 잘 보관하고 있다가 한국으로 오던 날 액자에 넣어서 가지고 왔다. 나중에 오빠들이 그 돈에 얽힌 사연을 알고 또 얼마나 기막혀 했는지에 대해선 굳이 말하지 않으련다. 그날 하마터면 고은돌이는 애를 가진 채 엉덩이를 맞을 뻔했다는 사실만 살짝 고백해 두겠다.

"아함."

작게 하품을 하고 은수는 루카스의 품으로 파고들었다.

봄이라서 그런지 아니면 임신 때문인지 그녀는 요즘 잠도 많아졌다. 시도 때도 없이 졸려서 어떤 때는 루카스가 온 것도 모르고 계속 잔 적도 있었다. 곧 그녀는 깊은 잠속으로 빠져 들어갔다.

은수는 모래 위에 서 있었다.

분가루처럼 고운 모래는 타는 듯한 붉은색이었다. 까만 하늘엔 유령 같은 희끄무레한 달이 떠 있고, 그 하늘과 모래 사이엔 아무것도 없었다.

은수는 고개를 들어 파도치듯 지평선까지 이어지고 있는 모래 언덕들을 바라보았다. 깊게 음영이 진 모래 언덕 사이로 시원한 바람이 불고 있었다. 은수는 천천히 걷기 시작했다. 혼자였지만 이상하게도 두렵지 않았다.

그녀는 이곳을 잘 알고 있었다.

사뿐사뿐 걸음을 옮길 때마다 모래 위에 작은 발자국이 이어졌다. 은수는 마치 춤을 추듯 가볍게 모래 언덕을 넘었다. 그러자 멀리서 누군가가 다가오고 있는 것이 보였다.

딸랑딸랑.

바람을 타고 희미한 방울 소리가 들려왔다.

—여어!

흰 디쉬다샤를 입은 남자가 그녀를 향해 손을 흔들고 있었다.

—여기요!

그녀도 마주 손을 흔들며 소리쳤다.

갑자기 가슴이 두근거렸다. 얼굴 가득 기대감을 품고 그녀는 빠른 걸음으로 달려갔다. 그리고 몇 번째인지 알 수 없는 모래 언덕 꼭대기에서 그것을 발견했다.

커다랗고, 눈처럼 하얀 낙타 한 마리가 그녀 앞에 서 있었다.

낙타는 갖가지 색실로 짠 아름다운 고삐와 눈이 부시도록 화려한 황금장식을 머리에 달고 있었는데, 덩치가 너무 커서 그녀는 거의 완전히 고개를 젖히고 올려다보아야 했다. 낙타가 순하고 커다란 눈을 깜빡거리며 그녀를 빤히 바라보고 있었다. 그러다 갸웃갸웃 고개를 돌려 보고 그녀에게 코를 박고 킁킁 냄새도 맡더니 어느 순간 그녀의 품에 얼굴을 비비며 애교를 부리기 시작했다.

순간, 은수는 낙타와 사랑에 빠지고 말았다.

가슴이 걷잡을 수 없이 뛰고 이상하게 왈칵 눈물이 쏟아질 것만 같았다. 왜인지는 모르겠지만, 그녀는 그 낙타를 아주 오랫동안 기다려 온 듯한 기분이었다.

―여기.

낙타 옆에 서 있던 남자가 문득 그녀의 손에 고삐를 쥐어 주었다.

―네 거야.

―어? 너는…….

고삐를 받아 들고서야 은수는 남자를 알아보았다.

그녀는 그를 잘 알고 있었다.

―아심?

아심이 방긋 웃었다.

생전과는 달리, 힘든 표정이라곤 하나도 찾아볼 수 없는 편안한 얼굴이었다. 그리고 문득 찾아온 것은 가슴을 온통 아리게 적셔 오는 안쓰러움.

이제 괜찮아? 나, 사실은 너를 미워하지 않았어.

생각만 했을 뿐인데 그는 은수를 향해 고개를 끄덕여 주었다.

그것만으로도 그가 하고 싶어 하는 말을 은수는 다 알아들었다.

미안해. 행복해.

은수는 고개를 끄덕였다. 그러자 그가 더 환하게 미소 지으며 두 손을 모았다. 그리곤 마치 신을 향해 경배하듯 장엄한 어조로 말했다.

—인샬라(Insha′allah, 신의 뜻대로)!

반짝!

은수는 반짝 눈을 떴다.

막 잠에서 깬 사람답지 않게 초롱초롱한 눈으로 가만히 숨을 골랐다. 가슴이 너무 두근거리고 벅차서 숨이 잘 쉬어지지 않았다. 동시에 오르가즘과도 같은 오싹한 환희가 몰려와 척추를 타고 초고속으로 달리고 있었다. 아찔하다. 그래서 그녀는 반듯하게 누운 채 한동안 눈만 깜빡깜빡거리다 가만히 고개를 돌려 곁에서 자고 있는 루카스를 돌아보았다.

그녀를 재우다 같이 잠들었는지 그는 옷을 그대로 입은 채 곁에 누워 낮고 규칙적인 숨을 내쉬고 있었다. 내쉬고, 들이쉬고. 그를 따라 하듯 은수는 천천히 호흡을 골랐다. 그녀는 새삼스러운 시선으로 그를 꼼꼼히 살펴보았다.

검고 숱 많은 머리칼, 아직 주름은 없는 반듯한 이마. 까맣고 짙은 눈썹 아래 풍성하고 긴 속눈썹, 그리고 그 눈꺼풀 안에 든 것은 언젠가 꿈에서 보았던 블루 다이아몬드처럼 파랗고 아름다운 눈동자였다. 사막처럼 치명적인 위험을 품고 있는, 절망적인 아름다움이 깃든 눈동자.

그는 매끈한 눈매를 가졌지만 웃을 땐 눈꼬리에 보기 좋은 주름이 생기기도 한다. 깎아지른 절벽처럼 오똑한 콧날과 그 아래 굳게 다물린 입술은 조금 고집스럽게 보이긴 해도 그녀에겐 충분히 사랑스러웠다. 굵직하면서도 섬세하고 미려한 선을 가진 얼굴이었다. 이 멋있는 남자가 바로 그녀의 것이다.

울컥.

갑자기 또 걷잡을 수 없이 가슴이 뛴다.

아, 왜 이러지? 이 사람이 너무 사랑스러워서 은수는 가슴이 터질 것만 같았다. 보고만 있어도 심장이 떨려서 이대로 죽을 것 같다. 그래서 벌렁거리는 가슴을 감싸 쥔 채 그녀는 마치 홀린 듯 한참이나 그를 바라보았던 것이다.

이 사람이 언젠가 말했었다.

그녀를 너무 사랑해서 마치 미친 것만 같다고. 그렇다면 그도 그녀처럼 이렇게 숨을 쉴 수 없을 만큼 가슴이 벅차오르는 느낌을 느껴 본 적이 있었던 것일까? 치솟는 사랑을 어쩌지 못해서 문득 혼자 울어 본 적이 있는 것일까? 그래서 그렇게 모든 자존심을 다 집어던지고 청혼을 한 거였던가?

아아, 어떻게 해.

그런 것도 모르고 그녀는 자존심 하나 지켜 보자고 때마다 그를 비참하게 만들고 더 깊은 좌절을 안겨 주고 말았다. 그의 가족들 핑계를 댄 건 거의 비열하기까지 했다. 이대로도 완벽한 사람에게 다른 가족들이 한 일을 들먹이며 상처를 입히지 않았던가. 그도 피해자일 뿐인데.

이 사람은 사랑하는 그녀를 위해 힘든 일도 다 감수하고 찾아왔는데 욕심쟁이인 그녀는 단 하나도 양보하지 않으려고 들었다. 심지어는 아기까지. 나쁜 여자다, 고은돌이는. 사랑 앞에서 그깟 자존심이 뭐라고.

은수는 고통스러울 만큼 강하게 몰아쳐 오는 애정을 온몸으로 느끼며 가늘게 신음했다. 사랑해요, 사랑해요, 사랑해요. 계속해서 소리치고 싶은 이 격렬한 마음을 대체 어떻게 하면 좋을까.

더는 참을 수 없어 은수는 살금살금 침대에서 기어 나왔다.

뒤꿈치를 들고 다다다 뛰어가 옷장을 벌컥 열어젖혔다.

'이곳 어딘가에 분명히 있을 텐데……'

옷장 안을 마구 헤집어 은수는 기어이 작은 가방을 찾아냈다.

여행을 떠날 때 들고 갔던 거였다. 오빠는 버리라고 했지만 차마 버릴 수가 없어서 몰래 도로 가지고 돌아온 것이다.

그것을 꺼내 거꾸로 들고 탈탈 털었다.

투두둑.

"있다!"

몇 가지 잡동사니 틈바구니에 그것이 있었다.

은수는 황급히 그것을 집어 들고 없는 먼지를 또 깨끗하게 털어냈다. 애심이와 함께 수크를 하릴없이 돌아다니다가 문득 눈에 띄어 산 작은 낙타 한 마리가 그녀를 향해 웃고 있었다.

그것을 소중하게 품에 안고 은수는 다시 침대로 돌아왔다. 그는 아직 자고 있었다.

"어떻게 하지? 깰 때까지 기다릴까?"

잠시 그런 착한 마음도 먹어 보았다. 하지만 가슴이 너무 두근거려서 그녀는 단 일 분도 더 기다릴 수 없을 것만 같았다. 이러다가 마음을 고백하기도 전에 심장이 터져 버리면 어떻게 해. 결국, 그에게만 제멋대로인 은수는 손을 내밀어 그를 가볍게 흔들었다.

[음? 은수? 뭐가 먹고 싶어? 뭘 사다 줄까?]

부스스 눈을 뜬 그가 눈을 동그랗게 뜨고 있는 그녀를 보자마자 물었다.

아이, 누가 보면 만날 먹을 것만 사다 달라고 하는 줄 알겠네. 부끄럽게.

은수는 그가 완전히 잠에서 깰 때까지 기다렸다. 그러다 그가 길게 기지개를 켜고 일어나 앉기가 무섭게 말했다.

[있잖아요, 내가 혹시 사랑한다고 말했던가요?]

[음?]

[만약에 안 했다면 지금 말할게요. 사랑해요. 너무너무너무 사랑해요. 당신을 너무 사랑해서 가슴이 터질 것 같아요.]

뜻 모를 열정과 설렘으로 가득한 그녀의 고백에 그는 잠시 어리둥절해 했다. 그러나 흥분으로 발갛게 달아오른 그녀의 얼굴과 별처럼 반짝이는 눈동자를 보더니 곧 환하게 웃으며 그녀를 잡아당겨 품에 안았다.

[나도 사랑해, 은수.]

[나는 더 많이 사랑해요. 처음부터 사랑했어요. 날이 갈수록 점점 더 커지는 사랑이에요. 그래서 어떤 날은 가슴도 아프고 눈물도 나요.]

[아, 우리 자기가 오늘은 왜 이렇게 예쁜 말만 하지?]

[아이, 농담이 아니에요.]

은수는 그의 품에서 도로 벗어났다. 그리곤 품에 꼭 안고 있던, 손바닥보다 조금 더 큰 낙타 인형을 그에게 불쑥 내밀었다. 화려한 고삐를 매고 머리엔 반짝이는 금장식을 달고 있는 하얀 낙타 한 마리.

[사랑해요. 내 낙타를 받아 주세요.]

[아! 으, 은수…… 그게 무슨 말인지 알고 있는 거야?]

[그럼요. 아심이 나한테 낙타 세 마리를 준다고 한 적도 있는걸요?]

[지, 진심이야?]

[그렇다니까요?]

놀라고 당황해서 어쩔 줄을 모르는 그를 향해 은수는 다시 말했다.

[이건 인형이지만 그냥 인형이 아니에요. 꿈에서 봤어요. 사막에서 하얗고 커다란 낙타가 나한테 왔어요. 바로 이 낙타였어요. 이 낙타를 줄 테니까 나랑 결혼해 주세요.]

[은수!]

붉어진 눈으로 바라보다 그가 왈칵 그녀를 껴안았다.

[나는…… 안 해도 상관없다고 생각했는데……. 어차피 은수는 내 곁에 있을 테니까. 아이가 태어나면 때때로 찾아오는 불안도 없어질 거라고……. 그런데…….]

[미안해요. 알면서도 당신에게 또 상처를 줬어요. 결혼만 하지

않으면 된다고 생각한 건 내 이기심 때문이었어요. 나는 자존심을 지키고 싶었어요. 그런데 사실 그런 건 별로 중요한 게 아니었어요. 당신을 사랑해요. 온통 내 것으로만 하고 싶어요. 그리고 나는 당신의 여자가 되고 싶어요.]

눈가를 벌겋게 물들이고 울먹이는 그를 다독이며 은수는 다시 두 손으로 낙타를 내밀었다.

[그러니까 내 낙타를 받아 주세요.]

[기꺼이.]

루카스가 사막에 뜬 태양처럼 환하게 웃고 있었다.

에필로그 1 힘을 내세요, 애심 씨

[아이, 별로 입맛이 없다니까 그러네.]

메뉴판을 뒤적이며 애심이 무성의하게 중얼거렸다.

그나저나 여긴 또 뭘 잘하나.

[그냥 집에서 에어컨이랑 선풍기 쾅 돌려 놓고 시원하게 배달냉면으로 때우면 되는걸.]

[그거 벌써 일주일째 계속 먹고 있잖아. 수박 아니면 냉면. 무슨 재미야, 그게? 이런 때일수록 잘 먹어야 한다고.]

[더운데 어쩌라고요. 그럼 이 더위에 찜질방에서 계란 깔까?]

애심이 투덜거렸다.

요즘, 너무 더워서 도저히 입맛이 안 난다고 한 게 화근이었다. 만날 냉면만 먹다가 질려서 겨우 한마디 한 걸 그가 기억하고 있었을 줄이야. 그녀는 눈을 들어 마주 앉은 그를 흘끔 바라보았다. 찰리가 흥미진진한 얼굴로 메뉴를 살피고 있었다.

'마음에 안 들어.'

하여간에 여우 같은 남자였다.

큰 덩치를 가진 사람답지 않게 그는 굉장히 꼼꼼하고 섬세했다. 게다가 보디가드 주제에 머리까지 좋았다. 얼핏 들으니 박사학위까지 있단다. 생긴 건 딱 곰인데 하는 짓으로 치면 초특급 여우인 셈이다. 박사학위까지 받은.

[자꾸 그러다 몸 축난다. 벌써 볼이 쏙 들어간 것 같은데?]

[그거야 더워서 그런 거고. 하필이면 이 더운 날 불러 낼 건 뭐래?]

[좋은 것 먹여 주려고 그러지. 난 지나치게 마른 여자는 딱 질색이더라. 와인 한잔 할까?]

애심이 고개를 끄덕였다.

곧 그는 웨이터를 불러 이런저런 거창한 메뉴를 불러 주더니 시원하게 보관한 와인도 한 병 주문했다. 그가 주문을 하는 사이, 애심은 조금 지루한 눈으로 넓은 실내를 돌아보았다.

이 남자는 입뿐만 아니라 취향도 제법 고급이어서 이번에 고른 레스토랑도 평범한 사람들은 예약하고 기본으로 3개월 정도는 기다려야 한다는 곳이었다. 아니, 고작 밥 한 끼 먹는 거 가지고 3개월씩이나 기다린다는 건 좀 이상한 거 아닌가? 먹는 일에 목숨을 걸자는 것도 아니고.

"뭐 별것도 없는 것 같구먼."

금박을 입혀 놓아 화려하고 클래식하긴 하지만, 아무리 잘 봐줘도 그저 조금 고급스러운 저택 내의 파티룸쯤으로밖에 보이지 않는 식당 주제에 건방지기도 하지. 미슐랭 가이드에서 간신히 별 두 개 받았다는 게 그리도 자랑이던? 차라리 은수네 별채에서 요리사가 직접 만들어 주는 저녁을 먹는 게 더 낫겠다.

애심은 가차 없이 비웃었다. 하지만 그럼에도 불구하고 그녀는 이 식당에서 딱 하나 마음에 드는 것을 발견했다. 바로 탁 트인 전 망이었다. 넓은 전면 창으로 점점 어두워지고 있는 도시의 야경이 보이자 그나마 더위가 조금 가시는 것 같았으니까. 에어컨도 빵빵 하게 틀어 주고.

"응? 뭐야, 저 아줌마?"

느긋하게 주위를 둘러보다 그녀는 문득 낯익은 얼굴을 하나 발 견했다. 은수네 큰올케였다. 왕자 같은 은후 오빠의 유일한 흠. 옥 의 티 같은 촌스런 마누라. 무슨 모임에 참석했는지 그녀는 바로 옆의 별실에서 수다스럽게 보이는 대여섯 명의 여자와 함께 이런저 런 이야기를 나누고 있었다. 애심의 눈에 어쩔 수 없는 심술이 가 득 들어찼다.

"오빠 돈으로 놀고먹는 주제에 아주 살판이 나셨군. 시골 과수원 집 딸이 이런 데가 가당키나 해? 아유, 저 구두는 대체 어디에서 산 거지?"

[뭐라고 한 거지?]

[아무것도 아니에요. 주문은 다 했어요?]

[음, 대강. 뭘 보고 있었어?]

[신경 꺼요.]

여전히 까칠한 투로 그녀는 톡 쏴 줬다.

생각해 보니, 그녀는 요즘 그에게 삐쳐 있는 중이었다. 이 망할 남자가 지난 주말 저녁에 말도 없이 그녀의 집으로 놀러 오지 않았느냐 말이지. 덕분에 엄마는 그녀가 드디어 시집을 가려는 건 줄 알고 한바탕 호들갑을 떨었고, 한술 더 떠서 아빠는 그가 내민 술 한 병에 초장부터 홀딱 넘어간 눈치였다.

[대체 우리 집엔 왜 온 거예요?]

[그야 심심해서 놀러 간 거지.]

[심심해서 억대의 술병이랑 바리바리 싸 들고 와서 사위 대접 받으며 놀다 갔다고? 장난해요?]

[하하, 그랬나? 암튼, 너무 그러지 마라. 안 그래도 그날은 나한테도 꽤 충격적인 저녁이었으니까.]

[충격은 무슨⋯⋯.]

아무래도 그는 그날 아빠가 내민 계약서 이야기에 충격을 받은 것 같았다.

그놈의 비싼 술 때문인지, 아빠는 이 남자가 사윗감일지도 모른다고 철석같이 믿었었나 보다. 그래서 둘 다 얼큰하게 취했을 즈음에 불쑥 이런 말을 한 거다.

'자네 맷집이 참 좋게 생겼군. 다행이군, 다행이야. 혹시 우리집 가풍에 대해서 알고 있나? 우리 집은 남자들이 맞고 산다네. 절대로 맞기만 해야지 마누라한테 대들면 바로 아웃이야. 무조건 충성만이 살길이지.'

그 말이 나왔을 때 그의 표정을 봤어야 한다.

그는 거의 뜨악한 얼굴로 그녀를 빤히 돌아보았었다. 그런 때에 아빠는 또 결정적인 한 방을 날렸다.

'결혼시킬 때 계약서도 쓰게 할 생각이네. 마누라가 때리면 그냥 무조건 맞겠습니다 하는 자세와 맹세가 필요해. 특히 우리 공주 애심이는 누굴 때리기만 해 봤지 아직 맞아 본 적은 없거든.'

그 말을 들은 그가 어떤 반응을 보였는지에 대해서는 별로 말하고 싶지 않다. 돌아가는 길에 문득 '정말 날 때릴 수 있어?'라고 물었다는 사실만 수줍게 고백할 뿐이다. 뭐라고 대답했느냐고? 흥, 알면서. 이단 옆차기도 날려 줄 수 있다, 새꺄.

[답지 않게 괜히 연약한 척하고 싶거든 다시는 우리 집에 오지 말아요. 내가 당신 때문에 요즘 엄마한테 얼마나 시달리고 있는지나 알아요?]

[힘들면 그냥 시집오던지.]

[미쳤어요? 내가 뭐가 모자라서 왕자도 아니고 그냥 보디가드한테 시집을 가요? 그것도 내 친구 남편의.]

[하하, 나한테 제발 와 달라고 한 건 그 친구의 남편이라고. 내 경호회사는 최고니까.]

실력이 최고가 아니라 연봉이 최고겠지.

사실, 언젠가 은수에게 그의 연봉에 대해서 들었을 때 그녀는 놀라서 거의 까무라칠 뻔했다. 해마다 그가 받아 가는 돈이 그냥 억대도 아니고 수십억이 넘는다는 사실을 확인했던 것이다. 그의 회사가 전 세계에서 벌어들이는 돈은 더 많고.

하지만 그게 다 무슨 소용인가. 생긴 게 딱 마피아인데.

이래 봬도 애심은 취향이 분명한 여자였다. 그녀는 마피아 스타

일보다 역시 기품 있는 왕자가 더 좋았다. ……은후 오빠 같은.

"산양 치즈 파르페와 요구르트 에뮬시옹, 오렌지 제스트와 파프리카를 입힌 치즈볼, 그리고 샐러리와 건과토스트입니다."

그녀가 막 에피타이저를 받아 들었을 때였다.

이름만 길고 별로 먹을 건 없는, 조그만 요리들이 담긴 접시가 앞에 놓이는 순간, 별실에서 그 여자가 나왔다. 그리곤 흐린 얼굴로 잠시 한숨을 푹 내쉬더니 화장실 쪽으로 사라졌다.

바로 직후에 문제가 발생했다.

각각의 별실이긴 하지만 따로 문이 있는 건 아니라서 조금 크게 떠들면 그녀가 앉은 자리에서도 옆방의 대화 소리 정도는 충분히 들을 수 있었다. 물론 여기에서 그럴 만큼 크게 떠드는 사람은 없겠지만.

그런데 옆방의 여자들은 그 수다스러운 꼴만큼이나 원래 목소리도 컸던지 새어 나오는 대화 소리가 갑자기 확 커졌다. 당연히 애심의 귀에도 그 소리는 잘 들렸다. 더구나 아주 우연하게도 그녀들은 그녀가 아는 사람에 대한 이야기를 하고 있었다.

—반반한 얼굴 하나로 그 남자를 꼬여 낸 거지 뭐. 그렇지 않으면 지가 무슨 수로 그 대단한 남자를 잡아?

—아니야. 보니까 그 남자 할머니가 죽기 얼마 전에 중신을 한 거래. 죽기 전에 장가가는 모습은 꼭 봐야겠다고 하면서. 그래서 마음에도 없는데 할머니 생각해 서둘러서 결혼한 거라지 아마?

—아무리 그래도 그렇지 왜 하필 저런 여자야? 아무 연고도 없는 시골 과수원집 딸이라면서요?

―그 과수원도 원래 자기네 것이 아니었대. 소작 같은 거였지. 결혼하면서 그 남자가 사 줬다고 하더라고. 빚도 다 갚아 주고. 완전 신데렐라가 탄생했다니까.

―할머니가 병치레하다가 죽었다고 들었는데 그게 그냥 노환 같은 게 아니라 노망이었나 봐?

오늘따라 뭔가 특별한 감이 왔는지 여자들의 목소리가 점점 더 커졌다. 그런데 문제는 그 지저분한 수다가 한창 이어지고 있을 때 하필이면 그 여자가 화장실에서 돌아왔다는 것이다.

무심히 돌아왔다가 자신에 대한 이야기가 밖에까지 쩌렁쩌렁 울려 퍼지고 있자 그녀는 크게 당황해 안으로 들어가지도 못하고 우울한 얼굴을 한 채 모퉁이에 숨어 황급히 주위의 눈치를 살피고 있었다. 그러다 마침 그쪽을 바라보고 있던 애심과 눈이 딱 마주쳤다.

'젠장! 이런 지랄 맞은……'

상황이 상황인지라 대놓고 아는 척을 하지도 못하고, 그렇다고 눈이 마주쳤는데 무시하기도 뭣하고 그래서 애심은 한동안 그녀를 바라보고만 있었다. 그 순간에도 여자들의 수다가 계속 이어지고 있는 것은 물론이었다.

[뭘 보고 있는 거지?]

그녀가 말도 없이 한쪽을 계속 바라보고만 있자, 찰리는 보다 못해 고개를 돌리는 대신 유리창 위로 반사되는 풍경을 통해 등 뒤의 상황을 살펴보았다.

[어, 저 사람은 우리 보스네 큰형님 와이프 아닌가?]

[맞아요.]

[가서 인사라도…….]

[그냥 있어요.]

[음? 그냥 있어?]

[네. 그냥 있어요. 아는 척도 하지 말아요. 거기서 한 발자국만 움직여도 때려 줄 거예요.]

애심이 입술을 깨물며 싸늘하게 경고했다.

그래서 그는 꼼짝도 못하고 그냥 주저앉아 맛없는 샐러리만 우적우적 씹었던 것이다. 조금은 마음에 들지 않는다고 말하듯.

—그 백 봤어요? 꼴에 명품 좋은 건 알았던 모양인데, 그러면 뭐해? 유행 지난 지 한참이나 된 걸.

—구두는 또 어떻고. 나는 시장 좌판에서 파는 걸 사 신었나 했다니까. 돈 많은 남편 두고 그게 무슨 꼴인지 몰라. 아무리 남편이라도 그 정도면 상대해 주고 싶은 마음이 안 들긴 하겠지만. 하긴, 마음도 없는데 고작 그런 여자를 데리고 살아 주는 게 어디야?

—얼마나 갈까? 이제 겨우 일 년 됐는데, 남들 보는 눈도 있고 하니까 몇 년 더 가려나?

—에이, 설마 몇 년씩이나? 일 년 더 버티면 용하지. 애라도 생기기 전에 그 남자한테 주변에 있는 참한 아가씨들 좀 소개해 주는 게 어때?

그 즈음에서 애심은 와락 인상을 찡그렸다.

뭐라고라. 고작 그런 여자? 이 한애심이를 밀어내고 은후 오빠를 차지했는데 고작 그런 여자라고? 한애심이에겐 십 년이 넘도록 눈도 한번 안 주던 오빠가 만난 지 단 한 달 만에 결혼을 감행했는데 그게 어떻게 고작이야? 하도 기가 막혀서 포크를 쥔 손이 부들부들 떨렸다.

벌떡!

더 참지 못하고 그녀가 일어섰다. 그리곤 성큼성큼 걸어 옆방 앞에 서자 놀란 미숙이 조심스럽게 그녀를 잡아챘다.

"어, 어쩌려고 이래요, 애심 씨?"

"그 입 다물어요. 멍청하게 당하고나 있는 주제에."

그녀를 홱 떼어 내고 애심이 방 앞에 당당하게 섰다.

그제야 소리가 너무 컸다는 사실을 깨달은 여자들이 일제히 놀란 얼굴로 그녀들을 돌아보았다. 그런 여자들을 슥 둘러보다 문득 애심이 허리에 손을 척 얹으면서 말했다.

"나 예쁘지? 그래, 내가 생각해도 나 예뻐. 더구나 우리 아빠 재벌은 아니어도 나름 돈 좀 있다고 자부하는 부자고. 그 주변에 있다는 참한 여자들 중에서 나보다 더 예쁘고 동시에 돈 많은 아빠까지 둔 여자 있어?"

"무, 무슨……?"

"뭐야, 저 여자?"

황당했는지 여자들이 작게 수군거렸다.

그러거나 말거나 깔끔하게 무시하고 애심은 또 씩 웃었다.

"이렇게 예쁘고 잘난 여자도 눈에 안 차서 돌멩이 보듯 하던 남자가 만난 지 단 한 달 만에 결혼을 하겠다며 데려온 여자가 바로 이 여자야. 니들이 고작이라고 부르는 이 여자라고."

"……"

"수준? 니들 돈은 좀 있어서 수준 따지는 모양인데, 그 돈의 위력이 어떤 건지 한번 제대로 겪어 보고 싶어? 내 친구는 재벌이야. 현금만 수백억에 빌딩도 있지. 걔 남편은 더 부자라서 억만장자라고 불리고. 근데 걔가 이 여자 시누이네? 걔가 이 여잘 얼마나 좋아하는지 알아? 기분 더럽게 20년 친구인 나보다 이 여잘 더 챙겨. 이 일을 알면 당연히 기분이 나쁘겠지?"

대놓고 챙기는 건 아니지만, 은수가 고작 몇 살 위인 여자를 마치 엄마 대하듯 하고 있다는 것만은 분명한 사실이었다. 은후 오빠를 아빠처럼 여기고 있기 때문이라고 한다면 그녀도 딱히 할 말이 없지만 말이다.

어쨌거나 그래서 애심은 가끔 기분이 안 좋았다.

아무리 봐도 예쁜 구석이 없는 여자한테 자꾸 밀리는 것 같아서 더더욱. 하지만 그건 그거고 이건 이거였다. 애심의 눈에서 불꽃이 튀었다.

"니들 여기 어떻게 들어왔니? 예약하고 기본 3개월은 기다려야 한다는 곳에서 니들 따위가 어떻게 황금시간대에 저녁 모임을 할 수 있는 거야? 보나 마나 저 여자 남편이 돈 좀 썼을걸? 그렇게 공으로 얹혀 들어온 주제에 그 입으로 개소리나 지껄이고 있다니. 미친 거 아냐?"

"뭐, 뭐라고?"

"아니 이게 정말?"

"닥쳐, 이 멍청이들아! 나 같으면 이러고 있을 시간에 집구석에 뛰어가서 남편들한테 싹싹 빌겠다. 왜냐하면 이제부터 이 한애심이

가 저 여자 남편한테 니들이 한 소릴 고대로 읊을 테니까."

그 말을 끝으로 애심은 정말로 핸드폰을 꺼내 들었다.

화들짝 놀란 여자들이 와르르 달려들어 그녀의 손에서 핸드폰을 빼앗으려고 들었다. 그때였다.

짝!

눈앞에서 불꽃이 튀었다.

충격 받은 얼굴로 애심이 한쪽 볼을 감싸 쥐었다. 얼떨결에 그녀를 후려친 여자 하나가 하얗게 질린 얼굴로 그녀를 보고 있었다. 그 모습을 본 미숙이 비명을 지르고, 달려들던 여자들도 놀라 일제히 움직임을 멈추고 그녀를 바라보았다. 놀란 찰리가 재빠르게 곁으로 달려왔다.

"너, 니들이 감히 날 때려? 우리 아빠도 안 때리는 날?"

애심의 눈에서 초점이 사라졌다.

다음 순간, 애심은 놀라서 멍청히 서 있는 여자의 얼굴에 주먹을 날려 주었다. 그것으로도 모자라 다리를 걸어 자빠뜨린 다음 올라타 머리채를 쥐고 마구 흔들었다. 그러자 다른 여자들이 일제히 달려들어 그녀를 떼어 놓기 위해 혹은 기분이 나빠서 때리기 시작했고, 그걸 보던 미숙은 어쩔 줄 모르고 우왕좌왕하다가 정신을 차려 보니 어느새 엉엉 울면서 신발까지 한 손에 벗어 들고 여자들을 때리고 있었다.

곳곳에서 비명이 터지고 직원들이 우르르 달려왔다.

우아하던 식당 안이 순식간에 도떼기시장이 저리 가라 할 정도로 소란스러워졌다. 그 속에서 찰리는 허탈하게 웃고 있었다. 이 순간, 다른 여자의 머리칼을 쥐어뜯으면서 싸우고 있는 저 여자가 예쁘다는 생각은 대체 왜 드는 것일까? 적어도 한 가지만은 확실했다. 저 여자랑 다니면 정말이지 평생 동안 심심할 일은 없을 것 같았다.

"난 잘못한 거 없어요."

팔짱을 척 끼고 다리까지 꼬고 앉은 채 애심은 그렇게 말했다.

사뭇 당당하고 멋진 발언이었다. 머리는 산발이 되고 얼굴은 맞아서 벌겋게 부었는데도 그녀는 잘났다는 듯 고개를 빳빳이 들고 있었다. 비슷한 꼴이지만 그 옆에서 넋이 나간 듯 신발을 끌어안고 멍하니 앉아 있는 건 바로 미숙이었고.

연락을 받고 달려온 은후가 기가 막히다는 얼굴로 그녀들을 보고 있었다. 저만치 앞에선 셋이나 되는 그의 변호사들이 경찰과 진지한 대화를 나누는 중이었다. 애심이 먼저 맞았다고 주장하며 가해자라고 지목한 여자들의 사법처리 문제를 상의하기 위해서.

여기에 더 머문다면, 아마도 곧 그녀들의 보호자들이나 변호사와도 대면하게 될 것이다. 그리고 은후는 웃었다. 분명히 한숨이 저절로 쏟아질 만한 상황인데도 불구하고 그는 어쩐지 웃음이 터질 것만 같아 자꾸 볼을 실룩이고 있었다. 두 여자의 꼴이 너무 우스워서 그런 건가?

"후후, 패싸움이라. 육 대 이로?"

"그래도 우리가 이겼어요."

"하하하!"

"크흠, 아무튼 난 아무 죄 없어요. 내 경력에 흠집만 나 봐라. 가만 안 둘 거야."

그 말을 끝으로 애심은 발딱 일어섰다.

찰리가 마침 얼음팩을 구해 와 그녀의 볼에 척 붙여 주었다. 그때까지 은후는 정말 기분이 좋은 듯 소리 내어 웃고 있었다. 그가 그렇게 웃는 모습은 애심도 처음 보았다. 하하 웃던 그가 별안간 미숙을 꼭 끌어안더니 다정하게 머리칼을 다듬어 주고 손을 잡아 일으켜 세웠다.

"가자."

"네, 네. 근데 신발이……."

미숙이 그때까지 끌어안고 있던 신발을 보여 주었다.

그 여자들이 시장 좌판에서 산 것 같다고 말하던 신발 한 짝이 다 떨어져 휴지 조각처럼 너덜거렸다. 떨어진 신발 대신 그녀는 식당에서 빌려 준 슬리퍼를 신고 있었다.

"할머니가 사 주신 건데 이렇게 되어 버렸어요."

"괜찮아. 다음엔 내가 사 줄게."

다정하게 속삭이며 그들이 먼저 경찰서를 빠져나갔다.

그 모습을 애심은 한참이나 바라보고 있었다. 그러다 갑자기 얻어맞은 볼을 쥐고 엉엉 울기 시작했다.

[왜, 왜 울어?]

[아프단 말이에요!]

[이제까지 안 아프다가 갑자기 아프단 말이야?]

[왜요? 그러면 안 되는 거예요?]

[그럴 리가. 많이 아파? 병원 갈까? 내가 '호' 해 줄까?]

[필요 없으니까 꺼져 버려요.]

엉엉 울면서 애심은 그를 마구마구 괴롭혔다.

그러지 않으면 어쩐지 더 서러워질 것만 같아서. 그런 그녀에게 꼼짝도 못하고 당하다가 찰리는 결국 한숨을 푹 내쉬면서 그녀를 품에 꼭 안았다.

[젠장, 이래서 때리지 말라고 했나 보다.]

벌겋게 부은 얼굴로 서서 엉엉 우는 애처로운 모습이 마치 화인처럼 뼈에 새겨지는 것만 같아 찰리는 가슴이 다 먹먹해지고 말았다.

그녀의 아버지는 아마도 이 여자가 울면 이렇게 마음이 아플 거라는 말을 해 주고 싶었던 것인가 보다. 그가 생각하기에도 그녀가 우는 모습을 보니 차라리 대신 맞고 죽는 게 덜 아플 것 같았다.

[울지 마라, 제발.]

[남이사.]

[제길, 아무래도 사인을 해야겠다.]

[무슨 소리예요?]

[당신 아버지가 말한 그 망할 계약서에 사인을 해 버리겠어. 애심, 날 때려도 좋아.]

[미쳤어요? 누굴 변태로 알아. 그리고 그런다고 누가 받아나 준대요? 웃겨, 정말.]

애심은 그를 홱 밀쳐 내고 혼자 경찰서를 나섰다.

큰 걸음으로 순식간에 따라온 그가 그녀를 다시 와락 끌어안으면서 말했다.

[죽이지만 않으면 다 괜찮아. 단, 무기는 쓰지 않기.]

[이 자리에서 총으로 쏘기 전에 비키지 그래요? 어머, 지금 어딜 만지는 거예요?]

[그래, 차라리 날 쏴 죽이던지.]

[어어, 이봐요! 당장 내 엉덩이에서 손 떼지 못해요!]

뾰족한 그녀의 고함 소리가 밤하늘 위로 쨍 하니 울려 퍼지고 있었다. 힘을 내세요, 애심 씨.

에필로그 2

"물."

"여기."

"사과."

"몇 개나 깎을까?"

"음, 두 개."

소파 위에 길게 늘어진 채 애심이 명령했다. 그래서 은수는 직접 손에 칼을 쥐고 열심히 사과를 깎았다. 사과를 깎으면서 그녀가 물었다.

"그래서 우리 언니랑 신발을 벗어 들고 싸웠단 말이야?"

"내 신발은 비싼 거라 그런 일에 쓸 수 없어. 신발을 벗어 든 건 그 과수원집 딸이지."

"그럼 넌 맨손에 언니만 신발을 들고 여섯 명을 상대로 싸워서 이겼다고?"

"그렇다니까. 이게 안 보여?"

빰에 척 붙인 쪼매난 반창고를 가리키며 애심이 어깨를 으쓱거렸다. 이년아, 그거 자다가 니가 손톱으로 긁은 상처라는 거 내가 다 안다잉. 그나마 한쪽 빰이 벌겋게 부은 걸 참작해서 봐주는 줄 알아라.

은수는 너그럽게 고개를 끄덕였다.

평생 맞아 본 적이라곤 없는 계집애가 얼마나 놀라고 기막혔으면 그리고 달려들었을까 싶었다.

"나쁜 년들. 내가 그 자리에 있었어야 했는데."

은수가 과도를 꼭 쥐고 소리쳤다.

"이 고은돌이의 발차기를 맛보여 줬더라면 니가 그렇게 맞지도 않았을 거 아냐?"

"흥, 그 몸으로 발차기를? 그러다 애가 나오면?"

"응? 아, 안 되는구나. 미안."

"썩을 년."

은수는 헤헤 웃었다.

거의 만삭이 가까워지고 있는 그녀는 요즘 살이 통통하게 올라 전체적으로 많이 동글동글해져 있었다. 그래서 루카스가 엄청 좋아한다. 말랐을 때보다 훨씬 더 귀엽다면서 애를 낳고도 이렇게 계속 통통했으면 좋겠다고 할 정도였다. 도자기 인형 같다나? 아이, 너무 예뻐져도 큰일이라니까.

살은 쪘지만 사실 은수의 배는 그리 크게 부풀지 않았다.

완만하고 적당하게 부풀어 낙낙한 옷을 입으면 잘 모를 정도였다. 그 배를 보고 집에 일하러 오는 도우미 아주머니 중 하나는 뱃속의 애가 틀림없이 아들이라고도 했다. 정말인지는 낳아 보아야 알겠지만 말이다.

"근데 자말은?"

깎아 놓은 사과를 물고 애심이 안쪽을 흘깃거렸다.

"아직도 수영하러 다니니, 그 사람?"

"그렇지 뭐. 지금은 어학원 갔어. 벌써 한국말을 꽤 해."

"못하면 바보지. 하여간에 노예 주제에 그 아저씨는 엄청 호강하고 산다니까."

"승진했어. 이젠 집사라니까."

"쳇, 그거나 그거나. 그나저나 넌 공부는 잘 돼?"

은수는 고개를 저었다.

대학을 가 보겠답시고 시작한 공부는 사실 그리 큰 발전이 없었다. 학교 다닐 때 하도 공부를 안 했더니 책만 보고는 무슨 소리인지 하나도 모를 정도였다. 영어는 만날 쓰고 사는 덕분에 그야말로 비약적으로 발전을 하고 있는데, 나머지 과목은 그저 그런 편이었다.

"과외 받는 애들의 심정을 알겠어. 영어도 더 배워야 하고, 학교에도 합격하려면 나도 과외를 받아야 할까 봐."

"그러시든지. 돈 많은데 그깟 과외가 대수겠니. 어디 대학교수라도 초빙을 하려무나."

"교수는 무슨……. 아, 참! 너한테 부탁할 게 있었는데."

"부탁? 무슨 부탁?"

은수는 방긋 웃었다.

"나 결혼할 때 니가 부케 받아 주라."

"뭐야? 어우야아, 나 아직 애인도 없는데 어쩌라고?"

"왜 없어? 찰리가 있잖아."

"야! 그 짐승…… 아니, 그 사람이 왜 내 애인인데?"

뭐라고라, 왜 애인이냐고? 몰라서 묻는 것이냐 시방?

은수의 눈초리가 확 가늘어졌다.

"너 그날 외박했더라?"

흠칫!

"그런데 내가 마트 놀러 갔더니 아저씨가 우리 집에서 잔 게 맞
느냐고 물었지 아마?"

"꿀꺽. 그, 그래서 뭐라고 대답했는데?"

"그야, 친구를 차마 죽일 수 없어서 그렇다고는 했지만 애를 가
진 몸으로 거짓말을 했더니 입안에 가시가……."

"오케이! 거기까지. 알았어. 받아, 받으면 될 거 아냐, 그놈의 치
사한 부케."

에헤헤헤.

은수가 다시 방긋 웃었다.

그녀는 아기를 낳은 후에 결혼을 하기로 했다. 그는 몸이 달아
당장 하고 싶어 했지만 어차피 치러 줘야 할 결혼식이라면 성대하
게 제대로 해 주고 싶다며 큰오빠가 뒤로 미루었다. 하지만 사실
그건 그냥 핑계였다.

오빠는 은수가 그의 집안사람들에게도 열화와 같은 축하와 환영

을 받아야 한다고 생각하고 있었다. 무슨 근거인지는 모르겠지만, 그녀가 아이를 낳고 나면 아마도 그렇게 나오지 않을 수 없을 거라고 강하게 믿고 있는 듯했다.

"네 태몽 얘기를 듣고 큰오빠가 엄청 좋아했다며?"

"응."

"그 꿈 때문에 오빠가 결혼을 뒤로 미룬 거라고 그 과수원집 여자가 그러더라?"

"응, 그 말은 나도 들었어."

은수는 고개를 끄덕였다.

평소 크게 웃는 일이 드문 큰오빠가 그녀의 태몽 이야기를 듣고 집이 떠나가라 웃었다는 소리를 은수는 뒤늦게 올케언니로부터 전해 들었다. 하지만 오빠가 왜 웃었는지는 아직도 잘 모르겠다.

"엄청 좋은 꿈인가? 애가 왕이 될 운명이라거나."

"에이, 설마."

"왕관 쓴 낙타였다며?"

"응? 그냥 금장식이지."

그 말을 하면서 은수는 낙타 인형을 떠올렸다.

설마 그 머리에 붙어 있는 게 뿔이 아니라 왕관인가? 에이, 설마.

아무튼 오빠의 주장에 따라 그녀는 애를 낳은 후에나 시집을 가게 생겼다. 알다시피 우리나라의 결혼 풍습은 처가에서 아이를 낳고 살다가 아이가 다 커야 본가로……. 휴우, 그만두자.

"사랑해. 사랑해, 은수."

루카스가 은수의 손을 꼭 잡고 엉엉 울면서 말했다.

열여덟 시간에 걸친 사투 끝에 은수는 마침내 아기를 낳았다. 그를 쏙 빼닮은 아들이었다.

[우리 아기 봤어요?]

힘든 것도 모르고, 약간의 감동에 사로잡힌 채 은수가 물었다.

[아기가 당신을 꼭 빼닮았어요. 어떻게 해. 나 벌써 사랑에 빠진 것 같아.]

[은수, 그래도 나보다 더 사랑하면 안 돼. 내가 먼저라고.]

눈물 젖은 얼굴로 그가 진지하게 말했다.

그녀가 아기를 낳는 동안 루카스는 내내 그녀의 곁에서 함께 몸을 뒤틀고 비명을 질렀었다. 덕분에 지금만 해도 그는 그녀보다 더 창백하게 질려서 금방이라도 쓰러질 사람처럼 보였다. 안 그래도 아기를 낳는 내내 그는 아기보다 그녀를 잃을지도 모른다는 공포에 시달렸노라고 어렵게 고백했다.

[당신을 사랑해요.]

"사랑해, 은수."

그녀는 영어로, 그는 한국말로 사랑을 속삭이며 그들은 서로를 꼭 끌어안았다. 그러고 있는데 아기를 보러 갔던 사람들이 우르르 돌아왔다.

"야아, 우리 조카가 제일로 잘생겼더라."

"그러게요. 세상에, 난 그렇게 예쁜 아기는 처음 봤잖아요. 막 훔쳐가고 싶을 정도야."

"어떻게 해. 아가씨, 아기가 너무 예뻐요. 눈을 못 떼겠어요. 사람들이 다들 유리창에 달라붙어서 아가씨 아기만 봐요. 애심 씨는 벌써 한 시간째 안 떨어지고 있어서 찰리가 안절부절못하고 있고요."

그 말에 고은돌이의 콧대가 불쑥 높아졌다.

어깨가 으쓱으쓱했다. 아이, 콩 심은 데서 콩이 난 것뿐인데 새삼스럽게.

"흥, 우리 아기가 예쁜 건 당연한 거지. 우리 고돌이는 아빠를 쏙 빼닮았으니까."

고돌이는 아기의 태명이었다.

루카스가 청혼할 때 아기를 '5마리'나 낳아 달라고 했던 걸 기억한 그녀가 자신의 성을 따고 5점을 붙여서 고돌이(고도리)라는 이름을 만들어 낸 것이다. 하여간에 그 사연을 듣고 가족들이 얼마나 웃었는지 모른다.

"마님!"

마당쇠가 마님을 부르듯 불러 재끼며 밖에서 자말이 들어왔다.

자말은 이제 의사소통에 거의 어려움이 없을 정도로 능숙하게 한국말을 구사하고 있었다. 달려온 그가 조심스러운 동작으로 전화기를 건네주었다.

"누구예요?"

"아부다비의 궁에 계신 분이……."

흠칫!

순간, 루카스가 손을 뻗어 그녀의 손에서 전화기를 가로챘다. 돌아서면서 그가 낮은 목소리로 전화를 받았다.

[무슨 일이십니까? 네? 아, 네.]

심각한 얼굴로 몇 마디 대화를 나누던 그가 문득 이상한 표정이 되어서는 그녀에게 전화기를 건네주었다.

[나 바꾸래요?]

[으응. 걱정 말고 받아 봐.]

아니, 걱정을 안 하게 생겼나.

그와 같이 살기 시작한 이후, 내내 연락 한번 안 하시던 양반이 덜컥 전화를 걸어 오셨는데. 또 무슨 말씀을 하실까 조금 걱정이 되긴 했지만, 그래도 아기를 낳고 어깨에 힘이 빵빵하게 들어간 은수는 용감하게 전화를 받아 들었다.

[여보세요.]

—…….

[여보세요?]

—크흠, 나다.

[예, 접니다.]

그녀가 사뭇 도전적으로 받아쳤다.

그러고 보니 이 양반은 예전에 그녀를 향해 '그 몸으로 아이를 낳을 수나 있을지' 라는 소리를 했었다.

'흥, 아이 잘만 나왔거든요!'

또 이상한 소리만 해 봐라. 코브라처럼 콱 물어 줄 테다. 이젠 남편에 아들까지 있다 이 말씀이야. 양손에 떡을 쥔 고은돌이는 더 이상 무서울 것이 없는 사람이다. 단단히 작심하고 그녀는 가만히 귀를 기울였다.

—축하한다.

[네?]

—아들을 낳았더구나.

[네, 네.]

—갓 나온 놈이 참 잘생겼다.

어라? 그새 사진을 받아 보셨나?

아아, 이 눈부신 21세기엔 정말 불가능이란 게 없다. 그나저나 누가 그새 극비사항을 누출한 거지? 설마, 자말?

탁 감을 잡은 은수가 자말을 홱 노려보았다.

그러자 그는 말없이 구석으로 가더니 조용히 무릎 꿇고 두 손을 들어 올리는 거다. 하여간에 못 말린다.

—고맙다.

[아닙니다. 제 아들인데 영감님께서 특별히 고마워하실 이유는 없지요. 제가 영감님 아들과 결혼을 한 것도 아니고…….]

—……곧 한다고.

[아직 안 했어요. 사람 마음은 아침 다르고 저녁 다르다고 하니까 그땐 또 뭐가 달라질지 어떻게 알겠어요?]

—그래도 아이까지 있는데 해야지 않겠느냐?

[아이를 위해서라도 그 문제에 대해서는 신중하게 고민을 해 봐야죠. 요즘엔 굳이 안 하고 사는 사람들도 많고.]

—초대장을 보내거라.

[하게 되면요. 아무튼, 그 얘긴 그때 가서 다시 하기로 하죠. 축

하해 주셔서 감사합니다.]

은수는 전화를 홱 끊어 버렸다. 그리고 숨을 크게 들이쉰 채로 루카스를 돌아보았다.

[나, 너무 건방져 보이지 않았어요?]

[아니, 괜찮았어. 무지 귀여웠어.]

[정말? 후아, 다행이다.]

그들은 또 서로를 꼭 끌어안았다. 그리고 서로를 마주 보며 기분 좋게 웃었다. 그런 그들의 모습을 은후가 흐뭇한 시선으로 바라보고 있었다. 그것 보라고, 내 말이 맞았지 않느냐고 말하듯이.

맞다, 큰오빠의 말은 진리다.

심지어 고은돌이는 오빠 말대로 친정 근처에 집을 짓고 애를 낳아 기르다가 애가 좀 크면 본가로 가는 전통 결혼 풍속까지 따르고 있지 않나. 그러니 할렐루야. 아무튼지 간에, 이제 그녀의 결혼식은 하객에서부터 사상 최대로 화려해지게 생겼다.

"은돌아아!"

화기애애한 분위기를 뚫고 갑자기 애심이 병실 문을 걷어차고 다다다 뛰어 들어왔다.

"은돌아, 은돌아, 은돌아!"

"아, 왜?"

"애기가, 애기가…… 너무 예뻐. 어떻게 해, 나 첫눈에 반했어. 니 애기 나 주라. 내가 잘 키워 줄게. 응?"

"이년아, 미쳤니? 내 애기를 왜 너한테 줘?"

은수가 바락 소리쳤다.

"너 내 애기한테 눈독 들이지 마. 넌 얼른 결혼해서 니 애기를 낳으란 말이야."

"쳇, 그런 애를 낳을 수 있다면 당장이라도 하겠다. 하지만 찰리한테서 그런 애가 나올 수 있을 리가 없잖아. 보나 마나 살벌하고 냉정해 보이는, 딱 마피아 2세처럼 생긴 놈이 나오겠지."

그건 맞는 말이다.

은수는 저도 모르게 수긍해 고개를 끄덕였다.

찰리가 듣는다면 조금 서운해 할 법한 소리긴 했지만 유전자의 법칙을 아는 만큼 차마 현실을 부정할 수가 없다.

"그런데 찰리는?"

"신생아실 앞에 세워 놓고 왔어. 누가 애를 집어 갈까 봐 무서워서. 그런데 간호사가 커튼도 안 열어 줘."

"왜?"

"……너무 집요하게 바라보고 있는 게 수상하다고."

아이고, 망할 년.

순간 방 안에 있던 사람들이 죄다 허탈하게 웃어 젖혔다.

그때, 자말이 슬그머니 손을 내리더니 그 모습을 찰칵 카메라에 담았다. 그리고 그들은 오래오래 행복할 것이다.

— '사막' The End —

작가후기

—차마 눈물 없이는 들을 수 없는 어떤 이야기들

[이야기 하나]

지난겨울, 나의 썩은 노트북 군이 아무런 유언도 없이 급사했다. 자료가 싹 다 날아갔다. 쓰던 글도 날아갔다. 큰 충격을 받은 나는 놈을 이불장 맨 아래에다 암매장한 다음, 다음 날 아빠 카드를 들고 나가 새끈한 새 데스크톱을 질렀다. 들켰다. 카드 결제일이 다가오고 있다. 이불 속의 노트북 군은 앞으로 50년 뒤에 발굴할 예정이다.

[이야기 둘]

어느 날, 우리 집 똥개 개똥 군의 눈꺼풀에서 악성 종양이 발견되었다. 좋은 말로 하면 호르몬 불균형, 나쁜 말로 하면 애인 없이 혼자 썩고 있는 불쌍한 수컷들에게서 자주 발견되는 종양이라고 했다. 제거 수술을 했다. 개똥 군은 짝짝이 눈이 되었다.

[이야기 셋]

지난 설날, 엄니가 설빔으로 겨울용 몸빼 바지를 사 주었다.

사실 나는 엄니가 주머니랑 지퍼까지 달린 빤스를 물려줄까 봐 걱정했었다. 다행히 그 빤스는 엄니가 입었다. 그 빤스 입고 엄니는 명절을 전후해서 벌어진 우리 마을의 풍물놀이에 참가했다. 각설이 역할이었다.

[이야기 넷]

하수도 공사 때문에 온 동네의 길바닥을 죄다 갈아엎고 있을 때 즈음, 나는—엄니의 표현에 의하면—멀쩡히 잘 걸어 다니다 갑자기 확 자빠져서 발을 심하게 삐었다. 의사가 내 부은 발을 콕 찔러 본 다음 바로 깁스를 해 주었다. 목발질이 너무 힘들어서 나는 보름 동안 방바닥을 거북이처럼 기어 다녔다. 짝짝이 눈이 된 개똥 군이 내 깁스한 다리를 붙잡고 붕가붕가를 했다. 나는 아무 이유 없이 슬펐다.

[이야기 다섯]

아무도 모르겠지만, 나의 이야기엔 예상 외로 실제 벌어졌던 사건이나 사연, 인물들이 많이 등장한다. 다만 글의 흐름을 위해 약간씩 손질을 가할 뿐이다. 그런데 이번엔 조금 달랐다.

사막에 대한 이야기를 써 놓은 주제에 할 고백은 아니지만, 사실 나는…… 거길 가 본 적이 없다. 왜냐면…… 돈이 없어서. 엄청 비싼 동네더라. 그러니 당연히 이 책의 내용은 실제 사실과 아무 관계없이 내 마음대로 제조한 것이 분명하다. 이럴 때 우리는 흔히 이런 말을 사용한다.

—이 책의 내용은 실제 배경, 인물, 이름, 지명, 사건 사고와 아무런 관계가 없는 허구입니다—

혹시, 이 모든 게 사실이라고 믿은 순수하고 성실하며 선량한 독자가 있다면 나는 이 말밖에 해 줄 수가 없다.

'미안, 님들이 오해한 겁니다.'

아무튼지 간에, 나는 언제나 진지하고 성실한 자세로 작업에 임하기 위해 최선을 다하고 있다. 다만, 이 말을 믿는 사람이 아무도 없다는 것이 슬플 뿐이다.

[Thanks to……]

열심히 일하라고 과자를 사 준 새 담당 권순생을 환영하며…….
괴롭히지 않도록 최선을 다하겠습니다.

 단영 올림

Scarlet

스칼렛

Scarlet

스칼-렛